D1655312

BASTEI
LÜBBE

Über dieses Buch:

Der introvertierte, ängstliche Brenton und der eher extrovertierte und abenteuerlustige Christian verbringen den letzten Sommer vor ihrem Eintritt ins College in Ocean City. Die Überzeugung, dass Christian der Stärkere und Mutigere ist, führt bei Brenton zu Bewunderung, fast Verehrung – bis zu diesem Sommer.

Brenton lernt die attraktive Jane kennen und verliebt sich in sie. Brenton spürt jedoch eine Verbindung zwischen Christian und Jane und fürchtet, dass dies seine Liebe zerstören könnte. Bei einer Kanufahrt kommt es zum Streit zwischen den Freunden, und Christian zwingt Brenton, ihm zu dem alten Leuchtturm zu folgen, der schon früher für beide ein Ort der Mutprobe war: Am oberen Ende des Treppenhauses klafft ein großes Loch zwischen der Treppe und der Tür zum Umlauf. Im Gegensatz zu Christian hat Brenton nie den Sprung über dieses Loch gewagt.

Über den Autor:

Hazelgrove wurde 1959 in Richmond, Virginia, geboren und wuchs in Baltimore und Chicago auf. Nach einem Geschichtsstudium an der Western-Illinois-Universität ließ er sich in Chicago als Schriftsteller nieder. *Leuchtturm am Ende der Welt* wurde mit dem Editor's Choice der American Library Association ausgezeichnet.

Von William Elliott Hazelgrove ist bislang bei Bastei Lübbe Taschenbücher erschienen: *Auf der Suche nach Virginia* (Bd. 14605).

William Elliott Hazelgrove

Leuchtturm am Ende der Welt

Roman

Aus dem Amerikanischen von
Karl-Heinz Ebnet

BASTEI LÜBBE TASCHENBUCH
Band 14639

1. Auflage: November 2001

Vollständige Taschenbuchausgabe

Bastei Lübbe Taschenbücher ist ein Imprint der
Verlagsgruppe Lübbe

Titel der amerikanischen Originalausgabe: RIPPLES
Originalverlag: Pantonne Press, Chicago

Lizenzausgabe: Verlagsgruppe Lübbe GmbH & Co. KG,
Bergisch Gladbach
Einbandgestaltung: Tanja Diekmann
Titelillustration: ZEFA-Bilderdienst
Satz: hanseatenSatz-bremen, Bremen
Druck und Verarbeitung: Ebner Ulm
Printed in Germany
ISBN 3-404-14639-5

Meinem Vater und meiner Mutter,
die mir sagten, dass ich es kann,

und

Kitty Lynn,
die mir zeigte, wofür alles war.

Segle fort, fort,
Wellen kommen niemals zurück.
Sie entschwinden zur anderen Seite.
Schau in den Teich,
Wellen kommen niemals zurück.
Tauche zum Grund und wieder nach oben
und schau, wohin sie sind.
Oh, sie entschwinden zur anderen Seite.

Wellen

1

Je älter ich wurde, umso schmerzlicher wurden mir die Unzulänglichkeiten der Menschen in meiner Umgebung bewusst, in die ich – ich allein – große Erwartungen gesetzt hatte. Dabei war es nicht ihr Fehler, wenn sie diesem Anspruch nicht genügten; er existierte nur in meiner Vorstellung, und sie wussten nichts davon. Meine Mutter sagte mir einmal, es werde mich in großes Erstaunen versetzen, wenn ich feststelle, dass die Welt nicht aus Menschen wie mir besteht und dass ich, falls ich die anschließende Krise überstehe, daraus etwas lernen könne. Sie hatte Recht. Ich war erstaunt und kann nur hoffen, dass ich daraus etwas gelernt habe.

Den ersten wirklichen Schritt auf dem Weg der Entdeckung tat ich im Sommer meines achtzehnten Lebensjahres – es war der Sommer, den ich mit Christian an der Ostküste verbrachte. Ihm gebe ich die Schuld für meine übertriebenen Erwartungen an den Menschen – und gleichzeitig war er es, der mich rettete. Als ich mich entscheiden musste, welchen Weg ich einschlagen sollte, war es Christian, der mich zwang, zur Hauptstraße zurückzukehren. Christian und ich waren irgendwie Kumpel, gemeinsame Reisende durch die Fallstricke der Jugend und der Illusionen. Mehr noch, Christian und ich waren Freunde. Er gehörte zu der Sorte von Freunden, die man nur einmal in seinem Leben hat. Zur Jugend scheint eine Nähe zu gehören, die sich später, wenn sie in das Erwachsenendasein übergeht, verflüchtigt. Gemeinsame Ziele, nehme ich an, sind ein wichtiger Bestandteil der Freundschaft; wenn man älter wird, gibt es so viele andere Möglichkeiten.

Wir verbrachten diesen Sommer an der Küste von Maryland. Es gab dort einen Leuchtturm mit verblichenen roten Streifen auf einem farblos-weißen Untergrund. Der Leuchtturm war Christians Barometer, wie weit er die Elastizität des Lebens, die man als Kühnheit oder Mut bezeichnen kann, ausreizen konnte.

Viele Jahre später kehrte ich zu diesem einsamen Wachtposten am Strand zurück. Der Leuchtturm, eine dunkle Silhouette, die in den grauen Himmel ragte, war noch da. Der Eingang bestand aus einer alten Holztür, die wir früher immer aufgestoßen hatten; nun ging ich darauf zu und wollte sehen, ob sie noch aufsprang, wie sie es in meiner Jugend getan hatte. Doch die Tür war erneuert – das Holz war durch Stahl und dessen zeitlose Beständigkeit ersetzt worden – und die grundlegende Wahrheit, die ich vor Jahren dort drinnen gefunden hatte, war nun für immer weggeschlossen.

Aber ich komme von meiner Geschichte ab, wir sollten

zu jenem Sommer zurückkehren, der in Wirklichkeit der letzte Sommer gewesen war. Und eigentlich sollte ich noch weiter zurückgehen, dorthin, wo alles anfing – sechs Jahre vorher, als ich Christian zum ersten Mal traf. Wir waren zwölf. Es war während eines Football-Spiels, als ich erfahren sollte, wovon Erwartungen handelten.

Der Football, eine harte Scheibe im Sonnenlicht, kam durch die Luft gesegelt – ein perfekter Pass in meine Hände. Ich zog den Ball an die Brust und sah den Sieg schon vor mir, dort neben der riesigen Eiche, die die Ziellinie markierte. Als ich keine sechs Meter davon entfernt war, umfing mich plötzlich der harte Boden.

»Verdammt!«

Ich rappelte mich auf und konnte gerade noch erkennen, wer mir den Triumph weggeschnappt hatte. Er war dreißig Zentimeter kleiner als ich und lief locker zu seinen Mannschaftskameraden zurück. Ich starrte ihm nach, während ich mich zum Spielerkreis zurückschleppte.

»Gut gefangen, Brenton! Schade, dass du nicht punkten konntest«, rief unser Quarterback, als ich die anderen erreichte.

»Okay, Jungs, der nächste Lauf ... Brenton, willst du wieder den Angriff vortragen?«

»Klar ... wer war der Kerl, der mich umgestoßen hat?«

Unser Quarterback sah zu mir herüber.

»Christian Streizer. Ein flinker kleiner Kerl, was?«

»Ja.«

Ich beugte mich zwischen meinen drei Mannschaftskameraden hinab, ein Schweißtropfen fiel von meiner Nase auf den dampfenden Boden. Die hoch stehende Sonne Marylands erwärmte die Luft vom Meer, und die feuchte Hitze stand jedem im Gesicht.

»Brenton, hinten rechts herum auf zwei. Mal sehen, ob wir dieses Mal punkten können.«

Wir stellten uns auf.

»Eins! ... zwei! – los!«

Unser Quarterback packte den Ball und warf ihn mir zu. Ich begann hinten herumzusprinten und zog den Football an meine Brust. Die Luft strich über meine nasse Haut. Ich sah das Feld, das bis zur Ziellinie offen vor mir dalag, und rannte schneller und pumpte mit den Armen und versuchte in der Schwüle mehr Luft zu bekommen. Hinter mir näherten sich rasend schnelle Schritte – jemand krachte mir in die Seite. Ich schlitterte über den Rasen, und der Ball platschte mir aus dem Arm.

Der Football blieb dreißig Zentimeter vor meinem Gesicht liegen. Hilflos sah ich, wie zwei Hände den Ball ergriffen und mein Angreifer von vorhin auf die andere Ziellinie zurannte und dann darüber hinweg. Als das Spiel vorbei war, rappelte ich mich mühsam hoch. Alle anderen waren bereits auf dem Weg nach Hause, um zu Mittag zu essen oder etwas zu trinken.

Ich beobachtete ihn, meine Nemesis, wie er auf mich zuschritt. Und dann vorüberschlenderte, nickte und alleine über das Feld ging. Ich rannte ihm nach.

»*Hey* – das war ein toller Lauf«, rief ich.

»Danke«, sagte er und zuckte die Achseln.

»Wie heißt du?«

»Christian.«

»Brenton«, sagte ich und ging neben ihm her.

Wir gingen über den Golfplatz, auf dem wir Football spielten. Ich betrachtete ihn. Er war kleiner als ich, aber sehr kompakt. Zwischen seinem Bauch und Brustkorb verliefen harte Muskelwellen, die sich auf seine Arme und seinen Nacken verästelten. Sein braunes Haar war oben lang und an den Seiten ausrasiert, was seinen Kopf größer aussehen ließ. Aber am meisten beeindruckten mich seine Augen – sie waren blassgrün, mit schwarzen Wimpern und von einer durchdringenden Tiefe, wie ich sie bislang nicht gesehen hatte.

Ich war, wie gesagt, gut fünfundzwanzig Zentimeter größer und auf jeden Fall schwerer als er, am Bauch und an den Armen aber weicher. Mein rotlockiger Haarschopf war so ganz anders als sein harter Haarwust, Sommersprossen dominierten mein Gesicht, und auch der sonnenverbrannte, helle Ton meines Hauttyps stand in ausgeprägtem Gegensatz zu seiner gebräunten Haut. Aber ich hielt meinen Kopf für regelmäßiger geformt, und meine hellblauen Augen zog ich seinem seltsamen Grün vor.

Ich sah ihn an.

»Spielst du oft Football?«

»Nee«, antwortete er und öffnete dabei kaum den Mund.

»Das war ein ziemlich guter Lauf – dafür, dass du nicht oft spielst.«

Er zuckte mit den Achseln.

»Nee, spiel nicht oft.«

Einige Minuten gingen wir schweigend nebeneinander her. Ich sah zu ihm hinüber.

»Hab dich in der Schule noch nicht gesehen ... bist du in der siebten Klasse?«

»Mh-hmm.«

»Hast du Miss Sloam?«

Er nickte, während er mit diesen kleinen kurzen Schritten weiterging.

»Ich habe Miss Stort ... ist ganz in Ordnung. Ich bin neu in der Klasse.«

Er sah mich an.

»Neu in der Klasse?«

»Aus Virginia, erst letzten Monat hierher gezogen.«

Er nickte und schwieg wieder.

Noch mehrmals versuchte ich eine Unterhaltung in Gang zu bringen, aber er antwortete nur in diesen kurzen Sätzen. Die Sonne kannte kein Erbarmen – der heiße Atem von verbranntem Gras stieg vom Golfplatz auf. Ich bedauerte bereits, dass ich mir die Mühe gemacht hatte, mit ihm zu reden. Er sah in die weiße Hitze, dann drehte er sich mir zu.

»– hab 'ne Frage an dich.«

»Was?«

Er wartete und sah sich beiläufig um.

»Schon mal jemanden umgebracht?«

Ich blieb stehen und starrte ihn an.

»Was?«

Er blieb ebenfalls stehen.

»Hast du schon mal jemanden umgebracht?«

Ich schüttelte den Kopf und stieß ein kurzes Lachen aus.

»Nein ...«

»Oh«, sagte er und nickte.

Wir setzten uns wieder in Bewegung. Im grünen, fernen Hitzedunst über der Küste lag das laute Summen der Zikaden. Ich beobachtete ihn, ob nicht der Anflug eines Lächelns, ein verstecktes Grinsen verriet, dass er mich auf den Arm nahm. Aber er sah nur geradeaus und ging mit derselben Entschiedenheit weiter, mit der er sich auf den Weg gemacht hatte. Sein Hemd hatte er um den Nacken gelegt, nun baumelte es an seinen Schultern. Ich wischte mir über die Augenbrauen und bemerkte, dass ihm die Hitze überhaupt nichts auszumachen schien. Ich räusperte mich.

»Hast *du* schon mal jemanden umgebracht?«

Er blinzelte in die Ferne, ohne seine Schritte zu unterbrechen.

»Einmal.«

Misstrauisch beäugte ich ihn.

»Wo?«

»In einem Schwimmbecken«, erwiderte er ohne die geringste Gefühlsregung in der Stimme.

Ich hielt inne.

»Wie hast du's gemacht?«

»War ganz leicht.«

Und dann sagte er nichts mehr.

Mittlerweile schritten wir über den abgelegenen Teil des Golfplatzes. Das Gras war durch die Hitze braun geworden, für die Golfer war es zu heiß zum Spielen. Mit einigem Unbehagen stellte ich fest, dass von meinen Mannschaftskameraden nichts mehr zu sehen war. Nur in der Ferne zeichneten sich hinter einem hohen Zaun, der den Golfplatz umgab, einige Häuser ab. Er begann wieder zu reden.

»Ich war mit meiner Mutter im Schwimmbad. Es war richtig voll, ein Samstag, glaub ich«, sagte er, während er gedankenverloren mit den Augen blinzelte. »Ich war im flachen Teil des Beckens, mit einem Jungen, Dickie Thomas. Wir spritzten uns an ... und dann begannen wir uns zu kloppen.« Er atmete tief und lange ein. »Und dann kloppten wir uns unter Wasser und hielten uns richtig lange unter Wasser. Also hab ich ihn dann so *richtig lange* untergetaucht.« Er wartete und atmete erneut tief ein, so wie es die Leute tun, wenn sie gerade etwas sagen wollen, das sie beunruhigt.

Er hatte sein Hemd zu einem Strick zusammengewrungen und um den Nacken gelegt und sprach mit monotoner Stimme – ich kann nicht sagen, dass ich ihm glaubte, aber ich wurde nervös. Wir hatten unsere Schritte verlangsamt, und keine Menschenseele war zu sehen.

»Dickie fing an sich zu winden und versuchte hochzukommen, um nach Luft zu schnappen – und ich dachte mir, wie das wohl ist, wenn man jemanden umbringt ... also habe ich ihn unten gehalten«, sagte er und hielt die Hände vor sich nach unten gestreckt. »Das Becken war voller Menschen, ich wusste, dass mich niemand sehen würde. Nach einer Weile hörte er auf und bewegte sich nicht mehr und sank zu Boden. Ich bin einfach aus dem Becken, und die Rettungsschwimmer holten Dickie raus ... sie glaubten, er wäre von alleine ertrunken«, sagte er und zuckte die Achseln.

Einen Augenblick lang war er still. Ich spürte, dass ich etwas sagen sollte, konnte aber nicht reden.

»War aber ganz in Ordnung ... ich meine, jemanden umzubringen«, fügte er hinzu und sah mich wieder an.

Ich räusperte mich.

»Na ja ... ich werd's auch nicht verraten – ich werde es niemandem erzählen ... mach dir also keine Sorgen«, sagte ich schnell und spürte, wie mein Herz pochte.

Er sagte nichts, blieb aber stehen, drehte sich mir zu und starrte mich seltsam an. Ich blieb ebenfalls stehen. Meine Beine fühlten sich wackelig an, während wir uns gegenüberstanden. Eine erstickende Hitzewelle kam über das weite Feld.

»Ich kann dich nicht gehen lassen – du weißt zu viel.«

Ein Schweißtropfen rann langsam an der Seite meines Körpers nach unten. »Oh nein! ... du musst dir keine Sorgen machen! Es passiert *so oft,* dass Leute umgebracht werden – da ist nichts dabei ... wirklich nicht!«

Er schüttelte langsam den Kopf.

»Ich kann es nicht riskieren.«

Er sah sich schnell auf dem verlassenen Golfplatz um. Der kleine Knoten in meinem Hinterkopf, in dem der Schrecken saß, wurde größer und wuchs sich zu regelrechter Panik aus.

»Und ... jetzt – was hast du jetzt vor?«

Er sah zu Boden, dann ließ er sich auf die Knie fallen und sprang mich an. Ich fiel nach hinten. Er warf sich auf mich drauf und begann mich zu würgen.

»Ich habe ihn umgebracht und jetzt bringe ich dich um!«

Ich wehrte mich gegen seinen Griff an meinem Hals, zerrte wie wild an seinen Armen und versuchte meine Hände unter seine zu bekommen. Aber seine Hände schlossen sich nur fester um meinen Hals, und ich spürte das harte Gras, das mich im Nacken pikste. Ich versuchte nach ihm zu schlagen, aber er hielt sein Gesicht nach unten, und meine Fäuste fielen harmlos auf seinen Kopf. Ich spürte, wie mir die Kräfte schwanden. Seine grünen Augen starrten auf mich herab, während sich mein Blick trübte.

Er sprang von mir herunter. Röchelnd und nach Luft schnappend setzte ich mich auf. Christian deutete mit dem Finger auf mich und lachte.

»Hattest du *Angst!* Oh Junge – ich hab dich ganz schön drangekriegt! Kann nicht glauben, dass du wirklich gedacht hast, ich hätte jemanden umgebracht!«

Er wand sich am Boden und zeigte auf mich, sein Gesicht lief rot an vor Lachen.

»Du bist ein Arschloch!«, sagte ich und hätte ihn am liebsten angespuckt. »Du gehörst eingesperrt, weißt du das?«

Ich rieb mir den Hals und beschimpfte ihn weiter. Ich war auf die übelste Weise reingelegt worden.

»Ich kann nicht glauben, dass du so leichtgläubig bist«, lachte er, wobei die Adern an seinem Hals hervortraten. »Du hast wirklich geglaubt, ich hätte jemanden umgebracht! Warte erst, bis ich das allen anderen erzähle!«

Ich hatte keine Vorstellung, wer »alle anderen« waren, aber ich sah ganze Football-Tribünen voller Menschen vor mir, die zusammenkamen und mich auslachten. Ich sprang auf.

»Du wirst *niemandem* davon erzählen!«

Er schüttelte den Kopf.

»Warum nicht? – was willst du dagegen tun? Du hast mir doch die ganze Zeit *geglaubt*!«

»Ich habe dir nicht geglaubt ... niemand würde dir diese dumme Geschichte abnehmen! Wenn du das weitererzählst ... dann kannst du dir andere suchen, mit denen du Football spielst!«

Ich hatte keine Ahnung, welche Art von Drohung das war, aber sie schien ihn innehalten zu lassen.

»Ich gehe jetzt nach Hause und du erzählst lieber nichts davon«, warnte ich ihn und versuchte meine verlorene Ehre wiederherzustellen.

Ich begann über das Feld davonzugehen.

»Hey, Brenton!«

Ich ignorierte ihn.

»Hey, Brenton!«

Ich blieb stehen und drehte mich um.

»Was?«

Er hatte sein Hemd wieder um den Hals gelegt und zog an beiden Enden.

»Willst du zum Essen mitkommen?«

Ich ergriff die Gelegenheit.

»Mit *dir?* Du machst Witze!«

Ich weidete mich am Blick auf seinem Gesicht und setzte mich wieder in Bewegung.

»Hey, Brenton!«

Ich ging weiter.

»Brenton!«

Ich drehte mich um. Er zog noch immer an den Enden seines Hemdes und drückte den Kopf dagegen.

»Komm schon – war nur ein Witz ... es gibt Tunfisch.«

»Na und!«

Er zuckte die Schultern.

»Tunfisch ... und Kuchen zum Nachtisch.«

Ich blinzelte ihn an.

»Was für einen Kuchen?«, fragte ich widerwillig.

»Schokoladenkuchen.«

Ich überlegte.

»Du versprichst, dass du *niemandem* erzählen wirst, was passiert ist? – Auch wenn ich deine dumme Geschichte, dass du jemanden umgebracht hast, nicht geglaubt habe.«

Er nickte.

»Versprochen.«

Ich starrte ihn an, überlegte kurz, ob ich mit dem Sieg in den Händen davonmarschieren sollte, ging dann aber zu ihm hinüber.

»In Ordnung – aber du erzählst lieber nichts davon!«

Auf seinem Gesicht erschien ein Lächeln. Wir setzten uns wieder in Bewegung.

»Gerade erst umgezogen, was?«, fragte er, nachdem wir eine Weile gegangen waren.

»Mh-hmm ... im Sommer.«

Er nickte.

»Toll ... ich habe immer in Baltimore gewohnt. Ich würde gerne einmal woanders leben.«

Ich nickte. Christian sah mich an.

»Du bist noch immer sauer, oder?«

»Nein«, log ich.

»Doch, du bist noch sauer, ich seh's dir an.«

»Nein, bin ich nicht!«

Er sah nach vorn, zögerte, und dann warf er sich vor mir auf den Boden. Packte sich am Hals und begann sich selbst zu würgen.

»Was machst du da?«

»Ich mach, dass wir quitt sind«, antwortete er.

Er würgte sich wieder. Ich sah, wie sein Gesicht rot anlief.

»In Ordnung ... vielleicht bin ich nicht mehr sauer.«

Er sah auf.

»Wirklich?«

Er begann sich wieder zu würgen.

»Wirklich!«

Er sprang auf. Auf seinem Hals waren rote Striemen von seinen eigenen Händen. Ich starrte ihn an.

»Ich sagte dir doch, ich hab dir nicht geglaubt ...«

Er sah mich an und grinste.

»Komm schon, Brenton, du hast mir geglaubt ... gib's doch zu.«

Ich schüttelte den Kopf.

»Du bist verrückt – das war die blödsinnigste Geschichte, die ich jemals gehört habe!«

Er zuckte mit den Achseln.

»Spielt keine Rolle mehr, wir sind quitt.«

Ich nickte.

Es stimmte, wir waren quitt, auch wenn es nur zustande kam, weil er sich dazu herabgelassen hatte. Von Anfang an herrschte zwischen uns eine Fairness, der er immer Geltung verschaffte. Er wollte keinen Vorteil, mochte er auch noch so gering sein, der zu seinen Gunsten den Ausschlag geben konnte. Christian wollte eine faire Auseinandersetzung – auch was Menschen anbelangte.

An jenem ersten Tag aß ich, eingeschüchtert von ihrem ausladenden, vierstöckigen Haus, mit ihm zu Mittag. Christian war ein Einzelkind. Seine Mutter war eine kleine Frau, die viel redete, während sie ihre Diamanten und Edelsteine ordnete und darüber lamentierte, wie klein die Welt geworden sei, nun, da sie sie schon dreimal umrundet hatte. Später lernte ich Christians Vater kennen. Er sprach wenig, bewegte sich aber schnell und mit der Zielstrebigkeit, die Männer besaßen, die sich aus eigener Kraft hochgearbeitet hatten. Christian nannte ihn »Sir«, und ich tat es ebenso.

Christians Zimmer nahm fast das gesamte obere Stockwerk des Hauses ein. Annie, ihr Dienstmädchen, wohnte ein Stockwerk darunter in einem Zimmer neben Christians Eltern. Auch wenn ich ihn um sein großes Zimmer beneidete, hatte ich das Gefühl, dass das zu viel Platz für eine einzelne Person sei.

Mein eigenes Zuhause war nicht ärmlich, aber wir hatten nicht das Geld, über das Christians Familie verfügte. Der väterliche Zweig meiner Familie war einst wohlhabend gewesen. Das Geld stammte von meinem Großvater, der in Virginia Anwalt, Stadtrat und Politiker von einiger Bedeutung gewesen war. Als er starb, war mein Vater noch ein Kind, und das Geld wurde vergeudet, sodass alles, was mein Vater erbte, ein ungesichertes Darlehen war. Ich hatte den Eindruck, dass unsere Familie immer einen Schritt hinter der nächsten Lohnzahlung meines Vaters zurückblieb, daher das beständige Gefühl, dass es während des Monats gut lief und am Ende knapp wurde.

Mein Vater war so etwas wie ein Geschichtsnarr – besessen von der Geschichte der Südstaaten. Eine Wand seines Arbeitszimmers wurde von dicken, prachtvollen Büchern über den Bürgerkrieg eingenommen. Wenn er am Ende seiner langen Tage, in denen er als Handlungsreisender unterwegs war, nach Hause kam, rauchte er seine Pfeife und kämpfte den Krieg nach. Er hatte Anwalt werden wollen, aber die Aufnahmeprüfungen verschlafen. Die Heirat und ein Kind versetzten dann seinen juristischen Bestrebungen den letzten Schlag. So wurde er Handelsvertreter, in der Annahme, dass es nur vorübergehend und die Juristerei so lange zurückgestellt sei, bis die Familie »vorankam«. Aber der Job wurde zum Beruf, sein Pfeifenrauch vermischte sich mit der Abenddämmerung, und ich war auf mich alleine gestellt, um in der Gegenwart zurechtzukommen. Als ich zehn wurde, beschloss meine Mutter, dass das Fernsehen das kulturelle Empfindungsvermögen unserer Familie beeinträchtige, und der Apparat wurde verkauft. Der frei gewordene Platz in unserem Wohnzimmer wurde durch ein Bücherregal gefüllt, und so war ich im frühen Alter zur Unterhaltung auf die verstaubten Fantasien lange verstorbener Autoren angewiesen. Ich entwickelte eine gewisse Unabhängigkeit und machte mich leise auf die Suche nach einem neuen Vorbild. Ich brauchte jemanden, der in der Lage war, in dem harten Spiel, welches das Leben nun wurde, zu bestehen. Jemand, der in der Gegenwart verankert war. Christian schien die Antwort zu sein.

Bald nachdem wir uns kennen gelernt hatten, fragte

mich Christian, ob ich mit ihm und seiner Familie für ein Wochenende nach Ocean City fahren wolle. Ocean City war früher mit dem Land verbunden gewesen, nachdem allerdings ein Hurrican ein Loch in den Verbindungsstreifen gerissen hatte, musste man fünf Minuten über eine Brücke vom Festland fahren. Es war mein erster Besuch auf der Insel, die ich sehr gut kennen lernen sollte.

Das Faszinierendste an Ocean City war die Strandpromenade; ein hölzernes Fließband, an dessen einer Seite der Strand und an der anderen die Geschäfte, Hotels und Restaurants lagen. Die warme, salzige Meeresluft wehte über sie hinweg und brachte mit sich den Geruch von Hotdogs, Popcorn, Meeresgerichten und der Karren mit den heißen Pretzeln, die ständig auf und ab rollten.

Christian nahm mich mit zu einer Tour über diesen langen, in der Ferne verschwimmenden Holzweg. Unsere nackten Füße tappten über die heißen Planken, während der Ozean an den Strand krachte und die Menschen in den gelben Sand warf, der sich zwischen der Promenade und dem Wasser erstreckte. Wir schritten schnell über das von der Sonne erhitzte Holz, das so roch wie Telefonmasten im Sommer.

An jenem Abend gingen wir zum Riesenrad am Ende der Promenade. Der Strand kühlte sich unter der warmen Decke der Meeresluft ab, auf den Gesichtern, die sich durch die Nacht bewegten, glühte die Hitze des Tages. Gelegentlich drang das Tosen des Ozeans durch den Lärm und zog sich schnell wieder in die Nacht zurück.

Ein gelbes Riesenrad drehte sich in der Ferne, und im aufgeregten Kreischen der Kinder spiegelte sich das Entzücken der Menschen.

Christian sagte, es gebe etwas, das er mir zeigen wolle, bevor wir zum Riesenrad gingen. Was es war, wollte er mir allerdings erst sagen, als wir fast schon da waren. Am Rand der Promenade stand eine Menschenmenge, die auf den Strand sah. Wir schoben uns nach vorne und erblickten eine aus Sand gefertigte Skulptur: die Jungfrau Maria. Ein einsames blaues Licht erhellte die Sandfigur vor der Schwärze des Ozeans.

»Was hältst du davon, Brenton?«, flüsterte Christian neben mir.

Ich starrte auf die blaue Skulptur.

»Wie kann das jemand nur aus Sand machen?«

»Weiß ich nicht.« Christian zuckte die Achseln. »Aber jemand macht es.«

»Hast du ihn schon mal gesehen?«

Er schüttelte den Kopf.

»Irgendein alter Mann, der in der Bucht lebt, macht die Skulpturen – soweit ich weiß, hat ihn noch nie jemand gesehen. Denke, er kommt ganz spät in der Nacht, macht dann eine neue Skulptur und nimmt das Geld mit.«

Das »Geld« war ein Eimer mit Münzen, der am Rand der Promenade stand. Der Kübel war voll, und die neuen Münzen, die hineingeworfen wurden, klimperten.

»Du meinst, der Eimer mit dem Geld steht hier die ganze Nacht und niemand passt auf ihn auf?«, fragte ich.

Christian nickte langsam.

»Ja. Es hat ihn noch nie jemand gestohlen.«

Wir standen da, betrachteten die friedliche Figur und gingen dann weiter. Die Szene hatte etwas, das in mir das Bedürfnis weckte, länger zu bleiben.

»Ich kann nicht glauben, dass niemand das Geld nimmt.«

»Ahh – du hast keinen Glauben, Brenton. Du musst an die Menschen glauben.«

»Das tue ich«, protestierte ich.

Christian zuckte die Schultern.

»Dann glaub es einfach.«

Ich hielt inne.

»Vielleicht kommt er manchmal ganz früh«, schlug ich vor.

»Vielleicht ...«

Ich drehte mich um – das blaue Licht war in der Ferne ganz klein.

Wir verbrachten den größten Teil des Abends beim Riesenrad. Langsam gingen wir auf der Promenade zurück und blieben stehen, um erneut die Skulptur zu betrachten. Ich sah mir die Sandmadonna genau an. Ihr Schleier war perfekt gestaltet und verschmolz hinten mit dem Hügel, auf dem sie lag. Die kleine Nase und der Mund waren aus nassem Sand geformt. Ihre Augen waren klar und ruhig, und ihr Kopf lag an den gefalteten Händen an. Wie gewöhnlich hatte sich eine Menge versammelt, und der

Kübel war voller Geld. Ich sah auf den Eimer, der dort die ganze Nacht stehen würde, bis der alte Mann kam und ihn holte.

»Würde gern wissen, wie er aussieht.«

Christian drehte sich mir zu.

»Wie wer aussieht?«

»Der alte Mann, der die Skulpturen macht.«

Langsam schüttelte Christian den Kopf und wandte sich wieder der Sandfigur zu.

»Das weiß keiner.«

Wir gingen weiter. Christian schwieg, und ich betrachtete die Lichter weit draußen auf dem Meer. Ein grünes Licht bewegte sich mit uns durch die Dunkelheit.

»Ich hab nachgedacht«, begann Christian langsam.

»Worüber?«

»Was du über den alten Mann gesagt hast – dass ihn noch nie jemand gesehen hat«, fuhr er fort und blickte starr voraus.

»Ja, und?«

Er zögerte.

»Ich weiß, wie wir ihn sehen können!«

»Wie willst du das anstellen?«

Aufgeregt drehte er sich zu mir hin.

»Wenn meine Eltern heute Nacht schlafen, schleichen wir uns raus, gehen zur Sandskulptur und verstecken uns unter der Promenade. Früher oder später wird er auftauchen, und dann werden wir da sein.«

Ich nickte und sah ihn an.

»Bist du dir sicher, dass wir rauskönnen?«

»Klar – wir müssen nur ganz leise sein, das ist alles.«

Ich drehte mich um, sah über die Promenade zu dem kleinen blauen Licht und dann wieder zu ihm.

»Gut, aber wenn deine Eltern aufwachen –«

»Keine Sorge, sie wachen nicht auf.«

Christian lächelte. Wir gingen weiter, während die Brandung hart an den Strand schlug und dann wieder zurückwich. Ich suchte das grüne Licht draußen auf dem Meer, aber es war fort.

Wir gingen früh zu Bett und schlichen dann leise aus dem Schlafzimmer, nachdem seine Eltern schlafen gegangen waren. Nur das gleichmäßige Ticken der Uhr in der Küche war zu hören und draußen das weiche Rauschen der Brandung. Leise öffnete Christian die Eingangstür. Wir traten hinaus auf den kühlen Beton des an der einen Seite offenen Ganges. Christian ließ die Tür einen Spalt breit auf. In der salzigen Nachtluft rannten wir zum Aufzug.

Wir liefen durch den Meeresdunst, und weit unten an der leeren Promenade konnte ich das kleine blaue Lichtzeichen erkennen. Plötzlich blieb Christian stehen.

»Ahh, wir bekommen Ärger.«

»Was?«, keuchte ich und kam schlitternd zum Stehen.

Er zeigte nach vorn. Ein Polizist trat aus dem Schatten und kam auf der Promenade auf uns zu.

»Mein Vater wird mich umbringen«, flüsterte Christian.

In meiner Vorstellung sah ich bereits Christians Eltern, die kamen und uns gegen Kaution aus dem Gefängnis holten. Der Polizist war nun vor uns, nickte und ging weiter. Ich atmete aus.

»Das war knapp!«

Mit zitternder Hand wischte sich Christian den Schweiß von den Brauen.

»Ja – los, weiter.«

Wir rannten los und erreichten die Skulptur. Die Jungfrau Maria war dunkel von der Feuchtigkeit, der metallene Geldkübel nass.

»Komm schon ... machen wir, dass wir unter die Promenade kommen«, sagte Christian und sprang hinab in den Sand.

Wir legten uns halb unter den Plankenweg, auf gleicher Höhe mit der Sandskulptur und dem Geld. Von unserem Versteck aus konnten wir jeden sehen, der kam, um das Geld zu holen. Eine halbe Stunde verstrich, nichts geschah. Wir richteten uns auf ein langes Warten ein.

Christian ließ sich in den Sand zurückfallen, und ich formte einen kleinen Hügel, auf den ich meinen Kopf legen konnte. Von einem fernen Leuchtturm dröhnte ein Nebelhorn, und der Ozean stupste mit seinem weichen Rhythmus die stille Nacht an. Dunstschleier schwebten über den Laternen auf der Promenade.

»Ich würde gern wissen, wie es ist, wenn man am Strand lebt«, murmelte ich und fühlte mich schläfrig.

»Weiß nicht – ziemlich toll wahrscheinlich.«

Christian setzte sich auf und sah auf das Meer hinaus. »Aber mein Vater würde das niemals zulassen.«

Ich sah ihn an.

»Warum nicht?«

Er zuckte die Achseln.

»– weiß einfach, dass er es nicht zulassen würde. Nicht solange ich nicht richtig alt bin ... so wie im College vielleicht.«

Ich nickte.

»Dein Dad ist ziemlich streng?«

»So schlecht ist er nicht ... ich muss nur immer gut sein.« Er wandte sich mir zu. »Hat dein Dad dich jemals geschlagen?«

Ich dachte einen Moment lang nach.

»Nein – nicht dass ich mich erinnern könnte.« Christian nickte.

»Dann hast du Glück.«

Ich sah ihn an.

»Hat dich dein Dad geschlagen?«

»Ja ... wenn ich was anstelle.«

»Mit der Hand?«

»Mit der Hand oder seinem Gürtel.«

Er drehte sich weg und steckte einen Finger in den Sand.

»Weswegen schlägt er dich?«

»Verschiedene Sachen.« Christian zuckte die Achseln. »Einmal habe ich mich mit Jimmy aus unserer Straße geprügelt, dabei bin ich hingefallen und hab mir an einer

Glasscherbe das Knie aufgeschnitten, richtig tief. Ich musste mich ins Haus schleichen und versuchen die Wunde zu schließen – es ist diese Narbe hier.« Er winkelte sein Bein an und deutete auf eine dicke weiße Linie, die sich über sein Knie zog.

»Ich dachte, sie war zu, aber mitten in der Nacht bin ich aufgewacht und die ganze Decke war voller Blut.« Er wartete. »Ich versuchte die Blutung zu stoppen, aber am Morgen kam Annie herein und fand die Decke. Dann wusste ich, dass ich dran war. Sie brachten mich ins Krankenhaus und ich bekam zwölf Stiche ... Dad hat mich damals ziemlich verprügelt.«

»Warum hat er dich verprügelt – du hast doch nichts getan?«

Christian zuckte die Achseln.

»Weil ich ihm nichts gesagt habe ... und wenn ich es ihm gesagt hätte, hätte er mich trotzdem verprügelt, weil ich mich geschnitten habe.«

»Das ergibt doch keinen Sinn.«

Christian lächelte traurig und legte sich in den Sand zurück.

»Mom sagt, er schlägt mich, weil er als Junge arm war und von seinem Dad geschlagen wurde. Schätze, die Familie meines Dads war ziemlich arm ... sie hatten nur Bohnen und Melasse zum Essen, und er musste die Highschool abbrechen, um zu arbeiten – sein Dad war Alkoholiker.«

»Trinkt dein Dad?«

Christian schüttelte den Kopf.

»Nein – aber Mom sagt, er glaubt, ich hätte so vieles, was er nicht hatte, als er klein war, und deswegen will er, dass ich auch etwas leiste.«

Er schwieg eine Weile. Ich starrte in die Dunkelheit unter der Promenade und dann zu ihm.

»Hör zu, wenn du bei mir zu Hause übernachten willst, weil er dich wieder schlägt ... dann kannst du das tun.«

Christian nickte und starrte in den dunklen Himmel. Er drehte sich mir zu.

»Weißt du, ich habe vor kaum etwas Angst, außer vor ihm.«

»Wirklich? Ich habe vor vielen Dingen Angst.« Christian setzte sich auf und blinzelte.

»Ja, wovor denn?«

»Mich zu prügeln, zum Beispiel ...«

»Ach, jeder hat Angst sich zu prügeln.«

»Nein.« Ich schüttelte den Kopf. »Das ist was anderes.«

»Was meinst du?«

Ich zuckte die Schultern.

»Weiß nicht ... es ist einfach was anderes.«

Christian schwieg. Er legte sich wieder auf den Rücken, dann redeten wir davon, am Strand zu leben, bis wir einschliefen. Als ich aufwachte, hörte ich auf den Holzplanken Schritte. In der Luft lag der nasse, zähe Geruch von Regen; ich schob mich weiter unter die Promenade.

»Wird einen Sturm geben«, flüsterte Christian aus der Dunkelheit unter der Promenade.

»Wie lange bist du schon wach?«

»'ne ganze Weile – wollte nur sehen, wie lange du noch im Regen schläfst.«

»Danke.«

Ein Blitz zuckte. Blaues, spinnennetzartiges Licht berührte den Ozean, der Regen peitschte über den Strand und trommelte auf die Promenade. Durch die Spalten zwischen den Planken tropfte Wasser auf uns herab. Ich sah in den Regen hinaus.

»Glaubst du, dass er bei dem Wetter kommt?«

Christian zuckte die Achseln.

»Er muss kommen. Ich werde mal nachsehen.«

Er trat in den Regen und blieb stehen.

»Hey, Brenton!«

»Was?«

»*Schau,* da ist er!«

Er zeigte auf die Promenade, als ich hinauskam. Neben dem blauen Licht stand ein alter Mann, in einen schmierigen nassen Mantel gehüllt. Seine Hose hing schwer an seinen Beinen, seine Schuhe hatten keine Schnürsenkel. Der nasse Hut hing ihm zu beiden Seiten ins Gesicht, auf dem ein grauer Stoppelbart wuchs. Er blickte die Promenade auf und ab, ergriff dann den Geldkübel und begann die Münzen in seine Manteltaschen zu packen.

Christian sprang auf die Promenade. Der alte Mann hielt in der Bewegung inne und starrte zu uns herüber. Ich stellte mich neben Christian, der Mann trat einen Schritt zurück und schob seine Hände in die Taschen mit dem Kleingeld. Der Regen durchnässte uns alle.

»Was wollt ihr?«

»Wir wollten Sie nur sehen«, erklärte Christian. Der alte Mann blinzelte und zeigte mit seinem knorrigen Finger auf uns.

»Müsst ihr nicht schon längst im Bett sein?«

Christian hob seine Hände.

»Wir wollten nur sehen, wer diese Sandfiguren macht – ist es schwer, diese Skulpturen zu machen?«

Der alte Mann sah zu ihm, dann auf die sich auflösende Skulptur. Sein Gesicht erhellte sich, er verstand.

»Nun, äh, eigentlich nicht, sie sind nur ... man braucht nur ein wenig Zeit, das ist alles«, sagte er und nahm auch die andere Hand aus seiner Tasche. Christian schüttelte den Kopf.

»Nun, das ist doch was. Ich wette, das ist ziemlich schwierig –«

Ein Pfiff zerriss die Luft, dann strich ein Lichtstrahl durch den Regen. Der alte Mann drehte sich um und lief von der Promenade weg in die Dunkelheit einer Straße. Wieder ertönte ein Pfiff, ein Polizist kam angerannt. Mit seiner Taschenlampe leuchtete er in die Straße, von seinem schwarzen Regenmantel spritzte Wasser.

»Habt ihr Jungs euch mit einem alten Mann unterhalten?«

»– ja.« Christian nickte.

»Dieser verdammte Wiley! ... Er ist wieder entwischt.«

Der Polizist schaltete die Taschenlampe aus und wandte sich an uns.

»Was macht ihr beiden zu dieser Zeit hier draußen?«

Wir sahen uns an, dann zuckte Christian die Schultern und wies auf die Sandskulptur.

»Wollten nur sehen, wer der Sandmann ist.«

»Ihr wolltet was?«

»– sehen, wer die Sandskulpturen macht ...«

»Wer ist Wiley?«, fragte ich.

Das Gesicht des Polizisten verhärtete sich.

»Ein Penner! Klaut den Leuten immer das Geld«, sagte er und spähte wieder in die dunkle Gasse.

»Ist er ein Gauner?«, fragte Christian langsam.

Der Polizist drehte sich um.

»Ja, das ist er ... Wollt ihr beiden mir nun erklären, was ihr hier macht?«

Der Regen floss in einem gleichmäßigen Strom vom Schild seiner Mütze. Christian räusperte sich.

»Macht dieser Wiley die Sandskulpturen?«

»*Sandskulpturen*! ... Herrgott! Ich weiß es nicht – vielleicht, wenn er Geld dafür bekommt. Und nun verschwindet von hier oder ich nehm euch mit aufs Revier und rufe eure Eltern an.«

»Ja, Sir«, sagte ich und packte Christian am Arm.

»Aber was ist mit der Sandskulptur?«, flüsterte Christian.

Ich zeigte dahin, wo die Jungfrau Maria gewesen war.

»Welche Sandskulptur?«

Christian starrte auf den sanften Sandhügel, zu dem die Figur im Regen geworden war.

»Komm, Christian – gehen wir!«

»Aber ... der Sandmann.«

Ein Donner rollte am Himmel, um uns erhellte sich der Strand.

»Ich zähle bis drei, und dann seid ihr beiden hier verschwunden.«

»Lass uns gehen, Christian!«

Ich begann ihn die Promenade hinabzuzerren.

»Eins ... zwei ...«

Christian schüttelte meinen Arm ab und ging weiter. Einmal blickte ich zu dem blauen Licht zurück und war erleichtert, als ich sah, dass der Polizist fort war. Schweigend gingen wir nebeneinander her.

»Nun, schätze, jetzt wissen wir, wer der Sandmann ist«, sagte ich müde.

Christian sah mich an.

»Was meinst du damit?«

»Na ja.« Ich zuckte die Schultern. »Es ist dieser Wiley – er klaut von anderen das Geld ...«

Christian stieß mich auf das Holz der Promenade und warf sich auf meine Brust, sein Gesicht war nur Zentimeter von mir entfernt.

»Was meinst du damit! Das war er nicht! Sag das nie wieder!«

Er stieß mich weg und ging dann schnell über die Promenade. Langsam stand ich auf und rieb mir die Beine, auf die ich gefallen war. Verärgert setzte ich mich in Bewegung und beschloss, dass ich nach dieser Reise mit ihm fertig war.

Getrennt gingen wir nebeneinander her, bis Christian unmittelbar vor der Wohnung seiner Eltern an einer Bank stehen blieb. Vorsichtig näherte ich mich.

»Hey, Brenton – mir ist da was eingefallen!«

»Sprichst du mit mir?«

Lächelnd nickte er. Ich ging weiter.

»Schön, *ich* rede aber nicht mit dir!«

»Hör zu ...«, fing er an.

»Vergiss es. Du bist ein *Blödmann!* Such dir einen anderen zum Verprügeln.«

Christian kratzte sich am Kopf und sah auf die nasse Promenade. Es hatte aufgehört zu regnen. Vom Meer zogen Nebelschwaden herein, die über die Laternen hinwegglitten.

»Du musst nicht mehr sauer sein«, sagte er ruhig.

Ich drehte mich zu ihm um.

»Ach ja? Was wäre denn, wenn ich *dich* zu Boden stoße!«

Er zuckte die Schultern und lächelte.

»Los, mach schon.«

»Ja ... schön.«

Christian fiel auf die Promenade.

»Komm schon – spring auf mich drauf.«

Ich sah ihn an.

»Ich sollte dir auf den Kopf springen.«

»Mach es – ich werde dich nicht aufhalten.«

Ich stand über ihm.

»Du bist verrückt.«

Er sprang auf.

»Willst du hören, was mir eingefallen ist?«

»Nein ...«

»Schau!«

Er zeigte über den Strand und alles, was ich sehen konnte, war der rote Lichtstrahl eines fernen Leuchtturms.

»Was – ich seh nichts.«

»Der Leuchtturm!«, sagte er und fuchtelte mit dem Finger in der Luft.

»Und ... was ist damit?«

»Neben ihm steht ein anderer Leuchtturm – der ist richtig alt, und man kann auf ihn hinaufklettern und –«

»Hast du das schon mal *gemacht*?«

»Nein ... aber ich kenne ein paar Jungs, die das gemacht haben, und sie sagen, wenn man oben ist, kann man hinausgehen, die Aussicht ist toll!«

Ich sah zum fernen Leuchtturm.

»Sieht aus, als ob das weit weg wäre, Christian.«

»Wir können auf dem Highway hintrampen und dann –«

»Du willst *jetzt* da hochklettern?«

»Klar – bis zum Morgengrauen sind wir wieder zurück«, sagte er und hob seine Hände, als wäre alles ganz logisch.

Ich schüttelte den Kopf.

»Ich weiß nicht, Christian, ich –«

»Komm schon – wie oft sind wir denn schon zu dieser Zeit draußen?«

Ich protestierte noch ein wenig, aber sein Gesichtsausdruck sagte mir, dass es nutzlos war. Christian hatte sich entschieden. Ich wusste, das reichte aus, um jeden Plan in die Tat umzusetzen.

Wir erreichten den Ocean Highway und marschierten weiter. Christians Plan hatte nur einen kleinen Schönheitsfehler – es gab keine Autos, die wir hätten anhalten können. Schließlich kam ein Wagen über den Highway, und wir streckten unsere Daumen raus. Der Wagen hielt an, ein alter Mann winkte uns zu einzusteigen. Ich kletterte vorne hinein.

»Was macht ihr Jungs zu dieser Nachtzeit noch hier draußen?«

»Erkunden«, antwortete Christian.

»Erkunden, so, so. Da habt ihr euch die beste Zeit zum Erkunden ausgesucht«, sagte er und fuhr los.

Der alte Mann fuhr langsam und hatte beide Hände am Lenkrad.

»Die Missus liegt in Salisbury im Krankenhaus, ich bleibe immer, bis sie einschläft, und komme dann am nächsten Morgen wieder«, sagte er und blickte dabei über seine dicken Brillengläser.

Ich nickte.

»Wohnen Sie schon lang in Ocean City?«

»Mein ganzes Leben lang.« Er klopfte leicht auf das Lenkrad. »Jetzt, da meine Frau krank ist, fahre ich oft weg.«

Ich sah ihn an.

»Ich hoffe, sie ist nicht allzu krank.«

Der alte Mann blickte starr voraus und schwieg.

»Das hoffe ich auch«, sagte er schließlich.

Im Scheinwerferlicht huschten die abgemessenen Highway-Markierungen vorüber, während wir zur anderen Seite der Insel fuhren. Neben der Fahrbahn breitete sich weißer Sand aus, hin und wieder reichten die Verwehungen halb über die Straße. Verblichene Hütten duckten sich an langen, leeren Strandabschnitten, und die Streben und Maschen des roten Erosionszauns verschmolzen ineinander. Aus der Dunkelheit flackerten verrostete, rot-weiße DURCHGANG-VERBOTEN-Schilder auf; sie gehörten zu den Holzkonstruktionen, die neben der Küstenstraße in das Morgengrau aufragten. Christian wies darauf hin, dass sie im Zweiten Weltkrieg Beobachtungsstationen gewesen waren. Der alte Mann kam zu einer Stelle, die unserer Meinung nach auf etwa gleicher Höhe mit dem Leuchtturm lag, und fuhr an den Straßenrand. Am Horizont berührte ein feiner Lichtstreif den Ozean.

Christian und ich stiegen aus.

»Viel Glück beim Erkunden«, rief er durch die offene Tür.

»Ich hoffe, Ihrer Frau geht es wieder besser«, sagte ich.

Er nickte.

»Danke – das wird es, wenn Gott es will.«

Ich schloss die Tür, und er fuhr davon.

»Netter alter Typ«, sagte ich und sah ihm nach, bis der Wagen am Highway verschwunden war.

»Das ist er.« Christian nickte und sah zum Strand.

»– denke, wir müssen hier entlang.«

Er ging auf den rot blinkenden Scheinwerferstrahl in der Ferne zu. Wir stiegen einen Sandhügel hinauf, lange Gräser streiften ihren Tau an unsere Beine. Ich sah mich um und stellte fest, dass wir am Leuchtturm vorbei waren.

»Wir sind zu weit«, rief ich Christian zu.

Er schüttelte den Kopf.

»Der alte Leuchtturm ist weiter unten.«

Voller Energie stürmte Christian den Dünenkamm hinauf, ich folgte. Oben angekommen breitete sich vor uns ein weiter, unberührter Strand aus. Der Ozean rollte an die Küste und zog sich säuselnd zurück. Der alte Leuchtturm hob sich schwarz vom grauen Himmel ab.

Wir stolperten nach unten auf den Turm zu. Lautlos flackerte im fernen Morgenlicht der Lichtstrahl des neuen Leuchtturms. Christian sprintete voraus und erreichte den Fuß des Turms.

»Ich wette, dieses Ding hat vor langer Zeit den Schiffen Signale gesendet«, sagte er, den Kopf nach hinten gereckt. Ich folgte seinem Blick hinauf zu der dunklen Glasspitze des Turmes.

»Oh Gott – ist der alt.«

Die verwaschenen roten Streifen des Leuchtturms blätterten an manchen Stellen ab. An beiden Seiten des Eingangs waren große metallene ZUTRITT-VERBOTEN-Schilder der Küstenwache befestigt. Christian ging zur Tür.

»Christian – vielleicht sollten wir lieber nicht reingehen.«

Er winkte ab.

»Mach dir keine Sorgen. Wenn die Tür verschlossen ist, gehen wir nicht rein.«

Die Holztür besaß ein korrodiertes, verrostetes Schloss. Christian warf sich dagegen, und die Haspe löste sich aus dem Holz.

»Schätze, das heißt, dass wir reingehen sollen«, sagte er lächelnd, als knarrend die Tür aufging. Wir betraten die kühle, salzige Luft, die schwach nach feuchtem Holz roch. Winzige Fäden kitzelten meine Nase; ich wischte mir ein Spinnennetz aus dem Gesicht. Ein Holztisch und ein Stuhl standen an einer Wendeltreppe, die nach oben in die Dunkelheit ging.

»Komm«, flüsterte Christian.

Er begann in der Dunkelheit die Treppe hochzusteigen.

»Du willst doch nicht *da* hinauf?«

»Natürlich! Komm schon.«

Ich überlegte, ob ich unten bleiben sollte, aber das war es, was mich an Christian fesselte: Er hatte Nerven, vielleicht sogar Mut, genau das, was mir fehlte. Es blieb mir nichts anderes übrig, als ihm zu folgen.

Unsere Schritte dröhnten auf der Eisentreppe. Über

mir in der Finsternis folgte Christian der spiralförmigen, modrigen Treppe. Unsere Schritte hallten durch den Turm, während wir höher stiegen. Ich blickte über das Geländer auf das schwache Licht, das weit unten durch die offene Tür einfiel, und hielt mich fest.

»Brenton – gleich kommt eine Plattform«, rief Christian aus der Dunkelheit über mir.

Ich blieb stehen.

»Wo?«

»Geh einfach weiter!«

Ich stieg weiter, bis mich seine Hand gegen eine Wand zog.

»Und jetzt – hier ist eine schmale Leiter und dann eine Falltür«, sagte er. Seine Stimme hallte wie verrückt.

»Woher weißt du das?«

»Ich hab's mit den Händen ertastet ... Ich gehe als Erster.«

Er stieg die Leiter hinauf. Unruhig sah ich zu.

»Bist du sicher, dass du da hinaufwillst?«

»Natürlich.«

Durch irgendeine Öffnung über uns kam das Morgenlicht. Auf der Leiter zeichnete sich Christians Silhouette ab. Er drückte gegen die Falltür. Sie ging auf, und Licht strömte über die Plattform. Christian stieg durch die Öffnung und spähte zu mir herunter.

»Komm«, sagte er und winkte.

Vorsichtig stieg ich die Leiter hinauf und zog mich durch die Falltür. Wir befanden uns im Inneren des Laternenraums. In der dicken Glaslinse fing sich das Licht der Morgendämmerung. Hinter der Linse befand sich, von der Größe eines Küchentischs, ein silberfarbener Reflektor mit großen, spiralförmigen, durch Staub und Alter schwarz gewordenen Glühfäden. Unter dem Reflektor waren verschmierte Zahnräder, die mit einem sperrigen, staubbedeckten Getriebekasten verbunden waren. Korrodierte Kabel liefen vom schwarzen Schaltkasten an der Wand zu dem Motor, der das Leuchtfeuer angetrieben hatte.

Ich stand in der Öffnung der Falltür. Der Boden war an mehreren Stellen vermodert und vor der Tür, die nach draußen zur Plattform führte, vollständig durchgebrochen. Das war die Lichtöffnung, die ich von der darunter liegenden Treppe erkannt hatte. Die einzige Möglichkeit nach draußen zu gelangen bestand darin, über das schwarze Loch zu springen.

»Ich wette, die Aussicht draußen ist großartig!«, sagte Christian und sah zur Tür. Er stand flach gegen die Wand gedrückt. Ich starrte ihn an.

»Du willst doch nicht springen?«

»Klar – warum nicht? Es ist doch kaum ein Meter zwanzig breit.«

»Es sieht größer aus.«

»Nee.« Christian ging in die Hocke. »Wünsch mir alles Gute.«

»Du bist verrückt!«

Christian holte tief Luft, ging noch mehr in die Hocke und schnellte auf das Loch zu. Ein perfekt ausgeführter

Sprung. Er setzte glatt über das Loch, kam im Türrahmen auf und drehte sich um.

»Siehst du? Nichts dabei – jetzt du!«, sagte er von der anderen Seite.

Ich sah zum Loch und schüttelte den Kopf.

»Ich kann nicht.«

»Warum nicht?«

»Weil ich hinunterfallen werde ... ich weiß es«, sagte ich. Ich blickte nicht auf.

Christian starrte mich an.

»Willst du es nicht wenigstens versuchen?«

Ich sah wieder zum Loch und überlegte, ob ich versuchen sollte zu springen. Ich sah zu ihm. »Ich kann es nicht.«

»Du meinst, du willst es nicht einmal versuchen?«

»Ich meine, ich werde hinunterfallen!«

Christian schüttelte den Kopf.

»Das weißt du doch nicht – ich werde dich halten.«

»Nein, ich werde hinunterfallen.«

»Woher willst du das wissen, wenn du es nicht versuchst?«

Einen Moment lang stand ich nur da.

»Ich weiß es einfach.«

»*Versuch* es doch einfach, Brenton. Ich verspreche dir, ich werde dich nicht fallen lassen.«

Ich holte tief Luft und wusste, dass ich wenigstens versuchen musste über das Loch zu kommen. Christian forderte es. Ich wollte mir einreden, dass ich, tief in mir, den

Mut dazu besaß. Langsam entfernte ich mich von der Falltür und stand flach an die Wand gelehnt, vor mir das Loch. Von der anderen Seite gab Christian Anweisungen.

»Einfach in die Hocke gehen und *springen*!«

Mein Herz pochte. Schweiß rann mir seitlich von der Brust über meinen Körper, mein Mund war trocken.

»Komm schon, Brenton – es ist nichts dabei.«

Ich nickte. Schweiß brannte auf meinem Gesicht. Mit zitternder Hand wischte ich mir über die Stirn. Ich hatte keine Energie mehr. Nur um die Beine zu bewegen, wäre ein Wunder nötig gewesen. Ich spähte in die Schwärze, ein Schwindelgefühl durchfuhr mich. Mut, bedingungslose Nerven, nichts mehr war da, was mir geholfen hätte – ich war wie gelähmt.

»Ich kann mich nicht bewegen«, sagte ich schwach.

»Du wirst nicht springen?«

»Ich kann mich nicht bewegen«, sagte ich und versuchte Luft zu bekommen, um nicht ohnmächtig zu werden.

Ich sah mich durch das Loch und die Dunkelheit auf den Boden fallen. Mir war schwindlig und ich spürte, wie ich wankte.

»Herrgott, Brenton!«

Christian sprang über das Loch zurück, landete neben mir und packte mich am Arm.

»Bist du okay?«, fragte er. Seine Stimme war weit weg.

Er führte mich zur Falltür; Punkte und Kreise bewegten sich durch mein Blickfeld. Erst als ich auf der Leiter stand, war die Welt wieder in Ordnung.

»Schon okay – fühlte mich nur schwindlig«, sagte ich und versuchte so zu tun, als wäre irgendein körperlicher Defekt dazwischengekommen, der meinen Sprung verhindert hätte.

»Kannst du runtergehen?«

»Klar.« Ich nickte.

Ich überlegte, ob ich umkehren und verkünden sollte, dass ich es noch einmal versuche, wusste aber, dass ich es nicht konnte. Woran ich früher gezweifelt hatte, war nun zur Gewissheit geworden: Mir fehlten die Nerven, die manchen Menschen in den entscheidenden Momenten zu Hilfe kamen und ihnen erlaubten, das zu tun, was nötig war. Christian hatte meinen Verdacht soeben bestätigt.

Schweigend stiegen wir die Treppe hinab und gingen zum Highway zurück, um per Anhalter nach Hause zu kommen. Keiner von uns beiden erwähnte mehr den Leuchtturm, und der Sommer ging weiter. Aber ich hatte nun eine Schwäche, etwas, das ich vorher nur vermutet hatte. Christian besaß, was ich haben wollte, und wenn ich ihn nur lange genug beobachtete, würde ich ebenfalls so werden wie er. Alles, was ich tun musste, war, in seiner Nähe zu bleiben. Und soweit ich das zu sagen vermochte, gab es nichts, was mich davon abhalten konnte.

2

Der Zug kletterte über die endlosen Hügelketten von Pennsylvania, weit vorne zerriss der Pfiff der Lokomotive die stille Bergluft. Ich saß am Fenster und beobachtete den Dunst, der sich im Zwielicht, das leise hinter den Bergen verschwand, golden färbte. Ich drehte mich weg, lehnte mich in den Sitz zurück und lauschte dem Rattern des Zuges, der den Mittleren Westen weit hinter sich ließ. Vor mir lag der Osten.

Ich war aufgeregt und besorgt über die Reise. Ich fuhr in den Osten, um einen Sommer lang Christian zu besuchen. Vielleicht sollte ich ein wenig ausholen und erzählen, was sich ereignet hatte. Mit Christian verbrachte ich zwei weitere Sommer in Ocean City. Während des dritten Sommers beschloss mein Vater, dass die Arbeitsmöglichkeiten anderswo besser waren, und wir zogen nach Chicago. Christian kam im ersten Jahr zu Besuch, und ich fuhr einmal nach Baltimore. Briefe gingen hin und her, schließlich reduzierte sich alles auf einen Telefonanruf alle paar Monate.

Als das letzte Jahr in der Highschool anbrach, war es drei Jahre her, dass wir uns gesehen hatten.

Im April rief Christian an und fragte, ob ich daran interessiert sei, einen Sommer lang in Ocean City zu arbeiten. Ich hatte vorgehabt, vor dem College irgendwohin zu gehen, also nahm ich sein Angebot an und sollte im Juni in den Osten aufbrechen.

Zurückblickend waren die vier Jahre in Chicago schnell vergangen. Mir schien, als hätte ich mich in dieser Zeit weiter entwickelt als in allen Jahren zuvor. Dennoch verwirrte mich der rasche Ablauf der Ereignisse: Kaum hatte ich meinen Schulabschluss, fand ich mich, ohne Zeit zu haben darüber nachzudenken, im Zug wieder.

Ich trommelte mit dem kleinen Finger gegen das Abteilfenster und dachte an Christian. Am Fenster huschte eine Schule vorbei, ich sah ein Football-Feld und erinnerte mich an eine vor langer Zeit geführte Unterhaltung mit Christian. Es war in unserem letzten gemeinsamen Jahr.

Wir hatten beide soeben begonnen, die Hawthorne Boy's School zu besuchen, und waren inmitten der Vorbereitungen, um ins Football-Team aufgenommen zu werden. Am zweiten Schultag marschierten wir unter der heißen Sonne auf das Football-Feld hinaus.

»Männer!«, brüllte der Coach Reginald und lenkte unsere Aufmerksamkeit auf sich.

Er war der Football-Trainer der achten Klasse; ein Mann, der unser aller Schicksal bestimmte. Sein Haar war glatt nach hinten gestrichen und sein Gesicht im Sonnenlicht braun gebrannt. Coach Reginald war ein großer Mann mit einem beeindruckenden Bauch, auf dem seine gefalteten Hände zu liegen kamen, wenn er sprach. Er hatte auch jetzt seine Hände auf dem Bauch.

»Männer – das Hawthorne-Football-Team der achten Klasse blickt auf eine stolze Siegesserie zurück«, sagte er und schob seinen Körperumfang auf seinen Füßen hin und her. »Und, Männer«, fügte er, nach unten blickend, an, »in meinem Team will ich keine Verlierer – die Verlierer können zu den anderen nach drinnen gehen ... Ich werde es niemandem verübeln.«

Mr. Reginald entfaltete seine Hände und sah auf.

»Es freut mich zu sehen, dass in der achten Klasse keine Verlierer sind. Aber einige von euch werden reingeschickt werden, ich will also, dass ihr euch den Arsch aufreißt, wenn es so weit ist, damit ihr dann im nächsten Jahr in der Klassenmannschaft spielen könnt.«

Er legte seine Hände wieder auf den Bauch.

»Also, werden wir eine siegreiche Saison haben, Männer?«

»Ja, Sir!«, brüllte die achte Klasse von Hawthorne.

Hawthorne war in erster Linie eine Schule für Sportler, und der wichtigste Sport war Football. Die Schule rühmte sich eines herausragenden akademischen Rufes, die wirkliche Prüfung allerdings fand auf dem Spielfeld statt – ein Hawthorne-Absolvent war vor allem Sportler. Wir mussten es in die Mannschaft schaffen.

Am nächsten Tag erhielten wir unsere Ausrüstung

und durchliefen das gewöhnliche Tackling-Training. Ich war größer als die meisten anderen und dachte, dass es kein Problem sein sollte, ins Team aufgenommen zu werden. Von Christian, der kleiner war als viele der anderen, wusste ich, dass er sich besonders anstrengen musste.

Einige Wochen vergingen. Wir warfen uns gegen die Übungspuppen und schwitzten schwer unter der Septemberhitze. Coach Reginald überwachte unsere Fortschritte. Die meisten waren bereits ausgeschieden, ich war weiter zuversichtlich, zum Team zu gehören. Coach Reginald schritt vorüber, und ich warf mich besonders hart gegen eine Tackling-Puppe. Er drehte sich um.

»Brenton – geh zu den anderen rein«, sagte er mit einer kurzen Geste seiner Hand, die über das weite Feld wies.

Ich drehte mich um und starrte ihn an, doch er ging bereits weiter. Ich dachte, vielleicht sprach er zu jemand anderem, und sah mich um.

»Heathersfield, *aus dem Weg*!«, schrie jemand.

Ich stand den Übungen im Weg. Ganz langsam begann ich über das Feld zu gehen. Es war der längste Weg meines Lebens. Meine Karriere in Hawthorne war zu Ende. Ich dachte, ich hätte ausreichend daran gearbeitet, um meine Schwächen zu vertuschen, dennoch hatte es mich erwischt. Coach Reginald hatte den Schwachpunkt entdeckt, der in einem entscheidenden Spiel einbrechen konnte. Er hatte getan, was für die Mannschaft das Beste war. Ich sollte mich nun zu denen begeben, die zu dick, zu schwächlich waren und sich vorwiegend innerhalb des Schulgebäudes aufhielten. Ich gehörte nicht zum Team, ich war draußen.

Der letzte Tag, an dem ausgewählt wurde, war ein Freitag, zwei Wochen, nachdem ich zu den Schülern reingeschickt worden war. Alle, die es in die Mannschaft geschafft hatten, wussten es nun und gingen mit einem großartigen Gefühl ins Wochenende. Christian hatte es geschafft und war in ausgelassener Stimmung, als wir nach Hause gingen. Der Herbst war gekommen, braunes Laub fiel auf die Straßen, und die frische Luft roch nach brennendem Holz. Ich kämpfte mit meiner Stofftasche, die voller Bücher war.

Christian sah mich an.

»Du bist so still, Brenton.«

»Hmpf«, brummte ich.

Ich lockerte meine Krawatte und wünschte, ich hätte nie von Hawthorne gehört. Schweigend gingen wir weiter. Selbst das Geräusch unserer harten Sohlen auf dem Beton störte mich. Christian begann zu pfeifen.

»Kannst du nicht mit dem Pfeifen aufhören!«

Christian war eine Weile still.

»Ist es die Mannschaft? ... Ist es das, was dich ärgert?«

»Nein!«

»Doch. Das ärgert dich«, sagte Christian mit aufreizender Blasiertheit.

»Nein, das ärgert mich nicht! Lass mich einfach in Ruhe!«

Er zuckte die Achseln.

»Du hast dich nicht hart genug reingehängt ...«

»Halt den Mund«, murmelte ich.

»Was hast du gesagt?«

»Nichts.«

»Doch, du hast was gesagt, du –«

»Ich sagte, *du sollst verdammt noch mal den Mund halten!*«

Christian grinste und schüttelte den Kopf.

»Es ist nicht meine Schuld, dass du es nicht in die Mannschaft geschafft hast – du hast dich einfach nicht hart genug reingehängt –«

»Halt den Mund!«

Ich warf meine Bücher zu Boden und baute mich vor ihm auf. Christian blieb stehen. Langsam stellte er seine Bücher ab und starrte mich an. Der Wind zerrte an seiner Krawatte, ein Wagen fuhr vorbei. Kalter Schweiß stand auf meiner Oberlippe, eine Wolke schob sich vor die Sonne, und über mir rauschte das trockene Laub. Christian wartete. Ich fasste nach unten und ergriff meinen Büchersack. Schob mich an ihm vorbei und blieb nicht mehr stehen, bis ich zu Hause war.

Die nächsten zwei Wochen sprach ich mit Christian nicht, wir sahen beide zur Seite, wenn wir uns in der Schule begegneten. Ich mühte mich mit denjenigen ab, die nicht ins Team aufgenommen worden waren und deren tägliches Training mich an meinen Misserfolg erinnerte. Und als ein kleiner, dicker Angreifer auf mich fiel und – es war das erste Mal, dass so etwas bei den Abgewiesenen passierte – ein dezentes Tackling anbrachte, kam mir eine Muskelzerrung zu Hilfe. Mühsam kam ich auf die Beine, mein Rücken schmerzte.

Ich war verletzt und konnte nicht mehr trainieren. Einige Übungseinheiten saß ich auf einem Hügel am Feld und versuchte den Anschein zu erwecken, als zählte ich die Tage, bis ich wieder anfangen konnte. Nach einer Weile schien es den Coach nicht mehr zu kümmern, ob ich auftauchte oder fernblieb. Ich verlegte mich darauf, während dieser Stunde über den Campus zu spazieren.

Es war an einem verregneten Freitagnachmittag während des Trainings, als ich zu dem alten Gebäude ging, das als das Sklavenquartier bekannt war. Es enthielt die Englischabteilung, aber angeblich war es die Sklavenunterkunft gewesen, als die Schule noch eine Plantage war. Ich wusste, dass die Englischklassen keinen Unterricht hatten und ich die Stunde dort alleine verbringen konnte. Der Regen fiel schwer, als ich das Gebäude erreichte. Ich betrat die schmale Vorderveranda und zog einen Stuhl ans Geländer, setzte mich und legte die Beine darauf.

Ich sah zu, wie sich die Abgewiesenen durch den Nebel über das Trainingsgelände schleppten, und war froh, dass es regnete; an einem sonnigen Tag hätte ich mich fehl am Platze gefühlt. Zum ersten Mal dachte ich daran, die Schule zu verlassen und woanders neu anzufangen, in der

Hoffnung, dass ich dort nicht so unsanft auf die Bank verwiesen wurde, wie es in Hawthorne der Fall gewesen war.

Die beiden Dozenten hörte ich erst, als sie bereits hinter mir waren.

»Siehst du dir den Regen an, Brenton?«, fragte Mr. Reefe und bedeutete mir sitzen zu bleiben.

Es waren Mr. Reefe und Mr. Laut, meine Mathematik- und Physiklehrer.

»Ja, Sir.«

»Solltest du nicht trainieren?«

Mr. Lant zeigte auf die kleine Jungenriege, die auf dem nassen Feld kauerte.

»Ja, Sir, nur, ich hab mir den Rücken verletzt und muss einige Zeit aussetzen.«

Sie schwiegen eine Weile.

»Wissen Sie – ich habe viele Sportler gesehen, die sich von Verletzungen nie wieder erholt haben«, bemerkte Mr. Reefe.

Mr. Lant nickte.

»Ja, schlimm, wenn so etwas passiert.«

»Aber das Schlimmste sind Verletzungen, die sich im Kopf festsetzen.«

»Oh genau – die greifen dann über, und es dauert nicht lange und sie kommen nicht einmal mehr aus dem Bett«, fuhr Mr. Lant fort.

Mir wurde warm in meiner Haut. Unruhig rutschte ich auf dem Stuhl hin und her.

»Nun, in jedem Haufen befinden sich ein paar faule

Äpfel ... die rutschen mit den anderen einfach so durch«, führte Mr. Reefe den Gedanken bedächtig zu Ende.

»Aber irgendwann werden sie aussortiert«, fügte Mr. Lant an.

Ich öffnete den Mund, fühlte mich aber, als hätte mir jemand die Luft genommen.

»Ja, das werden sie.« Mr. Reefe nickte. »Nur schade um die Zeitverschwendung.«

Von meinem Magen stieg ein Gefühl tiefer Gekränktheit auf, das mir die Kehle zuschnürte.

»Wir sollten jetzt gehen, Mr. Reefe, und den armen Brenton alleine lassen, damit er seinen Rücken kurieren kann.«

»Ruh dich gut aus, Brenton.«

»Ja, Sir«, erwiderte ich schwach.

Sie zogen durch den Regen ab. Ich wischte mir die heißen Tränen von den Wangen und war froh, dass sie hinter mir gestanden hatten. Lange Zeit saß ich nur da und starrte auf das Feld. Als jemand unter dem Vordach angelaufen kam, wischte ich mir erneut über die Augen.

Christian strich sich den Regen vom Mantel. Er war auf dem Weg zur Umkleidekabine, um mit der Mannschaft zu trainieren, und hielt seine Krawatte in der Hand. Schnell sah ich wieder zum Feld. Er stand einen Moment lang da, dann räusperte er sich.

»Was machst du hier?«

Ich zuckte die Achseln.

»Schau mir nur den Regen an.«

»Oh.« Er nickte.

Er schlug die Krawatte gegen die Hand.

»Trainierst du nicht?«

»Nein! Mein Rücken tut weh.«

»Oh, das ist schlecht ... Du hast es dem Coach erzählt, oder?«

»Ja ... aber es glauben doch sowieso alle, dass ich simuliere.«

Ich hielt eine Hand vor mein Gesicht.

»Wer glaubt, dass du simulierst?«

»Mr. Reefe und Mr. Lant glauben es«, murmelte ich und versuchte mir nichts anmerken zu lassen.

»Woher willst du das wissen?«

»Weil sie gerade hier waren und es gesagt haben!«

Christian schwieg, um uns herum plätscherte der Regen. Ich hörte, wie er wieder die Krawatte gegen seine Hand schlug. Mehrmals verlagerte er das Gewicht.

»Brenton ... vergiss die Typen einfach – die wollen dir nur das Leben schwer machen.«

»Ich weiß.«

Christian hielt inne.

»Schau, Brenton, es spielt keine Rolle, was sie denken. Du weißt, ob du simulierst oder nicht, also vergiss sie einfach. Das ist es nicht wert.«

Ich sah ihn an.

»Nicht – wert? ... Nicht wert, ins Team aufgenommen zu werden? Du hast leicht reden.«

Christian holte tief Luft.

»Ich habe nicht gesagt, dass es nicht wichtig ist, zum Team zu gehören, aber ... vielleicht ist es für dich nicht wichtig.«

Ich sah auf. Christian zog die Krawatte durch seine Hände.

»– außerdem ... wenn es eine Frage des Talents wäre, hättest du es geschafft.«

»Wovon sprichst du?«

»Ich meine, du hast mehr Talent ... ich streng mich nur mehr an.«

Er starrte mich mit seinen klaren Augen an, und ich wusste, dass er lediglich sagte, was seiner Meinung nach ganz offensichtlich war. Langsam nickte ich und blickte zu Boden.

»Du solltest lieber zum Training, Christian, bevor du Schwierigkeiten bekommst.«

Ich fuhr mir mit den Händen über das Gesicht.

»Schon in Ordnung«, sagte er schulterzuckend. »Das kann warten.«

Schweigend saßen wir da. Ich drehte mich zu ihm hin.

»Hast du dir schon mal den Rücken verletzt?«

»Nein – aber ich habe mir im Training einmal den Finger gebrochen«, sagte er und streckte mir seinen krummen kleinen Finger entgegen.

»Wirklich – du hast ihn dir gebrochen?«

»Klar. Versuch ihn gerade zu biegen.«

Er hielt ihn mir hin, vorsichtig versuchte ich ihn zu strecken.

»Siehst du – er lässt sich nicht strecken. Er ist so zusammengewachsen«, sagte er und nickte.

»Hast du aufgehört zu spielen?«

»Nein.«

»Hat es weh getan?«

»Klar, aber man ignoriert den Schmerz einfach – man gewöhnt sich daran.«

Ich nickte langsam und sah wieder zu den Spielern der zweiten Mannschaft, die in den Schlamm fielen. Ich nahm die Füße vom Geländer und stand auf.

»– vielleicht geh ich doch ins Training.«

»Was ist mit deinem Rücken?«

»Ist okay ... vielleicht bekomme ich noch das Ende des Trainings mit«, sagte ich, zuckte die Schultern und schob meine Hände in die Taschen.

Christian erhob sich und legte seine Krawatte um den Hals.

»Gut – gehen wir.«

Durch den heftigen Regen rannten wir zum Umkleideraum.

Das Jahr schritt voran, irgendwie kämpfte ich mich durch die zweite Mannschaft, schließlich hörte das Football-Training auf, und wir hatten Weihnachtsferien. Am Heiligen Abend ging ich zu Christian hinüber. Wir stapften über die weiße Fläche des schneebedeckten Golfplatzes und kamen zu dem Wald, der an den Country Club angrenzte. Eine alte Eisenbahnlinie führte in den Wald. Die

Gleise und verfaultes Holz waren alles, was von den Schienen noch übrig war.

»Wohin führen diese Schienen?«, fragte ich und sah zu dem weißen Pfad.

Christian schob seine Mütze zurück und stieß einen langen, dampfenden Atemhauch in die kalte Luft.

»Weiß nicht. Mein Dad sagt, viele dieser Schienen stammen noch aus der Zeit, als hier Kohle gefördert wurde. Gehen wir ihnen doch nach und stellen fest, wohin sie führen?«

»Klar!«

Wir folgten der leichten Erhebung im Schnee, unter der die Schienen lagen. Der Schnee war in der Sonne geschmolzen und dann, als die Temperaturen fielen, wieder gefroren. Unsere Stiefel brachen durch den harten Schnee. Knirschend hinterließen wir auf der glatten Oberfläche unsere Spuren und folgten dem Schienenstrang, der einen Hügel hinauflief, wo er abrupt endete. Ich sah vom Hügel hinunter.

»Wohin gehen die Schienen?«

Christian stapfte voraus.

»Hier war einmal ein Viadukt. Schau, siehst du diese Betonpfeiler dort unten – das war das Fundament für die Brücke. Die Schienen gingen hier hinüber und am nächsten Hügel weiter.«

Ich folgte seinem Blick.

»Ah ja.«

»Komm, sehen wir uns das Viadukt an.«

Ich folgte ihm den Hügel hinunter zum ersten Betonpfeiler. Christian ergriff eine Eisensprosse, die seitlich am Pfeiler herausstand.

»Hey, hier geht eine Leiter hoch.« Er sah zur Betonkonstruktion hinauf und wandte sich an mich. »Klettern wir nach oben.«

»Ich weiß nicht – sieht ein wenig wackelig aus.«

»Ah, komm schon – da ist doch nichts dabei. Du gehst voraus und ich folge dir, damit ich dich auffangen kann, wenn du runterfällst.«

Ich sah zu den Eisensprossen, die nach oben führten, und dann zu Christian.

»Mach schon! Du kannst es, Brenton.«

Ich schüttelte den Kopf und ergriff die erste Sprosse. Langsam begann ich hochzuklettern.

»Nur nicht nach unten blicken!«, rief Christian. Ich konzentrierte mich auf den Beton vor mir und kletterte ganz langsam. In der Mitte hielt ich an. Wir befanden uns auf gleicher Höhe mit den Kirchturmspitzen in der Ferne. Ich wunderte mich, wie er mich dazu gebracht hatte.

»Konzentrier dich nur auf die nächste Sprosse, Brenton!«

Ich kletterte weiter und erreichte schließlich das flache Ende des Viaduktpfeilers. Christian kam nach, wir fegten den Schnee weg und setzten uns. Oben war nicht viel Platz, wir saßen ziemlich in der Mitte und blickten über die Schneelandschaft, die Kirchturmspitzen, die über die frostbedeckten Bäume ragten, und die kleinen weißen Häuser, die so weit gingen, wie unser Auge reichte. In der Ferne tönten Glocken.

»Wow – was für ein Ausblick!«

»Wir sind wirklich hier oben«, sagte ich und rutschte näher in die Mitte.

Christian nickte.

»Und denk nur, morgen um diese Zeit ist *Weihnachten.*«

»Ja, morgen werden wir wissen, was wir geschenkt bekommen«, sagte ich, zog meine Knie an und umfasste sie.

Christian nickte und trat mit den Füßen Schnee über die Kante.

»Würde mir gar nicht gefallen, hier runterzufallen«, sagte ich und sah seitlich hinab.

»Mach keine Witze, noch dazu am Tag vor Weihnachten.«

»Vielleicht stirbt man nicht, aber man bricht sich bestimmt einige Knochen.«

Ein Windstoß blies Schnee vom Pfeiler.

»Wie es wohl ist, wenn man stirbt?«, murmelte Christian.

Ich sah ihn an und zuckte die Schultern.

»Es ist noch keiner zurückgekommen und hat davon erzählt.«

»Aber wenn man zurückkommen könnte und den Leuten, die noch leben, davon erzählt«, sagte er langsam. »Wie ist das dann?«

»Weiß nicht – vielleicht sind das die Geister.«

Er saß eine Weile da, dann drehte er sich zu mir hin.

»Ich mach dir einen Vorschlag: Wenn du zuerst stirbst, kommst du zurück und sagst mir, wie es ist. Und wenn ich zuerst sterbe, komme ich zurück und sag es dir!«

Ich hielt inne.

»Ich bin mir nicht sicher, ob es funktioniert ... aber einverstanden.«

Wir gaben uns die Hände und beschlossen unseren Pakt.

Im Westen begann die Sonne zu sinken, es wurde kalt. Wir kletterten hinunter und machten uns auf den Nachhauseweg. Christian und ich kehrten in unsere Wohngegend zurück und spürten die Sicherheit der vertrauten Umgebung. In den großen Häusern brannte bereits Licht, in den Fenstern glitzerten die Weihnachtsbäume. In der Luft hing Kaminrauch, und bunte Lichter erhellten die Häuser und Bäume.

Am Himmel war nur noch ein orangefarbenes Glühen zu sehen, und sehr leise begann ich *»Ruht froh in Gott, ihr Herren«* zu summen. Christian fiel mit ein; wir kannten zwar nicht alle Strophen, aber den Refrain, und während wir weitergingen, hatten wir uns gegenseitig den Arm um die Schulter gelegt und sangen: *»Ohhh Kunde von tröstlichem Glück! Tröstlichem Glück! Ohhh Kunde von tröstlichem Glück!«*

Das restliche Schuljahr verging schnell, aber vielleicht lag das daran, dass ich erfuhr, dass wir im Juni umziehen sollten. Die Monate enteilten, und dann war der Tag vor dem Umzug da. Christian und ich verdrückten uns, nachdem ich meine Schwester wissen ließ, wohin wir gingen, falls ich noch beim Packen helfen musste. Ich erklärte ihr den Weg zu dem kleinen Fluss. Mit den Rädern fuhren wir in den Wald und ließen sie dann an dem Pfad liegen, der in das hohe Dickicht führte.

Es war wieder Sommer. Heiß stand die Luft über den hohen Gräsern, wütend umschwirrten uns Libellen, während wir in den Wald hineingingen. Christian ging voraus. Ich betrachtete seine Waden, die sich spannten, und bemerkte das dunkle Haar, das auf seinen Beinen zu sprießen begann.

Wir erreichten den Rand des Wasserlaufs. Langsam floss das glucksende Wasser unter einer großen Eiche vorüber, die weit über das Wasser hinausragte. Von einem dicken Ast lief ein Seil zu einem Reifen, der über dem grünlich braunen Wasser schwebte, das hier am Rande brackig war. Wasserläufer schnellten über die Oberfläche, und Junikäfer brummten tief über dem Fluss. Im hohen Gras quakten Frösche. Die Ungewissheit des Umzugs fiel von mir ab.

Christian watete ins Wasser und sank bis zu den Hüften ein. Er packte den Reifen. Ich setzte mich, war umgeben von den Pflanzen und Bäumen, auf die das Sonnenlicht fiel, und fühlte mich sicher. Der Umzug war weit weg, hier war nur der träge Zeitablauf des Hochsommers.

»Hey, Brenton, willst du nun schaukeln oder nicht?«, fragte Christian im Wasser.

Ich schüttelte den Kopf.

»Du zuerst, dann ich.«

Christian watete ans Ufer und stieg mit der Schaukel das schlammige Flussufer hoch. Er zog das Seil straff, drehte sich um und sprang auf den Reifen. Der Ast gab unter seinem Gewicht nach, und das Seil schwang nach unten und dann über das Wasser hinaus.

»Ahhhh«, kreischte Christian, als er vom Reifen in den schlammigen Fluss fiel.

Er tauchte ein und kam wieder hoch. Als es zum Ufer zurückschwang, ergriff ich das Seil.

»Was für ein mickriger Sprung! Ich zeig dir, wie man das macht.«

Ich zog die Schaukel so weit wie möglich nach hinten, nahm Anlauf und sprang auf den Reifen. Die Schaukel sauste über das Ufer und segelte niedrig über das Wasser. Ich glitt in den lauwarmen Fluss.

»*Oh, toller Sprung*!«, höhnte Christian.

Er nahm den Reifen und ging wieder in Stellung. Dann hielt er inne.

»Weißt du – ich kann noch gar nicht glauben, dass du umziehst.«

»Ich auch nicht«, bekannte ich. Ich saß im seichten Wasser und formte aus dem Schlamm Bälle. »Mach schon, damit ich auch wieder kann.«

Christian nahm Anlauf, und ich traf ihn mit dem

Schlamm mitten auf die Brust. Als er ins Wasser eintauchte, sah er mich an, dann kam er hoch und bewarf mich mit einer Hand voll Morast. Ich duckte mich.

»Brenton – komm schon, Brenton! Du musst packen!«

Christian hielt inne, und wir sahen uns im Wasser an. Der Sommer war vorüber.

»Ist das deine Schwester?«

Ich nickte.

»In Ordnung, ich komme!«

Schweigend begannen wir uns den Schlamm abzuwaschen. Christian sah mich an.

»Hey, Brenton, lass uns noch einmal schaukeln.«

»Ich muss packen«, murmelte ich, während ich mir die Hände im Wasser wusch.

Er wischte alles mit einer Handbewegung fort.

»Komm schon! Einmal noch und, hör zu, diesmal werden wir das Ding ganz hoch schießen lassen, indem wir uns beide draufstellen!«

Ich sah zur Schaukel, dann zu Christian. Er strich sich mit einer Hand durch das tropfnasse Haar.

»Glaubst du, dass es uns beide aushält?«

»Natürlich! Komm – einmal noch.«

Er nahm die Schaukel und brachte mir den schlammverschmierten Reifen.

»Einverstanden – einmal noch.«

Er nickte und grinste.

»Einmal noch.«

Wir beschlossen, dass es das Beste wäre, wenn wir uns

an beiden Seiten des Reifens gegenüberstanden. Christian sollte oben auf den Reifen springen und ich meine Füße durch das Loch schieben. Wir trugen den Reifen zum höchsten Punkt der schlammigen Uferbank und ergriffen das Seil. Christian nickte mir zu.

»Alles klar?«

»Ja.«

»Dann los!«

Wir sprangen auf, Christian hüpfte oben auf den Reifen, während ich mit den Füßen in den Ring schlüpfte. Die Schaukel begann ihre Abwärtsbewegung. Der Baum ächzte und knarrte unter dem Gewicht. Ich klammerte mich fest und hielt mein Körpergewicht allein mit den Händen. Erneut hörte ich meine Schwester rufen, aber es war zu spät – wir waren weit weg.

Die Schaukel erreichte ihren niedrigsten Punkt und begann nach oben zu schwingen. Unter den enormen Belastungen, die die Schwerkraft und die Elemente dieser Nabelschnur, an der wir hingen, zufügten, spannte sich das Seil. Wir erreichten den Scheitelpunkt unserer Bewegung; der Blick vom höchsten Punkt war großartig, und Christian schrie: »Spring!«

Wir krachten ins Wasser, und die Schaukel kam leer zurück ...

Ich hörte, wie etwas in den Gang des Zuges gefallen war, und drehte mich vom Fenster weg. Eine Frau, die mir gegenübersaß, hatte ein Paket fallen lassen. Ich hob es auf.

»Oh, danke!«

Sie lächelte. Ihr Gesicht war rot, und ihre braunen Augen waren warm. Sie trug grüne Polyesterkleidung, wie sie etwas dickere Frauen manchmal tragen.

»Wohin fahren Sie?«

»Baltimore«, antwortete ich und reichte ihr das Paket.

»Vielen Dank. Wir fahren ebenfalls nach Baltimore. Wollen Sie etwas Brot?«, fragte sie und wickelte einen großen Laib selbst gebackenen Brotes aus einer Aluminiumfolie.

»Nein, danke.«

»Unsinn!«

Sie reichte mir ein Stück.

»Ich heiße Dorothy, und das ist Chester«, sagte sie und wies auf den Mann neben sich.

Chester beugte sich vor und nickte. Seine großen Hände ruhten auf einem dunklen Holzstock.

»Chester hat gerade eine Operation hinter sich. Kehlkopfkrebs – sie mussten ihm die Stimmbänder herausnehmen. Sie verstehen also, dass er nicht besonders gesprächig ist.«

»Oh.«

»Nun, anfangs war es ein Segen – ich musste mir nicht mehr sein ewiges Genörgel anhören. Aber seitdem ich ihm Stift und Papier gegeben habe, werde ich mit seinen Notizen bombardiert.«

Sie lachte laut auf, und Chester lächelte.

»Wir hatten unsere Probleme, glauben Sie mir. Ich habe

fünfzehn verschiedene Krebsoperationen hinter mir«, sagte sie und nahm ein Kleenex heraus, um sich über die Augenbrauen zu wischen.

»Fünfzehn?«

»Oh, ich weiß, rein und raus aus dem Krankenhaus, das ist ziemlich lästig.« Sie seufzte. »Und die Ärzte machen auf mich nicht den Eindruck, als ob sie schon genug hätten. Aber mein größter Trost, das waren immer meine Kinder. Ich danke unserem Herrn, dass er sie mir geschenkt hat. Wir haben dreizehn, müssen Sie wissen.«

»Dreizehn –«

»Oh ja – Chester und ich hatten alle Hände voll zu tun, das kann ich Ihnen sagen. Und nun habe ich zehn Enkelkinder.« Sie betupfte sich die Augen mit dem Taschentuch und seufzte wieder. »Die Zeiten waren hart, vor allem dann, als sich Chester in der Mine verletzt hat und nicht mehr arbeiten konnte. Damals wusste ich nicht mehr, wo ich das Essen herbekommen sollte ...«

Sie hielt inne. »Aber wir haben es immer geschafft und uns irgendwie durchgeschlagen.«

Sie sah mich an, und ihre Augen strahlten.

»Und nun sehen Sie uns an! Zehn Enkelkinder und es sind noch mehr unterwegs. Ja – wir waren in unserem Leben reich gesegnet«, fuhr sie fort und nickte. »Und wenn unsere Zeit kommt, bin ich mir sicher, dass sich der Herr unserer annimmt, das glaube ich«, murmelte sie. Über ihre Augen huschte eine kleine Wolke.

Ich entschuldigte mich, um zum Waschraum zu gehen.

»Kommen Sie zurück und erzählen Sie von sich. Ich will alles über Sie hören!«, rief sie, als ich durch den Gang stürzte.

Ich fand die Tür zum Waschraum, ging zum Spiegel und versuchte abzuschätzen, wie sehr ich mich in den letzten drei Jahren verändert hatte. Meine Locken waren nun länger und widerspenstiger, ich war größer geworden, aber nicht mehr so schlaksig. Die Tür ging auf, und ich begann mir die Hände zu waschen.

Ein gut gekleideter Schwarzer erschien mit seinem Sohn und führte ihn zur Toilette.

»Okay, dort drüben, Junge.«

Ich sah im Spiegel auf, er nickte mir zu.

»Wohin fahren Sie?«

Ich sah erneut auf.

»Baltimore.«

»Sommerferien?«

Ich nickte.

»Ich werde den Sommer am Strand verbringen – Ocean City, Maryland.«

Der Mann lehnte sich gegen die Wand und klimperte mit dem Kleingeld in seiner Tasche. Er trug eine Anzugweste, seine Hemdärmel waren hochgerollt.

»Mann, das ist toll!« Er schüttelte den Kopf und presste die Lippen zusammen. »Ich hoffe, ich kann auch meinem Sohn einmal diese Möglichkeit bieten.«

Der Junge kam aus der Kabine, und sein Vater brachte ihn zum Waschbecken.

»Gehen Sie zur Schule?«, fragte er, während er das Wasser aufdrehte.

»Ich beginne im Herbst mit dem College.«

»In Ordnung, Junge, trockne dir nun die Hände.« Er wandte sich wieder an mich. »Wissen Sie schon, was Sie machen wollen?«

Ich zuckte die Schultern.

»Eigentlich nicht ... Ich werde eine ganze Reihe verschiedener Fächer belegen.«

Er lehnte sich gegen das Waschbecken und sah mich an. Er hatte eine helle Hautfarbe, um seine Augenwinkel waren Lachfalten.

»Ich bin im Versicherungsgewerbe ... dieser Urlaub ist die Gratifikation für den höchsten Dollar-Betrag an Policen, die ich im Jahr verkauft habe.« Er starrte mich eindringlich an. »Mein Ziel ist es, hunderttausend Dollar im Jahr zu machen, wenn ich fünfunddreißig bin.«

Er zog die Augenbrauen hoch. »Und mein nächstes Ziel ist es, mit fünfzig in Pension zu gehen und meine Tage in einer Hütte am See zu verbringen, an dessen Ufer ein Segelboot festgemacht ist.«

Sein Sohn lehnte sich an ihn.

»Dann kann ich meinen Jungen auf jede Schule schicken, die er sich wünscht.« Er legte seine Hände auf die Schultern seines Sohnes. »Da ist es noch weit hin, und manchmal scheint es ein harter und langer Weg zu sein, aber dann ...« Er nickte und richtete sich auf. »Ich weiß, wenn ich hart genug arbeite – werde ich es schaffen.«

Er sah mich genau an. »Wir können alles schaffen, was wir wollen ... wenn wir keine Angst haben.«

Er lächelte und gab mir die Hand.

»Viel Glück, Ihnen und allem, was Sie vorhaben.«

»Danke – Ihnen auch.«

Er verließ den Waschraum, und eine Weile stand ich nachdenklich da. Er war so ganz und gar von sich überzeugt ... plötzlich fragte ich mich, was geschehen würde, wenn er seine Ziele nicht erreichte. Weit vorne ließ der Zug sein Pfeifen erschrillen, als Warnung für alle, die es betraf.

Ich ging zu meinem Platz zurück. Dorothy war eingeschlafen. Ich nickte Chester zu, dann sah ich aus dem Fenster. Ich dachte an die unterschiedlichen Blickwinkel – manche Menschen sahen zurück, andere nach vorn. Mit einem lauten Klacken fuhr der Zug über eine Weiche. Ein blaues und grünes Signallicht huschten am Fenster vorbei und verschwanden dann in der fliehenden Dunkelheit.

3

Ich stand in der feuchtwarmen Luft des Bahnhofs und hielt nach Christian Ausschau. Ich hatte halb fünf als Ankunftszeit genannt, aber der Zug hatte Verspätung. Einige Male sah ich auf meine Uhr und vergewisserte mich an der Bahnhofsuhr – es war fünf. Ich hatte nichts gegessen und war eigentlich auch zu nervös, um etwas zu essen.

Die Leute, die mit mir im Zug angekommen waren, hatten sich bereits in alle Richtungen zerstreut. Ich blickte ein weiteres Mal auf meine Uhr und sah mich im Bahnhof um. Jemand stand am Fahrkartenschalter. Er trug einen blauen Blazer und eine Krawatte. Sein Haar war braun und zur Seite gekämmt, er schien knapp eins achtzig groß zu sein. Ich ging auf ihn zu, sein ausgeprägtes Kinn mit dem Grübchen schob sich nach vorn. Mit seinen blassgrünen Augen starrte er mich an und lächelte, während ich mich näherte.

»Hey, Christian!«

»Brenton«, sagte er und nickte.

Wir gaben uns die Hand, und dann, einen peinlichen Augenblick lang, sagte keiner von uns etwas.

»Wie war die Fahrt?«

Seine Stimme war einige Oktaven tiefer geworden und machte komische Verrenkungen mit den Vokalen.

»Gut, gut.«

Er sah auf seine Uhr.

»– holen wir lieber deine Sachen.«

»– in Ordnung.«

Wir spürten beide die Erleichterung, als wir etwas zu tun hatten, und begaben uns schweigend zur Gepäckausgabe; unsere harten Schuhe schlugen laut auf den Marmorboden. Ich zeigte auf meine Koffer, er schnappte sich einen.

»Komm, wir müssen uns beeilen, wenn wir es noch schaffen wollen.«

»Was schaffen?«

Er sah mich an und setzte sich in Bewegung.

»Mein Sportbankett. Ich hab dir doch davon erzählt, oder?«

»Ich kann mich nicht erinnern.«

Christian schnaubte und schüttelte den Kopf.

»Immer noch derselbe, Brenton – mit dem Kopf in den Wolken. Und woher hast du diesen bescheuerten Akzent?«

»Meiner!«, rief ich aus. »Woher hast du *deinen* bescheuerten Akzent?«

»Ich habe keinen. So hast du auch gesprochen, bevor du nach ›Chi-CAH-go‹ gezogen bist.«

»Aber du solltest hören, wie du es aussprichst – ›Chicagooo‹.«

Christian lachte.

Wir gingen zum Parkplatz, fuhren mit seinem Sportwagen los und kamen in Rekordzeit beim Bankett an. Den Country Club erkannte ich als das Feld, auf dem wir vor Jahren Football gespielt hatten. Christian setzte sich zu den anderen Sportlern, und ich unterhielt mich mit seinen Eltern an deren Tisch. Als die Konversation stockte, schlenderte ich zu einem Büfetttisch und begann, von einem Silbertablett Fleischbällchen zu picken. Ich nickte einigen Gesichtern zu, die ich vage von Hawthorne kannte. Mit einem Zahnstocher spießte ich mehrere Fleischbällchen auf und steckte sie mir in den Mund.

»Schmecken die?«

Ich drehte mich um – zwei glänzend blaue Augen blinzelten mich unschuldig an.

Ich zeigte auf die Fleischbällchen und nickte.

»Oh, meinetwegen musst du das Essen nicht hinunterschlingen.«

Ich schluckte.

»Schon fertig!«

Ich starrte sie an. Mit einer leichten Drehbewegung schüttelte sie ihr blondes Haar von der Schulter. Eine einzelne Strähne glänzte im Lichtschein, bevor sie mit der Mähne verschmolz. Sie sah aus, als wäre sie in meinem Alter.

»Bist du auf Hawthorne?«, wollte sie wissen, während sie den Tisch inspizierte.

»Nein – aber ich war einmal.«

»Oh«, sagte sie und hob die kleine, sommersprossige Nase.

Wieder warf sie mit einer Körper- und Schulterdrehung das Haar nach hinten. Ihre Figur hatte etwas Straffes, als hätte jemand, der Sinn für Ausgewogenheit hatte, sie so geformt. Sie beugte sich vor und nahm sich vom Sellerie. Am Halsansatz leuchtete ein dünner Streifen, der von der Sonne nicht gebräunt war.

»Auf welche Schule gehst du?«, fragte ich.

»Ich gehe nicht zur Schule.«

»Nein?«

»Ich bin eine reiche Gräfin, die nicht zur Schule gehen muss.«

Ich wurde erneut mit einer Drehung ihres Körpers bedacht, als sie irgendeine unsichtbare Strähne an ihren Platz beförderte. Jedes Mal strömte eine schwere Duftwelle durch die Luft.

»Wirklich?«

»Oh ja ... gelegentlich schaue ich aber am Bryn Mawr vorbei«, sagte sie und nahm den nächsten Bissen von ihrem Sellerie.

An ihrem Handgelenk hing eine winzige Goldarmbanduhr, daneben ein Armreif mit Steinen. Die Art von Armreifen, die früher auch meine Mutter getragen hatte.

»Natürlich nur zur Show«, schlug ich vor und hatte mittlerweile das Bankett, Christian und den Osten vergessen.

»Natürlich.«

Ich versuchte meine Augen von ihren Lippen fernzuhalten, während sie wieder den Speisentisch inspizierte.

»Und was bringt dich hierher?«

»Ich –« Ich räusperte mich. »Ich bin den Sommer über hier – von Chicago«, sagte ich, wobei ich das Wort Chicago irgendwie verschluckte.

»Chicago?«

»Genau – Chicago.«

Es war ganz offensichtlich, dass ihr jeder Anlass, die Ostküste zu verlassen, als Fehler erschien.

»Ich besuche Christian Streizer«, fügte ich schnell an.

»Christian Streizer«, sagte sie langsam.

»Wir fahren morgen nach Ocean City.«

Sie schwieg, dann blickte sie mit aufgesetzter Heiterkeit in den Augen auf.

»Nun, Mr. *Chicago-Man,* das tue ich auch.«

Ein Mann betrat das Podium und begann eine Rede. Sie wischte ihn mit ihrem Haar weg.

»Ich hoffe, wir sehen uns in Ocean City«, flüsterte sie und ging dahin zurück, wo immer sie hergekommen sein mochte.

Ich begab mich wieder zum Tisch, und erst dann wurde mir bewusst, dass ich nicht einmal ihren Namen kannte. Schnell sah ich mich in dem dunklen Raum um, fand sie aber nicht mehr und klammerte mich an ihren letzten, geflüsterten Satz: »Ich hoffe, wir sehen uns in Ocean City.«

Am nächsten Tag machten wir uns auf den Weg zur Küste. Christians schwer bepackter Spitfire heulte über die ins Abendlicht getauchte Landstraße. Wir bahnten uns unseren Weg durch die Felder Marylands, auf denen noch die Hitze des Tages lastete, in der Ferne lag die Ostküste. Die warme Luft strich über das Cabrio.

Nach dem Sportbankett hatte es eine schnelle Abfolge von Partys gegeben. Christian waren bei dem Bankett alle möglichen Auszeichnungen verliehen worden, Abzeichen und Trophäen, die er in einer Tüte nach Hause trug. Wir hatten uns ein wenig unterhalten, aber erst jetzt hatten wir wirklich die Möglichkeit, das Vergangene nachzuholen.

Ich hörte zu, während er von den Mädchen sprach, mit denen er aus war. Er hatte es gemacht; »es« war das, was ich noch nicht getan hatte. Und er hatte es an vielen Orten und auf viele verschiedene Arten gemacht.

»Was ist mit dem Mädchen, von dem du letzten Sommer geschrieben hast ... du sagtest, du wolltest sie heiraten?«

Er zuckte die Schultern.

»Ach – hat sich nicht ergeben«, murmelte er und schob seine Sonnenbrille auf den Kopf. »Sie ist eine Schlampe.«

Sein Gesicht verfinsterte sich, und dann begann er von einem Mädchen zu erzählen, mit dem er es gemacht hatte, während er am Steuer seines Wagens gesessen war. Ich hörte zu und versuchte Christians Erfahrungen mit meinen eigenen in Einklang zu bringen. Ich erzählte ihm nichts von den staatlichen Schulen des Mittleren Westens, wo nicht nur Anzug und Krawatte nicht erforderlich waren, sondern T-Shirt und Jeans eine Art Uniform darstellten. Man hatte sich über mich lustig gemacht, als ich die Lehrer mit »Sir« und »Ma'am« anredete – und mein Akzent sich vom flachen, nasalen Ton der Gegend unterschied. Ich hatte eine Schule besucht, auf der auch Mädchen waren, aber erst nach einem Football-Spiel und einem, wie ich später zugeben musste, glücklichen Missgriff, begann ich mich regelmäßig mit Mädchen zu treffen. Aber ich machte meinen Abschluss und hatte noch immer nicht geschafft, was Christian mit mehreren Mädchen gemacht hatte.

Christian schien noch immer derselbe zu sein, und wir machten da weiter, wo wir aufgehört hatten. Sein Vater war grau geworden, aber das hatte keineswegs seine Entschlossenheit gemindert, wie Christians Zukunft aussehen sollte. Christian rasselte mit solcher Begeisterung seine zukünftigen Pläne herunter, dass ich neidisch wurde, nicht über einen solch klaren Weg zu verfügen. Er würde die wirtschaftswissenschaftliche Fakultät der Universität von Richmond besuchen und dann das Geschäft seines Vaters übernehmen.

»Du wirst also das Geschäft übernehmen?«

»Klar ... das stand niemals außer Frage.« Er nickte. »Zumindest für meinen Vater.«

»Und was ist mit dir?«

Christian zuckte die Schultern.

»Ich weiß nicht – das eine scheint mir so gut wie das andere zu sein.« Er drückte das Gaspedal durch, und der Wagen schoss an zwei anderen Autos auf der Straße vorbei. »Jedenfalls werde ich es machen«, sagte er und wurde wieder langsamer.

»Im Sport warst du gut?«, fragte er über den Wind hinweg, während er mir ein Bier reichte.

»Ja.«

Ich nahm einen langen Schluck vom kühlen Bier und lehnte mich zurück. Eine Weile sagten wir nichts und tranken. Christian sah herüber.

»Wie warst du beim Football?«

Ich setzte mich auf.

»Hatte als Verteidiger die meisten Vorstöße in der ganzen Liga.«

»Wie viele waren das?«

»– was?«

Christian drehte die Musik leiser.

»Wie viele Vorstöße hast du geschafft?«

Ich sagte es ihm, und er zuckte die Schultern.

»Kann keine tolle Liga sein, Brenton – unser Verteidiger, Tim Weller, hatte genauso viele.«

Ich starrte ihn an, aber er sah nur geradeaus.

»Was ist mit Ringen?«

»Kam bis zur Staatsebene.«

Er nickte.

»Und wie viele Schulen nahmen bei dem Turnier auf Staatsebene teil?«

»Was spielt das für eine Rolle?«

Irritation mischte sich in das träge Gefühl des Biers. Christian sah mich unschuldig an.

»Keine ... nehme ich an.«

Schweigend lehnte ich mich zurück, lauschte dem Wind und blickte über die vorbeiziehenden Felder. Nach einigen Minuten hatte ich mich beruhigt und sagte mir, dass hinter Christians Fragen keine böse Absicht steckte.

Er sah herüber.

»Ich hab gesehen, wie du dich auf dem Bankett mit Jane Paisley unterhalten hast.«

Ich drehte mich zu ihm hin.

»Mit wem?«

»Jane Paisley – auf dem Sportbankett«, sagte er, sah zu mir und dann wieder auf die Straße. »Ich hab gesehen, wie du dich mit ihr unterhalten hast.«

»Oh – die meinst du! Ich kannte ihren Namen nicht.« Ich nickte. »Ich wollte dich nach ihr fragen.«

»Wieso, Brenton?«

»– wieso was?«

»Wieso willst du ihren Namen wissen?«

Ich sah ihn an.

»Warum wohl – sie sieht großartig aus! Sie sagt, sie will diesen Sommer nach Ocean City, wie wir auch –«

Christian lachte und schüttelte den Kopf.

»Wie komisch.«

Ich blinzelte ihn an.

»Was?«

»Dass *du* mit Jane Paisley ausgehen willst.«

Ich richtete mich auf.

»Was meinst *du*?«

Christian schüttelte den Kopf und stellte das Radio leiser.

»Brenton, Jane Paisley ist wahrscheinlich das reichste Mädchen in Rudland Park.«

»Na und –«

»Viele Jungs, die geeigneter sind als du, haben versucht mit ihr auszugehen.«

Christian wechselte auf die linke Fahrspur, überholte einen Wagen und ging wieder auf die rechte Fahrbahn. Die Hitze stieg mir ins Gesicht.

»Was meinst du damit – geeigneter?«

»Ich meine damit Jungs von Hawthorne mit einem Haufen Kohle«, sagte Christian und starrte auf den sich abkühlenden Highway. »Sie ist eine Deb, Brenton.«

»Was –«

»Eine Deb, wie in Debütantin«, sagte er, schaute mich an und zog eine Augenbraue hoch.

»Ziemlich große Sache.«

Christian stieß einen lauten Seufzer aus.

»Ich kenne viele, die sich mit ihr verabredet haben ... sie bringt sie dazu, dass sie sich in sie verlieben, und dann lässt sie sie fallen.«

Die Wagengeräusche schwollen an.

»Sie scheint mir aber nett zu sein ... wenn sie sich mit mir nicht verabreden will, muss sie nicht.«

Christian verstummte und blickte starr nach vorne. Wir fuhren an einem Feld vorbei, das in rotes Zwielicht getaucht war.

»Ich sag es dir nur zu deinem Besten«, fügte er hinzu.

Ich zuckte die Schultern.

»Eine Verabredung schadet niemandem.«

Christian schüttelte langsam den Kopf.

»Du wirst mit ihr niemals zurechtkommen, Brenton.«

Ich starrte vor mich hin, mein Gesicht war heiß. Und mir ging durch den Kopf, dass es ein großer Fehler gewesen war, hierher zu kommen und Christian zu sehen.

»Wir werden ja sehen«, murmelte ich.

Es folgte ein langes Schweigen, das vom Dröhnen des Wagens begleitet wurde. Christian zuckte die Schultern.

»Mach dir nichts draus ... dachte bloß, ich sag's dir einfach.«

»Klar ... ich mach mir nichts draus, Christian.«

Christian sah herüber und räusperte sich.

»Ich dachte, wir könnten nach dem Sommer eine Kanutour machen ...« Er sah wieder herüber. »Den Susquehanna hinunter – zum Ozean, so wie wir es damals besprochen haben ... erinnerst du dich noch, als wir zum ersten Mal Kanu gefahren sind?«

Ich sah aus dem Wagen, ignorierte ihn, erinnerte mich aber an den Susquehanna und an den warmen Tag, der Jahre zurücklag.

»Paddel nach rechts, Brenton!«

»Tu ich doch!«

»Sieht aber nicht so aus ...«

»Christian, konzentrier du dich auf das Steuer und überlass mir das Paddeln.«

»Schnell! Nach links, wir steuern direkt auf den Felsen zu!«

Ich begann zu paddeln, um von dem kleinen Felsen im Fluss wegzukommen.

»Wie wär's, wenn du ein wenig das Ruder einsetzt – ich kann nicht alles alleine machen«, schrie ich.

Ich sah, wie das Kanu hilflos auf den Felsen zutrieb.

»Ich hab das Ruder – paddel nach links, Brenton!«

»Christian, wir treiben ab ...«

»Ich weiß, ich weiß –«

»Wir werden auf den Fels aufschlagen.«

»Nein, werden wir nicht. *Paddel*!«

»Du kannst ja bleiben und sehen, wie du zurechtkommst. Ich jedenfalls werde meine Haut retten.«

Damit sprang ich in das knietiefe Wasser und überließ Christian seinem Schicksal.

»Brenton ...!«

Das Kanu traf auf den Felsen und rollte über. Christian versuchte im letzten Moment herauszuspringen, aber es reichte nur noch zu einem Bad im Susquehanna. Ich packte das Heck des Kanus und die Paddel, die vorbeitrieben.

Es war für mich das erste und für Christian das dritte oder vierte Mal, dass wir Kanu fuhren. Sein Nachbar hatte uns gefragt, ob wir mit ihm und seiner Frau auf dem

Susquehanna eine Kanutour machen wollten. Der Susquehanna ist ein Fluss, der dreißig Minuten außerhalb von Baltimore liegt. Wir waren gemeinsam losgefahren, aber irgendwie konnten Christian und ich das Kanu nicht gerade halten und lagen schnell weit zurück.

Wir zerrten das Kanu an Land, und in der warmen Sonne zog ich mein Hemd aus. Ruhig floss der Fluss am felsigen Ufer vorbei. An beiden Seiten erhob sich dichter Wald, über dem in der Mittagssonne feuchter Dunst hing. Ich ließ mich auf den Kieselsteinen nieder, betrachtete den langsam fließenden Fluss und wollte sehen, ob ich einen Kiesel öfter springen lassen konnte als irgendjemand anderes auf der Welt.

»Brenton, was tust du da?«, nörgelte Christian, der das voll gelaufene Kanu untersuchte.

»Steine springen lassen. Und du?«

»*Kanu fahren* – komm, wir haben doch erst angefangen.«

»Einen Stein noch – kein schlechter Wurf, was?«

Ich sah meinem Stein hinterher, der über das Wasser schnellte.

»Das war beschissen.«

»O.k., dann zeig mal was Besseres.«

Christian verließ das Kanu, und wir begannen gemeinsam Steine springen zu lassen. Sein Kiesel hüpfte am weitesten. Ich setzte mich und betrachtete den Fluss.

»Wohin der Fluss wohl geht?«

Christian zuckte die Schultern.

»Denke, dass er irgendwann in den Ozean geht. Da gehen alle Flüsse hin«, sagte er, während er einen Stein fünfmal aufplatschen ließ.

»Du meinst, wir könnten mit dem Kanu bis zum *Ozean,* wenn wir auf dem Fluss bleiben?«

»Wir nicht, aber jemand, der Kanu fahren kann.«

»Ja, aber wenn wir Kanu fahren könnten, dann kämen wir zum Ozean?«, fragte ich und zeigte auf den Fluss.

»Hmhm. Aber der hier fließt wahrscheinlich erst in einen anderen Fluss, und der führt dann vielleicht zum Ozean.«

»Aber irgendwann führen sie alle zum Ozean.«

»Irgendwann – aber wer weiß schon, wo man rauskommt, wenn man das versucht.«

Christian hielt einen Kiesel hoch und untersuchte ihn.

»Ich würde es gerne versuchen! Nur um zu beweisen, dass man es schaffen kann.«

»Oh, man kann es schaffen.« Christian nickte, warf seinen Arm zurück und ließ den Stein fliegen. »Verdammt!«

Sein Stein hüpfte zweimal auf und versank.

»Glaubst du wirklich?«

»Ja, natürlich. Man braucht Proviant und Ausrüstung, aber man kann es schaffen.«

»Ja – lass es uns versuchen!«

»Man muss viel vorbereiten«, sagte Christian und betrachtete blinzelnd das Wasser.

»Na ja, wir könnten ja alles vorbereiten –«

Schweigend saßen wir da und überlegten, was eine Reise wie diese erforderte.

»Ich meine, wir sollten es machen!«, sagte ich und stand auf.

Christian nickte.

»Bin dabei.«

»Dann fangen wir mit den Vorbereitungen an, wenn wir wieder zu Hause sind.«

»O.k.«

Ich lehnte mich zurück und sah auf die Steine.

»Wie viele Lebensmittel wir wohl brauchen?«

»Viele, wahrscheinlich.«

»Ja – wahrscheinlich.«

»Dauert wahrscheinlich eine ganze Woche, um es zu schaffen.«

Ich sah ihn an.

»Eine Woche, was?«

»Mindestens!«

Ich spürte, wie die anfängliche Begeisterung nachließ, und dachte brütend über die Hindernisse nach, die unserer größten Reise im Weg standen.

»Ich glaube nicht, dass wir es schaffen«, gab ich zu.

Christian nickte und sah mich an.

»Eines Tages werden wir es machen, Brenton – das garantiere ich dir.«

»Ja?«, fragte ich und sah auf.

»Klar ... versprochen.«

Das Gespräch entschwand, und ich hörte wieder die

Geräusche des Wagens. Ich wandte meinen Blick von den Feldern und sah zu Christian. Er nickte.

»Also, Brenton, was hältst du davon?«

»Wovon?«

»Mit dem Kanu den Susquehanna runterfahren. Ich habe eine Karte, und der Fluss geht *wirklich* in den Ozean. Vielleicht können wir die ganze Strecke mit dem Kanu zurücklegen.«

Langsam nickte ich.

»Machen wir's ... du hast mir sowieso versprochen, dass wir es eines Tages tun.«

Er sah herüber und nickte.

»Das habe ich, oder?«

»Richtig ... du bist es mir *schuldig*.«

Er grinste und drückte aufs Gas. Im warmen Abendlicht heulte der Motor auf, und wir rasten dem Sommer entgegen.

4

Mein Apartment, stellte sich heraus, lag hinter einem glitzernden Diskopalast. Die Miete war niedrig, und es war nur zwei Blocks vom Strand entfernt, wo Christian und ich arbeiten sollten. Christian hatte es arrangiert, dass wir den Sommer über zwei Stände am Strand hatten. »Brenton, das ist einer der besten Jobs in Ocean City! Alles, was du zu tun hast, ist, den ganzen lieben langen Tag am Strand zu sitzen.« So hatte er ihn beschrieben.

Der Stand war ein blaues Häuschen am Rand der Promenade. In dem Häuschen befanden sich Schlauchboote, Sonnenschirme und Stühle. Die Leute kamen von der Promenade und liehen sich, was sie auf ihrem Weg zum Strand brauchten. Christians Stand war auf Höhe der 10th Street und ein guter Stand, da viele Leute den Strand an der 10th Street benutzten. Ich fand mich an der 1st Street wieder, neben einem langen Pier mit Volksfestfahrgeschäften. Mein Strand war nie mehr als halb voll.

Einige Nächte in der Woche konnten wir auch in der Disko vor meinem Apartment arbeiten.

Sie gehörte Pella, einer Griechin, die mit den Streizers

befreundet war. Ich wusste, dass der Stand wahrscheinlich nicht genügend Geld abwarf. Christian wohnte im Apartment seiner Eltern, aber ich musste Miete zahlen – also nahm ich auch einen Job in der Disko an.

Mein Apartment lag vom Ozean abgewandt und ging auf einen Parkplatz und eine Bruchbude. Es besaß keine Fenster, nur eine alte, übergroße Aircondition, die die ganze Nacht durchratterte und die Lichter flackern ließ, wenn sie anging. Ein Schwall modriger Luft kam mir entgegen, als ich die Tür öffnete und ein Surfboard mitten im Zimmer fand. Das erste Anzeichen, dass ich einen Zimmergenossen hatte. Er war, ganz klar, ein Hawthorne-Absolvent. Als ich auspackte, kam er vom Strand.

»Sheldon Greely«, verkündete er und streckte mir seine Hand entgegen.

Mit seinem sonnengebleichten Haar und der dunklen Gesichtsfarbe sah er aus, als hätte er bereits einen Sommer am Strand verbracht. Von der Sonnenbrille war über seinen Augen ein weißer Streifen.

»Brenton Heathersfield – sieht so aus, als wären wir für den Sommer Zimmergenossen«, sagte ich und gab ihm die Hand.

Er nahm sein Surfboard und lehnte es an die Wand.

»Christian sagte, dass du kommst ... er meinte, du warst einige Zeit auf Hawthorne –«

»Ein Jahr lang, dann zogen wir weg«, sagte ich, setzte mich aufs Bett und sah zu, wie er sich eilig umzog.

Er nickte.

»Na ja, ein Jahr reicht, und man hat es im Blut.«

Was, war ich versucht zu fragen, überlegte es mir dann aber anders.

»Christian sagt, du hast einen Stand an der 1st Street«, rief er vom Badezimmer, während er sich mit einer Hand durch das Haar fuhr, um einen Scheitel zu ziehen.

»Ja – kein besonders guter Stand, hat mir Christian gesagt. Ich habe einen Job als Türsteher in der Disko, für ein paar Nächte in der Woche.«

»Wenigstens hast du einen Stand. Ich steh noch ein wenig unter dir. Ich bin Rettungsschwimmer an der 15th Street«, sagte er und rieb sich mit schnellen Bewegungen Old Spice ins Gesicht.

»Oh, ein Rettungsschwimmer.«

Er grinste.

»Richtig.«

Er trug ein rotes Hemd, auf dessen Tasche »Crab House« aufgedruckt war.

»Machst du das schon lange?«

»Es ist mein zweiter Sommer.«

Ich wies auf das Hemd.

»Du hast noch einen anderen Job?«

»Ein paar Abende in der Woche bin ich Kellner.« Er schlüpfte mit den Füßen in ein Paar vollkommen abgetragener Schuhe. »Muss jetzt gehen – schön dich gesehen zu haben.«

»Schön dich gesehen zu haben«, rief ich, als die Tür zufiel.

Ich wandte mich dem Zimmer zu. Die Aircondition erwachte zitternd zum Leben und fiel in ein gleichmäßiges Rattern. Das Apartment war klein, würde für den Sommer aber genügen. Sheldons Habseligkeiten bestanden aus nichts anderem als seiner Kleidung, der Rettungsschwimmerausrüstung und dem Surfboard. Ich packte weiter aus.

In jener Nacht spazierte ich über die Promenade und sah auf den Ozean. Es war vier Jahre her, dass ich an der Küste gewesen war. Die Promenade war voller Menschen, die durch die laue Nacht gingen. Ich saß für eine Weile auf einer Bank und betrachtete den Andrang der aufgeregten Urlauber, dann ging ich zum Strand hinunter und zum tosenden Ozean.

Der Sand hatte die Hitze des Tages bewahrt und war unter meinen nackten Füßen warm. Die Lichter der Promenade entschwanden, bis nur noch die Schwärze des Ozeans da war. Ich ging über den festen nassen Sand, der der Brandung standhielt. Eine Welle brach sich am Ufer und kam zischelnd den Strand hoch. Ich ging ins Wasser und spürte den Sand, der unter meinen Füßen weggesogen wurde. Die grünen und blauen Lichter fahrender Schiffe bewegten sich über die nächtliche See. Eine weiße Erscheinung flog durch die Dunkelheit, die Möwe stieß einen Schrei aus. Irgendwo warnte ein Nebelhorn die Schiffe vor der Küste. Ich spürte, wie die riesige Weite, die vor mir lag, an mir zog. Zum ersten Mal in meinem Leben war ich auf mich alleine gestellt, und ich fragte mich, was das Leben bringen würde.

Der Sommer hatte seinen eigenen Rhythmus; lange heiße, träge Tage am Strand und Nächte, in denen ich in Bars trank oder in der Disko arbeitete. An meinem ersten Tag am Strandhäuschen lernte ich etwas fürs Leben. Ich ging früh am Morgen hinaus und schritt über die Promenade. Schließlich erreichte ich das Ende, wo mein blaues Häuschen verloren mitten auf dem Strand stand. Das Nummernschloss war alt und verrostet, Sand knirschte, als ich die Kombination einstellte. Zu meiner Überraschung löste sich das Schloss, ein Wassertropfen rann heraus, als ich es öffnete. Ich schwang die bemalte Holzabdeckung nach oben, und eine Spinne huschte in eine dunkle Ecke des Häuschens.

Der warme Geruch von aufgeheiztem Gummi strömte heraus, und ich begann die Schlauchboote herauszuziehen. Viele der Boote waren platt oder nur teilweise aufgepumpt, manche hatten im gummiartigen Überzug große Blasen. Ich holte die Schirme heraus, bemerkte die Risse und Löcher und schichtete sie neben dem Häuschen auf. Als Erstes hatte ich alle Schirme auf den Strand zu tragen und aufzustellen. Dies tat man, damit sich Kunden unter ihnen niederließen.

Vorsichtig schulterte ich die Schirme und machte mich auf den langen, schweißtreibenden Marsch über den Strand zum Ozean. Ich begann die Schirme kurz vor der Brandung in den Sand zu bohren. Die Sonne gleißte auf dem farblosen Sand, bis meine Augen mit Salz verklebt und meine Haut nass und glitschig war.

Schließlich neigte sich der letzte Schirm in die Brise. Ich lief zum Ozean und sprang in das kühle morgendliche Wasser, ging dann über den Strand zurück und wartete auf Kunden. Baute einen Schirm neben dem Häuschen auf und stellte einen Stuhl darunter. Hier wollte ich den Sommer überstehen.

Ich machte es mir auf dem Liegestuhl bequem, holte eine verschlissene Ausgabe von *Vom Winde verweht* heraus und vergrub meine Füße im Sand. Als ich aufsah, stand jemand mit langen, hellbraunen Haaren und ausgebeulten, blauweißen Shorts vor mir. Er beugte sich unter den Schirm und wartete im Schatten. Ein Kunde – ich stand auf.

»Kann ich Ihnen behilflich sein?«

»Ähm, nein, ich glaube nicht ... bist du Brenton?«, fragte er, warf mit einer ruckartigen Bewegung die Haare aus dem Gesicht und zwinkerte zweimal.

»Ja.«

»Ich bin Calamitous Receiver – eigentlich heiße ich Dwayne, aber jeder nennt mich Calamitous. Ich bin ein Freund von Christian. Ähm, er sagte, du kämst für den Sommer in den Osten ... dachte, ich stelle mich vor.« Er hielt kurz inne. »Ich war letzten Sommer mit Christian hier.«

Wieder warf er mit einem Ruck seine Haare nach hinten und zwinkerte. Ich erinnerte mich, dass Christian auf der Fahrt einen Freund erwähnt hatte, mit dem er letzten Sommer herumgehangen war.

»Ich – ich habe einen Stand, ein paar Blocks entfernt«, stammelte er und blickte mich unsicher an.

»Schön dich kennen zu lernen.« Wir gaben uns die Hand. »Nimm doch Platz.«

Calamitous ließ sich in einen Liegestuhl fallen. Sein Haar fiel ihm ständig ins Gesicht, und ständig ruckte er mit dem Kopf, um die Augen freizubekommen. Er sah zum Strand, dann drehte er sich mir zu.

»Christian sagt, du warst mal auf Hawthorne.«

»Ich war ein Jahr dort, dann zogen wir um – du warst auf Hawthorne?«

»Ja. Werde nächstes Jahr nach Duke gehen«, sagte er und grub mit seinen Füßen ein Loch im Sand.

Ich bemerkte, wie blass er war, obwohl er seine Zeit am Strand verbrachte, und wie lose die Shorts an seinen dünnen Beinen hingen.

»Wirst du diesen Sommer in der Lacrosse-Liga spielen?«

»Weiß nicht – hab schon seit Jahren nicht mehr gespielt, außerdem gibt es in Chicago kein Lacrosse.«

Er sah auf.

»Du machst Witze!«

Calamitous ruckte zweimal mit dem Kopf und zwinkerte noch dreimal.

»Dort machen alle Leichtathletik.«

»Leichtathletik?«, wiederholte er enttäuscht.

»So übel ist das nicht. Spielst du Lacrosse?«

»Ähm, nein – ich habe ein kaputtes Knie und kann deswegen keinen Sport treiben. Aber ich verfolge aufmerksam die Lacrosse-Spiele.«

»Oh.«

»Christian war einer der besten zentralen Mittelfeldspieler, die Hawthorne jemals hatte!«

»Wirklich?«

»Die Universität von Richmond kann sich glücklich schätzen, wenn sie ihn bekommt.«

»Das kann sie«, murmelte ich.

»Aber viele Universitäten wollten ihn haben«, fuhr er fort. »Ich denke, er wollte nicht auf eine große Universität. Richmond hat einen guten akademischen Ruf.«

»Ha!«, sagte ich und sah an ihm vorbei.

»Obwohl ... ich glaube, Christian macht sich nicht viel aus der Universität. Sport ist mehr seine Sache und manchmal –«

»*Nun* – ich glaube, ich sehe Kunden«, sagte ich, erhob mich und blickte zum Strand.

Ich sah einige Kinder unter einem Schirm sitzen. Sie waren mir völlig gleichgültig, aber ich wollte von diesem knochigen, blassen, kopfruckenden Typen nicht mehr hören, was Christian alles vorhatte.

»Ich muss sowieso gehen«, sagte Calamitous und stand auf. »Ein Junge passt auf meinen Stand auf – schön dich gesehen zu haben.«

Sein Handschlag war schwach, mehr eine leichte Berührung.

Er entfernte sich im hellen Sand, und ich ging über den

Strand und war froh, von ihm weg zu sein. Als ich mich umdrehte und zurücksah, hatte er kaum die Promenade erreicht. Niemals hatte ich jemanden gesehen, der sich so langsam bewegte.

In jener Nacht gingen Christian und ich mit einem Sixpack und Zigaretten zum Strand. Wir sprangen von der Promenade, streiften die Schuhe ab und gingen auf den Sommermond zu, der einen Pfad in die Mitte des Ozeans legte. Der kühlende Sand rieselte über unsere Füße, und wir setzten uns nah an die Brandung.

Ich öffnete mir ein Bier und reichte Christian eins. Er schoss den Verschluss in den Ozean hinaus, während ich uns die Zigaretten anzündete. Eine weiße Sandkrabbe jagte durch die blaue Brandung und suchte im Schutz der Dunkelheit nach Nahrung. Ich sah, wie eine kleine Welle heranbrandete und sie in die See hinausspülte. Wir saßen nur da, lauschten dem Ozean und tranken unser Bier.

»Dein Freund Calamitous kam heute an meinen Stand«, sagte ich nach einer Weile.

Christian nickte.

»Er sagte, dass er das vorhatte.«

»Der Junge scheint o.k. zu sein – nur anders.«

»Ja, er ist anders ... aber er ist ziemlich intelligent.«

»Ja – so sieht er aus.«

Ich betrachtete das phosphoreszierende Funkeln in der Brandung. Christian rauchte schweigend.

»Aus Calamitous wird irgendwann einmal ein Gehirnchirurg oder so was werden.«

Ich nickte und betrachtete die Glut, die das unebene Papier an meiner Zigarette wegbrannte.

»Und was wird aus uns – denkst du manchmal daran?«

Christian blies weiße Rauchkringel in die Dunkelheit. »Klar.«

Ich sah auf den Ozean und folgte dem grünen Licht, das am dunklen Horizont kreuzte.

»Ich frag mich oft, was aus uns werden wird – wohin es uns treibt.«

Christian zuckte die Schultern.

»Ich weiß nur, ich würde am liebsten hier stehen bleiben – und nicht mehr weitergehen.«

Ich sah ihn an.

»Was meinst du damit?«

»Ich meine, manchmal will ich einfach nicht weiter – es gefällt mir, wo ich gerade bin. Was kümmert mich das College und das Älterwerden und die Arbeit ...«

»Ich wünschte, ich hätte mich ein wenig mehr ums College gekümmert – vielleicht wäre ich dann auf ein anständiges gekommen.«

Christian sah herüber.

»Ist das keine gute Schule, auf der du bist?«

Ich zuckte die Schultern.

»Sie ist ganz in Ordnung – eine staatliche Schule. Wenn ich bessere Noten gehabt hätte, wäre es jetzt anders.«

»Ich musste um meine Noten immer kämpfen«, sagte

Christian und schüttelte den Kopf. »Wenn meine Mutter nicht die Aufsätze geschrieben hätte, wüsste ich nicht, was ich getan hätte.«

»Sie hat für dich deine Aufsätze geschrieben?«

»Klar – ich kann nicht schreiben. Ohne sie wären meine Noten beschissen gewesen ... sie hat mich auch durch Mathe gebracht.« Christian lachte. »Mein Alter wäre ziemlich überrascht, wenn er wüsste, dass sie hinter meinem Abschluss mit Auszeichnung steht.«

»Aber du hast die Noten bekommen ... ich wünschte, ich hätte auch jemanden gehabt, der mich in den Arsch getreten hätte, wenn es nötig war – wie das dein Vater für dich getan hat.«

»Du würdest meinen Vater nicht wollen – *glaub mir*.«

Ich zuckte die Schultern.

»Ich weiß es nicht ...«

»Er kontrolliert alles, Brenton ... Ich hatte einen Job bei einem Rundfunksender, Aufräumen und solche Sachen. Eines Tages kam der Leiter des Senders auf mich zu und fragte mich, wie mir der Sender meines Dad gefällt. Ich starrte ihn nur an, und er erzählte mir, dass meinem Dad die Mehrheit des Senders gehört.« Er schüttelte den Kopf. »Es ist, als würde ich ihm nie entkommen ... du kannst zumindest machen, was du willst.«

»Das kannst du auch.«

Er schüttelte den Kopf und sog an seiner Zigarette.

»Nein ... das kann ich nicht.«

Ich sah auf den Ozean hinaus. Ich hatte gedacht, Christian hätte alle Möglichkeiten. Er konnte auf jede Schule, die er wollte, seine Familie hatte Geld, er hatte Mädchen, die hinter ihm her waren – das waren die Möglichkeiten, die man hatte. Und nun sprach er davon, wie schwer alles für ihn war.

Christian legte sich auf den Rücken und hielt die Zigarette über sich.

»Ich sehe nicht ein, warum wir über diesen Sommer hinausschauen sollen. Es leuchtet mir nicht ein, warum ich im College härter arbeiten sollte, und dann, wenn ich damit fertig bin, noch härter in irgendeinem Job.« Er drehte sich zur Seite und sah mich an. »Ich mag den Strand – warum können wir nicht einfach hier bleiben?«

»Ich denke, es gibt keinen vernünftigen Grund dafür ... aber du kannst auch nicht einfach auf der Stelle treten.«

Er zuckte die Achseln und drehte sich wieder auf den Rücken. Ich trank mein Bier und sah zum Ozean. Eine hohe Welle brach sich, und das Wasser kam heran und berührte meine Füße. Wir saßen da, schwiegen und sahen zum glitzernden nächtlichen Himmel empor, der sich über den weiten Bogen des Ozeans wölbte. Ein Nebelhorn ertönte, und der rote Lichtstrahl eines fernen Leuchtturms blinkte kurz auf und wurde zu uns herübergeworfen. Weiter unten am Strand schwebte ein blaues Licht.

»Der Sandbildhauer ist noch immer da?«

»Oh ja – und ich hab ihn noch immer nicht gesehen.« Er zögerte. »Ich frage mich, ob es ihn überhaupt gibt.«

»Es muss ihn geben – *irgendjemand* macht sie«, sagte ich und sah zum blauen Licht.

»Vielleicht«, räumte Christian ein. »Aber wahrscheinlich ist es nur so ein Kerl, der es fürs Geld macht.«

»Warum sollte er es sonst machen?«

Christian stieß ein kurzes Lachen aus.

»Ich weiß es nicht ... weil es ihm Spaß macht.« Ich sah zu Boden und grub meine Füße in den Sand.

»Vielleicht macht es ihm Spaß.«

»Vielleicht«, sagte Christian und rauchte schweigend weiter.

Wir saßen lange so da, bis Christian aufstand und sagte, dass er spazieren gehen wolle. Wir gingen am Wasser entlang. Der Leuchtturm vor uns warf sein Licht über den Strand. Ich sah zum blauen Licht neben der Promenade.

»Meinst du, wir sehen den Sandmann diesen Sommer?«

Christian sah zum Licht.

»Das kann man nie wissen ...«

Wir gingen weiter, und unsere Stimmen gingen im Dröhnen der Brandung unter.

5

In der Nacht, in der ich Duke kennen lernte, zog ein schwerer Sturm vom Meer herein, so schnell, dass den Leuten kaum Zeit blieb, die Fensterläden an ihren Wohnungen zu schließen. Mit dem Wind kam der Regen und peitschte in Schauern über den Strand. Entlang der Promenade wurden die Schilder hin- und hergerissen, Ladenbesitzer hasteten davon, um die Haltetaue zu überprüfen. So schnell der Sturm kam, so schnell zog er ins Landesinnere weiter, und im Westen brach die Sonne durch. Aufgeregte Kinder rannten nach draußen und fuhren mit ihren Rädern über die nassen Planken der Promenade.

Ich betrachtete das Glühen der Dämmerung, das sich vor dem Eingang zur Disko in einer Pfütze spiegelte, in die aus einer undichten Dachrinne das Wasser tropfte. Es war die zweite Woche, in der ich hier arbeitete. Später wollte ich mich mit Christian in seinem Apartment treffen – ich wartete auf den anderen Türsteher. Eine glänzende weiße Corvette kam dröhnend vor dem Eingang zum Stehen. Ein Mann mit sonnengebräuntem Gesicht, darüber ein Stetson, stieg aus und kam auf mich zu. Er machte lange Schritte, seine Cowboystiefel schlugen laut auf den nassen Teer. Auf seinem weißen Hemd mit verschlungenen grünen Stickereien fing sich das letzte Tageslicht, er schob seinen Hut zurück, und zwei lachende blaue Augen fokussierten mich.

»Hey, Partner! Wir sind in derselben Branche!«

Ich starrte ihn an.

»Was meinst du? Dieselbe Branche?«

»Zum Teufel! Ich bin der Türsteher vom Tanqueray Club weiter unten an der Straße!«

Ich hatte davon noch nicht gehört.

»Wir Türsteher müssen doch zusammenhalten!«, fuhr er mit einem breiten Grinsen fort und klopfte mir hart auf die Schulter. »Woher kommst du, Kumpel?«, fragte er, schob seinen Hut noch weiter in den Nacken und strich sich mit der Hand über sein dunkles Gesicht. Stellte seinen Fuß auf die Stufe und sah sich um, als erwarte er jemanden. Ich blickte mich ebenfalls um. Er musterte mich.

»Äh ... Chicago.«

»Chicago, dieses *Kuhdorf!*« Dabei schlug er sich auf den Schenkel und schüttelte den Kopf. »Soll mich doch der Teufel holen!«

Ich dachte schon, er würde nun sagen, dass er bei den großen Rinderherden gewesen sei, die in dieses »Kuhdorf« getrieben wurden. Ich war mir nicht sicher, ob er wirklich ein Cowboy war oder nur eine der seltsamen

Gestalten von Ocean City. Er zog ein Streichholz aus seiner Hemdtasche und steckte es sich in den Mund.

»Ist schon 'ne Weile her, dass ich dort war«, sagte er und lehnte sich gegen einen der Pfosten, der die Markise hielt.

»Und woher kommst du?«

»Woher ich komme«, wiederholte er und sah mich mit diesen Augen an, in denen die weiten Prärien mit ihren verschlafenen Kleinstädten lagen, durch die immer der Wind weht. Er blickte wieder über den Parkplatz. »Ich komme von überall, Kumpel. Überall und nirgendwo ist mein Zuhause«, sagte er mit einem Lachen.

Ich zeigte auf sein glänzendes Fahrzeug.

»Netter Wagen.«

»Ja, das ist er«, sagte er und steckte seine Hände in die hinteren Hosentaschen. »War mir immer treu – säuft nicht ab und läuft, wenn er laufen soll. Hab schon mal dran gedacht, ihn loszuwerden, aber so einen zuverlässigen Wagen würde ich nicht mehr bekommen.«

Ich nickte über die Treue seines Wagens, der genauso gut hätte sein Gaul sein können. Er schob das Streichholz in den anderen Mundwinkel.

»Wie lange arbeitest du hier schon, Partner?«

»Erst seit letzter Woche.«

»Noch neu in der Stadt?«, fragte er aus einem Mundwinkel heraus und tippte an seinen Hut, als eine Frau die Disko betrat.

»Ja.«

Er nickte bedächtig und hakte seine Daumen in den Hosentaschen ein.

»Ist eigentlich ganz in Ordnung, diese Stadt«, grummelte er. »Ein wenig klein für einen Cowboy, aber was soll's, ich werde nicht für immer hier bleiben«, sagte er augenzwinkernd.

Ich sah ihn an.

»Wie lange bist du schon hier?«

»Zu lange«, murmelte er, und dann lachte er.

»Ich meine – noch nicht lang genug, dass ich alle *Mädels* in der Stadt gehabt hätte.« Er sprang von der Stufe und umfasste seine übergroße Gürtelschnalle, richtete seinen Hut und zog ihn tief in die Augen. »Hör zu – ich muss jetzt los.« Er griff in seine Hemdtasche und brachte eine Karte zum Vorschein. »Hier ist eine VIP-Karte«, wobei er das VIP stark betonte. »Für den Club – musst sie nur herzeigen, dann kommst du umsonst rein, Kumpel.«

Widerstrebend nahm ich sie an. Ich wusste, dass ich mich mit einer eigenen Karte revanchieren sollte.

»Ich habe keine Karte, die ich dir geben könnte.«

»Ah, zum *Teufel,* Partner! Mach dir keine Sorgen, irgendwann wirst du was für mich tun«, sagte er mit einem Winken, während er seine massige Statur in die weiße Kutsche verfrachtete. Er lehnte sich aus dem Fenster und ließ den Motor an. »Wie war doch dein Name, Partner?«

»Brenton«, schrie ich über den Lärm hinweg.

»Ich heiße Duke, und du kannst jederzeit zu mir in den

Club kommen, Brenton, in Ordnung?«, rief er und zündete sich eine Zigarette an.

»In Ordnung – mach ich!«

Er zeigte auf eine weitere Gruppe von Frauen, die vorbeigingen.

»Und pass auf und lass dich von den Mädels nicht anmachen.«

»Wird nicht vorkommen.«

»In Ordnung, Junge«, sagte er und hielt eine Hand hoch, während er davonbrauste.

Ich sah seinem Wagen hinterher, bis er verschwunden war, und fühlte mich, als hätte ich den letzten Cowboy getroffen.

Ich eilte zu Christian. Die Luft hatte sich abgekühlt, und ich genoss das raue, saubere Gefühl, das meine Jeans und das zugeknöpfte Hemd auf der Haut hinterließen. Ich erreichte die Promenade, zog die Schuhe aus und ging über die ausgewaschenen, glatten Planken. Der Strand glühte im goldfarbenen Zwielicht, auf den Wellenkämmen brachen sich die letzten, niedrig stehenden Strahlen der Dämmerung.

Christians Apartment lag zum Ozean hin. Es war nicht besonders groß, wirkte aber noch kleiner, da er sich immer in irgendeinem Ausnahmezustand befand. Ich ging zum Strand und sah Christian und Calamitous auf dem Balkon stehen. Sie winkten mir, dass sie zur Promenade herunterkommen wollten. Ich hatte mich bereits damit abgefunden, dass Calamitous den Sommer über bei uns sein würde.

Sie erschienen auf der Treppe, und wir zwängten uns in Christians Spitfire. In die beiden Sitze gepfercht, während Calamitous über dem Schaltknüppel schwebte, fuhren wir durch die warme Meeresluft. Der Wagen ächzte unter dem zusätzlichen Gewicht, wenn Christian die Gänge ausfuhr.

»Wohin fahren wir?«, schrie ich über den Motorenlärm, den Wind und das Radio hinweg.

»Zu einem Mädchen, das ich kenne – dort werden wir erst mal was trinken«, schrie Christian zurück.

»Eine seiner Konkubinen.« Calamitous grinste affektiert.

Christian lächelte und drehte die Musik lauter. Wir schossen über den Ocean Highway.

Nach einem Halt, um Bier mitzunehmen, erreichten wir ihr Apartment. Sie hüpfte in dem dunklen Zimmer herum und räumte verschiedene Sachen auf. Sie hatte nach hinten gelegtes Haar und kleine braune Augen. Wir ließen die Bierdosen aufschnalzen. Immer wenn Calamitous sie ansah, hatte er ein Grinsen im Gesicht.

»Also, wie geht's dir?«, fragte sie mich mit ihrem quiekenden New-Jersey-Akzent. »Christian hat mir eine Menge von dir erzählt – das hier ist ein einziger Verhau. Ich hab einfach nicht die Zeit, mit der Arbeit und dem Strand. Oh ... nehmt Platz – wenn ihr welchen finden könnt«, bot sie uns an, obwohl wir bereits saßen.

Christian war mit seinem ersten Bier fertig und zerdrückte die Dose. Er warf sie in den Abfall und schlenderte dann ins Schlafzimmer. Debbie – so hieß sie – sah ihm nervös nach, dann wandte sie sich an uns.

»Fühlt euch wie zu Hause – das Bier ist im Kühlschrank, und wenn ihr wollt, dann macht den Fernseher an«, sagte sie und stand auf.

Debbie sah sich hastig um, nahm ihre Zigaretten, die auf dem Tisch lagen, und verschwand im Schlafzimmer. Die Tür fiel mit einem lauten Knall zu, und ich war mit Calamitous allein. Wir starrten uns einen Moment lang an – dann sprang ich auf.

»Wie wär's, noch ein Bier, Calamitous?«

»– nein, danke«, sagte er und hob seine volle Dose.

Ich ging in die kleine Küche und öffnete den Kühlschrank. Drinnen waren nur einige halb leere Gewürzdosen und unser angebrochener Zwölferpack Bier. Ich sah mich in der Küche um. Auf der Theke surrte quietschend ein Ventilator. Mit einem Bier in der Hand ging ich zurück und machte den Fernseher an, schaltete durch die Kanäle, stellte ihn ab und nahm eine Zeitschrift.

Calamitous nippte an seinem Bier. Ich war sauer auf Christian, weil er einfach verschwunden war und mich mit Calamitous alleine gelassen hatte. Wenn er mit seinem Mädchen zusammen sein wollte, brauchte er mich nicht dazu. Ich überlegte, ob ich gehen sollte, aber fünfzehn Minuten später kamen Christian und Debbie zurück. Wir stürzten das Bier hinunter, das wir mitgebracht hatten.

Christian allein hatte sechs getrunken, Calamitous seines kaum angerührt, und Debbie und ich hatten uns den Rest geteilt.

»Ich denke, wir brauchen mehr Bier«, sagte ich, an niemand Bestimmtes gerichtet.

Christian lehnte an der Wand.

»Ja, holen wir noch was«, stimmte er zu und ging zur Couch.

Dort griff er sich ein langes Kissen, das die seltsame Form eines Schlagholzes besaß, und begann damit leicht auf Debbie einzuschlagen.

»Christian, sind das Liebestapser?« Sie lächelte.

Christian grinste und drosch ihr auf den Rücken, dass ihr die Zigarette aus der Hand fiel.

»Christian, hör auf damit!«, sagte sie. Sie stand auf. »Ich bin doch kein Sandsack.«

»Christian, hör auf damit!«, äffte er nach. Das Kissen hing an seinem Arm.

Als sich Debbie vorbeugte, um die Zigarette aufzuheben, schlug er erneut zu. Sie sprang zur Seite.

»Christian! – bitte!«

»Ach, das tut doch nicht weh – sei doch nicht so zimperlich«, lachte er.

Sie wollte sich wieder setzen, aber Christian schlug ihr quer über die Wange.

»Verdammt, Christian! Gib das Ding her!«

Auf ihrer Wange war ein roter Fleck. Ungelenk erhob sie sich und hielt sich die Hand vor das Gesicht.

»Komm und hol's dir doch.«

Sie stürzte auf ihn zu und ließ erneut die Zigarette fallen. Er lachte, trat zur Seite und traf sie im Nacken. Ihr Kopf ging ruckartig nach vorne wie der einer Marionette.

»Fast hättest du mich erwischt«, lachte Christian und wich ihr aus.

Seine Schläge gingen nun auf ihren ganzen Körper nieder. Er lachte hysterisch, bis sein Gesicht rot anlief und seine Adern am Hals hervortraten. Verzweifelt versuchte Debbie ihm das Kissen zu entwinden, aber er schlug sie nur umso mehr. Ich stand auf.

»Hey, Christian – hör auf!«

Er drehte sich um – und das Kissen kam direkt auf meinen Kopf zu. Ich wich zur Seite, aber er traf mich am rechten Ohr. Das Kissen war hart.

»Christian, hör auf! Christian, hör auf!«, äffte er und lachte wie wild. Seine Augen waren grünrote Schlitze.

Ich versuchte mich zu verteidigen, als er von neuem ausholte und mich in die Seite traf.

»Schluss jetzt!«

Ich fasste nach dem Kissen, verfehlte es. Er lachte noch immer und holte aus. Ich erwischte das Kissen, entwand es seiner Hand und warf es in den Raum. Eine Lampe zerbrach, ein blauer Blitz und ein kurzer Knall, Glas splitterte. Alle waren still. Ich starrte zu Christian und hörte meinen schweren Atem. Auf seinem Gesicht erschien ein gütiger Blick.

»Oh Gott, Brenton! Spiel nicht verrückt. Das war doch nur Spaß.«

Er sagte es so unschuldig, dass ich ihm fast glaubte.

»Ja, klar, Christian.« Ich nickte. »Nur ein Spaß.« Christian und ich standen uns gegenüber. Ich setzte mich, und Debbie begann zu reden, als wäre nichts geschehen. Calamitous saß auf der Couch und starrte vor sich hin, und ich wünschte, ich wäre nicht mitgekommen.

Irgendwann gingen wir, im Wagen schwieg ich. Christian sah einige Male herüber. Ich starrte durch die Windschutzscheibe und sah in die vorbeihuschende Nacht. Vielleicht hätte ich nicht eingreifen sollen, dachte ich – schließlich kannte er dieses Mädchen, und sie küsste ihn sogar, als wir gingen. Vielleicht mochte sie es, wenn er sie misshandelte. Dennoch ...

»Weißt du, Brenton, ich hab vorhin nur Spaß gemacht«, sagte Christian und sah herüber. »Ich meine, sie wusste, dass ich Spaß mache ... nichts, worüber du dich hättest aufregen müssen.«

Er sah erneut herüber. Ich zuckte die Schultern. »Woher sollte ich das wissen ... auf mich wirkte sie, als hätte sie Angst gehabt.«

»Ach, vielleicht hatte sie ein wenig Angst ... ich denke, wir sollten uns davon nicht den Abend kaputtmachen lassen.«

Langsam nickte ich.

»Wer sagt, dass wir uns den Abend kaputtmachen lassen?«

»Sie mag es, wenn Christian sie schlägt«, fügte Calamitous an. »Sie glaubt, das sei ganz *irre*.«

Wir lachten und Christian gab Gas.

Die Bar an der Promenade war zum Ozean hin offen und nannte sich *The Outlet*. Alle Einheimischen waren bereits da. Ein »Einheimischer« war nicht wirklich ein Einheimischer, sondern jemand, der den Sommer über in Ocean City arbeitete. Alle Einheimischen waren sonnengebräunt und trugen lange, weite Shorts und Surfershirts. Christian und Calamitous schienen jeden zu kennen, ich stand an der Theke und wünschte mir eine dunkle Bräune und weite Shorts, damit ich dazugehörte.

Ich blinzelte in das blaue Dämmerlicht und bemerkte an der gegenüberliegenden Seite der Theke ein Mädchen. Sie sprach mit jemandem neben sich. Ihre schlanke Hand ging zum Kopf und strich das Haar zurück. Es war das Mädchen, das ich bei Christians Bankett kennen gelernt hatte ... und an deren Namen ich mich nicht mehr erinnern konnte. Ich senkte den Kopf und beobachtete sie, suchte nach Merkmalen, durch die sich eine Debütantin auszeichnete. In ihrem Haar schimmerte dieselbe hellblonde Strähne, und ein weißer Armreif hob sich von ihrer gebräunten Haut ab.

Ich leerte meinen Drink und sah zu Christian und Calamitous, die sich mit anderen unterhielten. Drehte mich um und beobachtete sie noch einige weitere Minuten, holte dann tief Luft und legte mir meine weitere Vorgehensweise zurecht. Ich schob mich durch den Lärm und Rauch, die gellende Musik und die Gesprächsfetzen und hoffte halb, dass sie fort wäre, wenn ich ihre Seite der Theke erreichte.

Von hinten näherte ich mich dem Mädchen, mit dem sie sich unterhielt. Und als ihre Freundin abrupt aufstand und wegging, war meine Selbstsicherheit dahin. Sie sah auf die Theke. Kurz konnte ich ihre schlanken, braun gebrannten Beine erkennen, die in khakifarbenen Shorts und einem weißen Polohemd endeten.

Ich dachte daran, wieder zu gehen, sogar dann noch, als ich den leeren Barhocker herauszog und mich setzte. Sie wandte sich mir zu. Im Licht waren ihre Augen haselnussbraun.

»Äh – wir haben uns doch auf dem Sportbankett von Hawthorne gesehen?«, fragte ich.

Sie sah mich einen Augenblick lang an.

»Haben wir das? ... Ach ja, du hattest den Mund voll – kein Wunder, dass ich dich nicht erkannt habe.«

Sie drehte sich wieder zur Bar hin, nahm ein silbernes Zigarettenetui von der nassen Theke und klopfte eine Zigarette heraus. Sie reichte mir das Feuerzeug, und mit zitternder Hand zündete ich ihr die Zigarette an. Sie inhalierte tief und ließ den Rauch weich und gleichmäßig aus ihrem Mund.

»Denkst du dir immer vorher aus, was du sagst?«, fragte sie, hielt die Zigarette zur Seite und schlug die Beine übereinander. »Wenn das der Fall ist, würde ich mir einen besseren Eröffnungssatz einfallen lassen als ›Kennen wir uns nicht!‹«

Sie führte wieder die Zigarette an die Lippen. Ihre samtene Haut sah aus, als wäre sie niemals mit etwas Rauem in Berührung gekommen.

»Aber ... wir haben uns doch schon mal gesehen.«

»Warum also etwas erwähnen, das doch offensichtlich ist«, sagte sie, legte die Zigarette im Aschenbecher ab und nahm ihr Weinglas in die Hand.

»Na ja, ich bin eben mehr ein –«

»– Typ, der sich ungeniert an andere heranmacht?«

Ich verstummte. Sie fasste herüber, drückte mich leicht am Arm und lächelte. Ich begann von neuem.

»Ich hab dich gesehen und wollte mit dir reden ... deswegen bin ich hier.«

Sie stellte ihren Wein ab.

»Das – war schon besser.«

Wieder berührte sie mich leicht am Arm. Ich lehnte mich gegen die Theke. Sie trank von ihrem Wein.

»Wie heißt du?«

»Jane – und du?«

»Brenton.«

Sie hielt inne und nahm ihre rauchende Zigarette zwischen die Finger.

»Ein schöner Name, Brenton – wie eine taunasse Wiese.« Sie sah mich aus den Augenwinkeln heraus an. »Nun, schön dich zu sehen«, sagte sie und streckte mir ihre Hand entgegen.

»Ja«, sagte ich und hielt mich an der weichen, kleinen Hand fest. »Du klingst sehr poetisch.«

Sie sah mich an.

»Ich lese viel – du nicht?«

Sie wirkte alarmiert bei dem Gedanken, ich würde nicht lesen, und ließ meine Hand los.

»Oh Gott! Morgens, mittags und abends. Es ist bei mir fast eine Religion!«

»Oh, er liest – was hab ich nur für ein Glück«, murmelte sie und nahm mit gespitzten Lippen, die sich für einen Augenblick in Falten legten, einen letzten Zug von ihrer Zigarette.

Ihre Freundin kam zurück und sagte, dass sie gehen wollte.

»Ich muss gehen ... schön dich gesehen zu haben, Brenton«, sagte Jane, stand auf und wirkte dabei sehr viel umgänglicher.

Nun wäre der Zeitpunkt gekommen, aber ihre Freundin stand daneben, und wurde es in diesem Moment in der Bar nicht auch ruhiger?

»... gibt es denn eine Nummer, unter der ich dich erreichen kann?«, fragte ich; meine Stimme ließ die Bar stillstehen.

»Keine Ahnung«, sagte sie und hing sich die Handtasche um die Schulter.

»Ich meine, ich –«

»Aber es gibt im Telefonbuch eine Nummer unter Paisley.«

»Oh – ja, toll, das ist ... toll«, wiederholte ich ein wenig einfältig.

»Auf Wiedersehen, Brenton«, rief sie und winkte.

In mir vibrierte es, als ich mich setzte. Die Mädchen, mit denen ich in Chicago aus war, waren nett, sagten mir aber immer, dass ich »nur ein Freund« sei. Hier war nun diese wunderschöne Debütantin aus dem Osten, die mir sagte, ich könne ihre Nummer im Telefonbuch finden. Der Sommer ließ sich sehr gut an.

Ich lächelte und sah auf, und da war Christian. Er lehnte an der Wand und starrte zu mir herüber. Ich starrte zurück, und langsam wandte er sich ab.

6

Gegen Ende des ersten Monats, den ich in Ocean City verbrachte, lernte ich King kennen. Es war ein müder Mittwochabend und hatte seit dem Nachmittag geregnet. Ich sah in den Regen, der auf den Parkplatz vor der Disko niederging. King kam aus der prasselnden Dunkelheit geschritten und duckte sich unter der Markise. Er nickte mir zu, dann lehnte er sich gegen einen Pfosten. Strich sich mit einem Kamm durch sein nasses, mit Gel nach hinten gelegtes Haar, zog seine Lederjacke aus und warf sie über die Schulter. Eine unangezündete Zigarette erschien zwischen seinen Lippen, während er auf den Parkplatz hinaussah.

Seine glatte Haut und sein zurechtgemachtes Äußeres hätten ihm fast etwas Weiches verliehen, wäre da nicht der Rest gewesen. Ein weißes T-Shirt hörte dort auf, wo auf seinem Arm eine blaue Tätowierung begann, und die schwarzen Hosenbeine gingen in schwarze Stiefel über. Seine Augen waren finster und grüblerisch. Er wischte Wassertropfen von der Lederjacke und zündete sich die Zigarette im Mund an, ließ das Feuerzeug zuspringen und schlüpfte wieder in seine Jacke. Er rauchte und betrachtete den Regen.

»Heute Abend kommt es aber herunter«, sagte er langsam.

Ich blickte zu ihm und dann wieder in den Regen.

»Ja, das tut es.«

»Die Leute gehen nicht gerne aus, wenn es regnet, so viel ist klar«, sagte er und schnippte die Asche seiner Zigarette weg.

Wieder nickte ich und sah in die verregnete Dunkelheit. Jemand bewegte sich über den Parkplatz zum Eingang. Der Mann wankte unter einer Laterne und wurde wieder zu einer Silhouette. Er taumelte auf mich zu, und als er ins Licht kam, erhob ich mich von meinem Hocker. Ein Windstoß riss ihm einige Haarsträhnen von der Stirn nach hinten über die kahle Stelle, von der sie sich gelöst hatten. Seine Brille war beschlagen, gelblich rote Augen tauchten darin auf, sahen mich an und zogen sich hinter die angelaufenen Linsen zurück. Sein Mund bewegte sich unaufhörlich, und was einst ein gestärkter Anzug gewesen war, war nur noch ein nasses, herunterhängendes Etwas.

Er hielt inne, atmete schwer, kam dann heran. Ich wusste, ich konnte ihn nicht einlassen, und hob meine Hände.

»Tut mir Leid, Sir – Sie können hier nicht rein.« Er blies mir seinen alkoholgeschwängerten Atem ins Gesicht und trat zurück. Sein Mund bewegte sich weiter, und seine Augen traten wieder hervor.

»Warum nicht?«

Sein Kiefer zitterte, während er zurückwich. Mit einem gewissen Grad an Würde schob er seine Brille zurecht. Ich spürte mein Herz pochen und fuhr mit den Fingern über meine feuchtnassen Handinnenflächen.

»Weil ... Sie zu viel haben, Sir.«

Ungehalten schwollen seine Augen hinter der Brille an.

»Was soll das heißen, ich kann nicht rein!«

»Sir ... Ich – ich denke. Sie haben schon genug getrunken.«

Meine Stimme klang schwach. Er sprang vor.

»Wenn ich genug habe, werd ich 's dir schon sagen!«

Mit rudernden Armen schob er sich an mir vorbei – unkontrolliert traf mich seine Hand an der Wange. Ich fiel nach hinten, und jemand trat ihm in den Weg. Der Betrunkene blieb stehen.

»Hey! – was ist hier los?«

Ich kam mir ziemlich dämlich vor, danebenzustehen und nicht zu wissen, was ich tun sollte.

Der Mann starrte den Betrunkenen kalt an.

»Er sagte, du kannst hier nicht rein.«

Der Betrunkene blinzelte und justierte dann seine Brille. Er wich über die Stufen zurück in den Regen und drehte sich um.

»Komm doch, du Arschloch! Mit dir nehm ich's noch immer auf ... *Ich hab keine Angst!*«

Er zog seine Jacke aus, die auf den nassen Parkplatz fiel.

»Wer zum Teufel bist du schon? – Mit dir nehm ich's noch immer auf ... *Komm schon, mach doch!*«

Der Mann schnippte seine Zigarette zu dem Betrunkenen hinaus und starrte ihn reglos an.

»Mister – wenn ich zu dir auf den Parkplatz komme, dann verlässt du ihn nicht mehr lebend.«

Seine Hand berührte leicht eine Ausbuchtung der Gesäßtasche. Sie war lang und hatte die Gestalt eines Messers. Der Regen tanzte auf dem Parkplatz und um den Betrunkenen herum. Gelegentlich fuhr auf dem Ocean Highway ein Fahrzeug vorbei und hinterließ ein nasses, spritzendes Geräusch. Der Mann, allein auf dem dunklen Parkplatz, streckte die Arme von sich. Langsam ließ er sie sinken. Er murmelte etwas wie »Arschlöcher« und fiel dann fast hin, als er seine Jacke aufhob. Im Regen wankte er davon. Erleichtert atmete ich auf.

»Hey, vielen Dank«, sagte ich, noch immer zitternd. »Der Typ war mir nicht ganz geheuer.«

»Kein Problem«, sagte er und zündete sich eine weitere Zigarette an.

Wie zuvor starrte er hinaus. Ich sah zu ihm hinüber.

»Äh, kommst du oft hierher?«

»Ich bin hier Barkeeper«, sagte er und warf den Kopf zurück.

»Oh – *du arbeitest hier* ... das wusste ich nicht«, sagte ich und fühlte mich noch dämlicher. »Hab hier erst angefangen ... ich heiße Brenton.«

Er nickte.

»King«, sagte er und strich sich einige Haare, die ihm über die Stirn gefallen waren, aus dem Gesicht.

Ich wusste, er gehörte nicht zu den Menschen, denen man die Hand gab. Er widmete sich wieder der Dunkelheit. Ich blickte erneut zu ihm.

»Arbeitest du schon lange hier?«

»Zu lange.«

Er drehte sich um und sah mich an, als würde er mich jetzt zum ersten Mal sehen.

»Du stammst nicht aus der Gegend hier.«

»Ich komme aus Chicago.«

Er nickte und runzelte ein wenig die Stirn.

»Chicago ist eine gute Stadt.«

»– woher kommst du?«

»Tennessee«, antwortete er und musterte mich, als warte er auf irgendeine Herausforderung.

»Das ist eine gute Gegend.«

Plötzlich lachte er.

»Klar ist sie das.«

Er rauchte seine Zigarette zu Ende und drehte sich um, um reinzugehen.

»Hey – nochmals vielen Dank«, rief ich.

Er hob nur seine Hand, während er nach drinnen ging.

Nachdem wir einige Nächte zusammen gearbeitet hatten, lernte ich King besser kennen. Gewöhnlich verbrachte er seine Pausen draußen am Eingang.

»Daddy war ein armer, beschissener Farmer!«, sagte er in einer lauen Nacht, als ich ihn nach Tennessee fragte und er mir erste Hinweise über seine Vergangenheit gab. »Es waren schwere Zeiten, aber das war die schönste Zeit meines Lebens«, sagte er und beobachtete die vorbeifahrenden Autos.

Wir saßen da und rauchten. Ich hatte ihn mal um eine Zigarette gebeten, und jedes Mal, wenn er sich nun eine ansteckte, hielt er mir die Schachtel hin.

»Ich sehe meinen Daddy noch vor mir, wie er vom Feld heimkommt. Er liebte die Gegend und hatte sich mit ganzer Seele dem Land verschrieben. Als sie es ihm wegnahmen ... war er ein gebrochener Mann.«

Ich nickte.

»Kanntest du ihn gut?«

Er schüttelte den Kopf.

»War noch zu jung – aber er fuhr einen Truck ... und dann haute er einfach ab und kam nicht mehr zurück«, sagte er mit bitterem Lächeln.

»Ich geb ihm keine Schuld – sie haben ihm sein Leben weggenommen. Mit Mamma zogen wir dann nach Salisbury, gleich über die Brücke. Scheiße, dort passierte einfach nichts, also bin ich immer wieder mal nach Ocean City abgehauen, als ich alt genug war, um zu trampen.«

Wieder nickte ich, atmete die warme, salzige Luft ein, die wegen des Restaurants auf der anderen Straßenseite am Abend immer nach Bratfett roch.

»Ich weiß nicht – eines Tages kam ich hier an und bin hängen geblieben. Dann kaufte ich die Karre da und begann als Barkeeper zu arbeiten, um die Raten abzuzahlen«, sagte er und zeigte auf seinen in der Dämmerung schimmernden Wagen.

Er war Kings ganzer Stolz – ein 1955er Chevy Bel Air. Der Wagen war dunkelblau lackiert, sodass man sich darin spiegeln konnte, und liebevoll wiederhergerichtet. Ich starrte zu dem Fahrzeug. Es war wie ein Geist, ein Flüstern aus der Vergangenheit.

»Er ist wunderschön!«

»Ja – hat ziemlich lange gedauert, um ihn wieder in Schuss zu bringen, aber hier ist er nun. Wollte schon immer etwas, das einfach perfekt ist ... etwas, das ganz allein mir gehört und bei dem mir niemand in die Quere kommen kann.«

»Ich denke, das hast du hier.«

King nickte bedächtig.

»Er gehört mir noch nicht ganz, aber wenn er mal ganz abbezahlt ist, dann hau ich aus dieser erbärmlichen Stadt ab«, murmelte er und starrte ins Zwielicht.

King sah mich an, dann lächelte er, als fühlte er sich bei irgendetwas ertappt. Er ging wieder hinein. Ich sah zu dem dunklen Wagen, der im dahinscheidenden Licht wartete.

Ich schaffte es, Jane Paisley anzurufen. Nach einigen stümperhaften Versuchen mit einer zur Verzweiflung getriebenen Auskunft bekam ich die Nummer. Ich ließ durchstellen, jemand antwortete.

»Hallo?«

»Hallo – ist Jane da?«

Es folgte ein Zögern in der Leitung.

»– ja ... hier ist Jane.«

»Jane – ahm ... hier ist Brenton.«

Eine Pause.

»Tut mir Leid –«

»Äh – in der Bar ... wir haben uns in der Bar gesehen – Brenton! Hawthorne, Sportbankett ... dann in der Bar ... vor einer Woche.«

»Nein – tut mir Leid ... Sie müssen die falsche Nummer haben.«

Ich hörte alles, was mir Christian erzählt hatte. Es war ein Fehler, sie anzurufen. Heiß brannte mein Gesicht.

»Nein ...«, begann ich von neuem. »– ich spreche wirklich mit Jane Paisley – *richtige*?«

»Ja.«

»Hier ist *Brenton!* Du weißt doch ... ich hab auf dem Sportbankett Fleischbällchen gegessen ...«

Jane kicherte.

»Oh, *Brenton!* ... Ich dachte, du hättest Benton gesagt.« Sie lachte noch mehr. »Hab nur Spaß gemacht – wie geht's dir?«

»Gut!«

Es folgte eine Pause.

»Na ja ... weshalb ich anrufe –«

»Ja!«

»Was?«

»Du wolltest mich fragen, ob ich mit dir ausgehe, ich sage ja – wann willst du mit mir ausgehen?«

Ich öffnete meinen Mund.

»Wie wär's mit heute Abend?«

»Oh ... schön – passt dir acht Uhr?«

»– klar! Ich werde da sein.«

»Ich wohne in den Seacrest Apartments, an der 28th Street – oh, Apartment 2E.«

»Toll ... ich werde da sein«, sagte ich, fuhr mir mit der Zunge über die Lippen und wollte schnell auflegen, bevor mein Sieg zerrann.

»Du bist so *klasse!* Wie du's nur geschafft hast, dass ich mit dir ausgehe? Ciao!«

Ich legte auf und starrte das Telefon an. Ich fühlte mich, als wäre ich aus einem Traum aufgewacht und wollte wieder zurück. Und konnte nicht glauben, dass es so glatt gelaufen war ... ich fragte mich, ob Jane nicht alles inszeniert hatte ...

Ich holte sie um acht ab, das heißt, eigentlich ging ich zu ihrem Apartment hinüber. Jane öffnete die Tür und wirkte ruhig und gelassen. Zum Zeitpunkt, als ich die Tür erreichte, waren meine Hände feucht und ich hatte Kopfschmerzen von den zurechtgelegten Gesprächen, die ich immer wieder durchging.

»Ich gehe mit einem Mann aus! Informiert die Polizei, wenn ich am Morgen nicht zurück bin«, rief sie ihren Zimmergenossinnen zu, als sie durch die Tür schritt.

Sie lächelte mich strahlend an. Mir gelang ein schwaches Lächeln zusammen mit einem verstümmelten »Du siehst toll aus.«

»Danke!«

Christians Worte spukten mir durch den Kopf. »Du wirst mit ihr nicht zurechtkommen, Brenton.«

Wir gingen ihre Straße zur Promenade hinab. Ich versuchte wenigstens an eine der von mir geplanten Unterhaltungen zu denken, konnte mich jedoch nicht an das Geringste erinnern. Ich betrachtete Jane, die neben mir herging; im Abendlicht besaß ihr Kleid einen pastellblauen Ton, und auf ihren braunen Schultern lag ihr Haar goldener als sonst. Zwei Diamanten glitzerten an ihren Ohren.

Mehrmals versuchte ich eine Unterhaltung in Gang zu bringen, doch der Versuch allein machte den Vorsatz jedes Mal zunichte. Ich war nervös. Erst als wir die Promenade erreichten, erlaubte sie mir eine Pause.

»Und, gefällt dir der Sommer?«, fragte sie; der Wind hielt ihr Haar zurück.

»Oh ja ... kaum zu glauben, dass Christian und ich schon einen Monat hier sind.«

»Ihr habt beide einen Stand?«

»Christian hat den besseren – meiner ist unten an der 1st Street und seiner an der 10th. Er hat viel mehr Leute am Strand als ich – das heißt, er verdient mehr Geld«, erklärte ich stumpfsinnig.

Sie nickte bedächtig.

»Du hast nicht viele Leute am Strand?«

»Na ja ... ein paar schon, aber wenn das Geschäft laufen soll, müsste ich mich viel mehr ins Zeug legen und die Leute animieren, dass sie von der Promenade an den Strand kommen.«

Ich redete zu laut.

»Und legst du dich ins Zeug?«

»Nein ... eigentlich nicht«, sagte ich und spürte, dass für diese Art der Konversation nicht der richtige Zeitpunkt war.

Dann, als wir die Bar erreichten, schob sie ihren weichen, sonnengebräunten Arm unter meinen.

»Nur solange du dich bei mir nicht ins Zeug legst«, flüsterte sie.

Ich war hoffnungslos verloren ... der warme Wind wehte den Abend in die Nacht hinein.

Wir tranken und redeten, und langsam verlor ich die anfängliche Nervosität.

»Und warum seid ihr umgezogen?«, fragte sie nach ihrem zweiten Chablis und meinem vierten Bier.

Ich räusperte mich.

»Damit mein Vater einen besseren Job bekam – mehr Geld.«

»Oh –« Sie hielt inne. »Daddy würde es genauso machen, nehme ich an ... Ich meine, für Geld.«

Ich nickte und sah sie an.

»Wo gehst du aufs College?«

»Princeton. Und du?«

»Nur eine kleine staatliche Uni.«

Sie hielt erneut inne.

»College ist College«, sagte sie und nippte an ihrem Wein.

Ich nickte. Mit dem Wort »Princeton« war meine ganze Nervosität wieder da.

»Das ist toll, dass du in Princeton bist.«

Sie sah auf die Theke und nickte schnell.

»Das ist auch nur eine Uni, Brenton«, sagte sie mit weicher Stimme.

»Ja, aber eine verdammt gute Uni ... Es gibt schlimmere Universitäten.«

»Ich will mit den Besten meiner Generation zusammen sein«, sagte sie. Auf ihre blauen Augen legte sich eine Eisschicht.

Plötzlich war der Raum wieder da, der verschwitzte, verrauchte Dunst der Menschen, die sich durch ihr alltägliches Leben mühten. Jane sah aus, als hätte sie mich ganz vergessen.

»Aber es ist auch nur ein College«, sagte sie ganz schnell. »Oh, sprechen wir nicht von der Uni ... es ist Sommer!«

Sie fasste herüber, drückte meine Hand, die auf der Theke lag, und ich glitt in ihre Welt zurück.

»Auf den heutigen Abend und den *Sommer!*«, schlug sie vor und hob ihr Glas.

»Ja!«

Ich stieß mein Bier gegen ihr Glas und nahm einen langen Schluck, während sie ihren Wein austrank. Sie stellte das Glas ab und wandte sich dann an mich. Ihre Lippen glänzten.

»Lass uns über dich reden«, flüsterte sie und drückte meinen Arm.

»In Ordnung ... mal sehen – was kann ich über mich erzählen ...«

»Du liest.«

»Richtig! – Ich lese.«

Dann konnte ich mich nicht an ein einziges Buch erinnern, das ich jemals gelesen hatte. Die Getränke kamen und gingen, bis die Nacht davonglitt und nur noch sie und ich da waren.

»Nun, ich denke, die großen amerikanischen Autoren sind alle tot«, kam mir Jane wieder zu Hilfe.

»Wirklich?«

»Oh ja ... es gibt nicht mehr viele kreative Genies ... außer mir.«

»Bist du ein kreatives Genie?«, fragte ich, mein Gesicht nah an dem ihren.

»Ja – willst du einige meiner Gedichte lesen?«

»Gern.«

»Das geht nicht ... du musst auf das Buch warten – aber dann kannst du sie lesen«, fügte sie mit einem Lächeln an, für das ich sie hätte küssen wollen.

Ihre Augen zerflossen und nahmen die Farbe eines diesigen Himmels an.

»Ich kann es kaum erwarten«, sagte ich und rückte näher.

»Es wird noch eine Weile dauern, ich hoffe also, du hast Geduld«, murmelte sie. In ihrem Atem lag der bittersüße Geruch des Weins.

Nichts bewegte sich. Ich war mir sicher, sie hörte mein Blut pulsieren. Ihre Augen signalisierten, dass sie es billigte, also glitt ich zu ihr hinüber. Langsam neigte sich ihr Kopf, und die Theke lag am Ende eines langen Tunnels. Ich beugte mich vor und spürte den Samt ihrer geöffneten Lippen; es war wie ein langsam fahrender Zug, der in einen wolkenverhangenen Bahnhof einlief und aufseufzte, als er anhielt. Wir küssten uns, und ich dachte, es würde nicht mehr enden. Einmal lösten wir uns. Leicht öffneten sich ihre Augen, wir küssten uns wieder – am Ende des Tunnels kam die Bar zurück, und es war sehr laut. Ich war von meinem Hocker geglitten und fast auf ihr drauf. Zitternd setzte ich mich. Jane nippte erneut von ihrem Glas, ließ ihre Hand in die meine gleiten. Sie warf ihr Haar zurück und sah sich um, dann blickte sie zu mir und drückte meine Hand.

»Nun ...«

»So ...«, tat ich es ihr gleich, und wir lachten.

»Worüber haben wir uns unterhalten?«, fragte ich. In mir summte es.

»Weiß ich nicht.«

Sie zog ihre Hand zurück.

»Kann nicht sehr wichtig gewesen sein.«

»Nein«, flüsterte sie, und wir küssten uns wieder. Irgendwie verließen wir die Bar und fanden uns auf der

Promenade wieder. Vom Ozean zog Nebel herein, und Dunstschwaden flogen an den runden Laternenlichtern vorbei. Es war weit nach ein Uhr. Gelegentlich kam jemand aus dem Nebel und verschwand dann wieder darin. Wir hatten ohne Unterbrechung getrunken. Der Alkohol ließ alles in den Hintergrund treten, hier war nur noch dieses Mädchen. Wir schwankten, blieben oft stehen und setzten uns von neuem in Bewegung.

»Brenton«, murmelte Jane außer Atem, als wir voneinander abließen. »Gehen wir zum Strand hinunter«, flüsterte sie. Die Feuchtigkeit schimmerte auf ihren Wangen.

In meinem Kopf dröhnte es, ich konnte nur nicken.

Wir schritten durch den Nebel. Die Lichter der Promenade entschwanden. Einen Augenblick lang sahen wir nichts, dann strömte unter uns die Brandung herein, und der Ozean brach hervor, als wäre ein Schleier weggezogen worden. Jane trat aus ihren Mokassins und hielt sie in der Hand, ging in das warme, geschmeidige Wasser. Phosphor sammelte sich um ihre Füße wie Fußkettchen aus Sternenlicht. Sie stand im glosenden Nebel und sah auf den Ozean hinaus.

Sie beugte sich hinab und kam mit einer kleinen weißen Muschel hoch.

»Schau, Brenton – ist die nicht schön?« Sie gab sie mir. »Für dich ... damit du dich immer an mich erinnerst.«

»Einen Moment.«

Ich tauchte meine Hand in das anbrandende Wasser und fand eine Muschel. Ich gab sie ihr.

»Für dich, damit du dich an mich erinnerst.«

Sie sah sie an und hielt sie an die Wange.

»Oh! Eine kleine Schneckenmuschel! Die liebe ich!«

Erneut tauchte ich meine Hand in das Wasser und suchte nach weiteren Muscheln.

»Lass uns schwimmen gehen, Brenton.«

Ich spürte, wie sich mein Magen zu einem Knoten zusammenzog. Wieder hörte ich Christians Worte, diesmal aber undeutlich.

»– klar.«

Jane warf die Mokassins hinter sich und lächelte mir zu, fasste nach oben und zog sich langsam das Kleid über den Kopf. Sie stand in der glimmenden Brandung, hell hoben sich ihre Brüste von den sonnengebräunten Stellen ihres Körpers ab. Ihre Unterwäsche war ein weißes Band um die Hüften. Sie warf das Kleid nach hinten an den Strand, und auf ihren goldenen Ohranhängern fing sich das Mondlicht. Ich zog mein Hemd aus, und als ich wieder aufblickte, rannte sie in die Brandung und ihre Unterwäsche lag im Sand.

Ich riss mir die Hose vom Leib und blickte mich am nebelverschleierten Strand um. Watete ins Wasser, tauchte dann in eine Welle. Im kühlen Wasser klarte sich mein Kopf auf. Jane schwamm auf mich zu, ihr Haar war glatt nach hinten gestrichen, ihre Gesichtszüge waren weich und rund, als wären sie aus Sahne geformt. Ihr Gesicht kam an die Oberfläche, und ich küsste ihre salzige Nässe. Legte meine Hände auf ihre Oberschenkel und zog sie an mich heran. Ihre Oberschenkel und Brüste stießen gegen meinen Körper. Das Wasser strömte hinaus und ging uns nur noch bis zu den Hüften, dann kam es zurück, während wir weiter in den Ozean hinausgingen. Ich sah sie an und konnte nichts gegen das seltsame Dröhnen in meinen Ohren tun.

»Schon in Ordnung«, flüsterte sie und öffnete ihre Beine, während sie auf dem Rücken in der Brandung trieb.

Ich zog sie zu mir heran, im Mondlicht glänzten ihre Augen. Ich zögerte; sie setzte sich auf. Auf ihrem Gesicht ein verunsicherter Blick, dann verstand sie.

»Du bist noch Jungfrau – oder?«

»Nein ... eigentlich nicht ...«

»Hier«, flüsterte sie und hob eine tropfende Hand aus dem Wasser.

Ich hielt mich an ihre Hand, und sie zog mich in sich. Der Ozean umgab uns, und alles war warm, und es war nur noch das Tönen der weißen Brandung, die in die Nacht hinaufströmte.

7

Ein rötlich goldfarbener Streifen kroch aus dem Ozean hervor und trieb die Nacht nach Westen. Die Dunkelheit hinterließ vor dem gemalten Horizont die Silhouette eines Stuhls, der einem Rettungsschwimmer gehörte. Ich sah zu, wie der Morgen heraufzog, und war mir noch immer nicht sicher, ob die Nacht wirklich geschehen war.

Wir waren in zwei Liegestühlen meines Standes unter einem Sonnenschirm eingeschlafen. Ich wandte den Blick von der Morgendämmerung zu Jane, die noch immer, in ein Strandtuch gewickelt, schlief. Ich war seit Stunden wach und zog einen Stift und ein Klemmbrett hervor, die ich sonst für die Ausleihe gebrauchte.

»Was machst du?«

Ich sah sie an und zuckte mit den Schultern.

Sie lächelte und zeichnete mit ihrer Hand eine kleine Welle. »Bist du schon lange wach?« Sie gähnte.

»Erst seit kurzem.«

»Mmmm ...« Sie nickte und betrachtete den Morgen. »Was für ein toller Sonnenaufgang.«

»Ja.«

Sie wandte sich mir zu.

»Was hast du da?«

Ich sah auf mein Klemmbrett und zuckte die Schultern.

»– nur ein paar Verse ...«

Sie lächelte erneut und zog die Augenbrauen hoch.

»Darf ich sie sehen?«

Ich rutschte im Liegestuhl herum.

»Na ja, eigentlich sind sie sowieso für dich, aber es ist noch nicht fertig.«

Sie streckte die Hand aus.

»Lass sehen.«

Sie nahm das Klemmbrett und legte es sich auf den Schoß, zog das Strandtuch fester um sich gegen die Morgenkühle. Sie sah auf.

»Darf ich es laut lesen?«

»Wenn du willst ...«

Sie begann, ihre Stimme war von der Nacht heiser und weich.

»Strände, leer und dunkel, am Rande
eines Kontinents gehalten.
Im nächtlichen Wind,
vom Weine schwer, zwei Gestalten.

Ungesprochene Worte, suchend,
auf Muscheln erpicht,
und während der eine sucht,
der andere spricht.

Ozean und Ekstase,
zersplitterter Erinnerung Schlier'.
Der Morgen bricht an –
verloren zwar, aber auf den
windigen Stränden des Wir ...«

Jane lehnte sich zurück und lächelte, ihre Augen waren feucht.

»Danke, Brenton ... es ist wunderschön.«

Sie drückte das Klemmbrett an sich. Ich beugte mich hinüber und küsste sie, während die Sonne den Tag herbeibrachte.

Einmal zählte ich, wie viele Tage wir zusammen verbracht hatten, und kam auf fünfunddreißig. An die ersten beiden Wochen mit Jane erinnere ich mich kaum, außer dass es ein fortlaufendes Zeitkontinuum war, der Tag ging in die Nacht über und dann in den nächsten Tag. Schlaf war etwas, das ich nicht oft bekam und was mich auch nicht kümmerte. Ich ließ mich treiben und dachte nur daran, wann ich Jane wiedersehen würde.

Während des Tages kam Jane an meinen Stand und las unter einem Schirm. Sie sprach von einem Job, aber ich glaube nicht, dass sie jemals gearbeitet hatte, sah man davon ab, dass sie gelegentlich für ihre Freundinnen in einem Surf-Laden einsprang. Meistens tat sie, was ihr gefiel, und was Jane am meisten gefiel, war Einkaufen. Sie kaufte viele Dinge. Bei einer dieser Kauforgien war ich fasziniert von der Art und Weise, mit der sie ein halbes

Dutzend Schuhe, fünf Badeanzüge, Ringe oder was immer sie wollte einpackte. Die auf ihren Namen ausgestellten Kreditkarten zogen niemals irgendwelche Rechnungen nach sich, die ich sie bezahlen sah.

Mir gegenüber war Jane großzügig. Oftmals, wenn sie Shorts kaufte, erhielt ich ebenfalls Shorts, und bunte Surfershirts begannen sich in meinen Schubladen zu stapeln. Wir aßen uns die Promenade rauf und runter, Jane bezahlte das Essen und wischte mit einer Karte, die sie auf das Tablett des Kellners fallen ließ, meine Proteste weg.

Aber es war das abendliche Schwimmen, an das ich mich am meisten erinnerte. Nachdem ich den Stand schloss – wenn die Sonne die Wellenspitzen berührte und der Strand bis auf einige Surfer leer war –, gingen Jane und ich schwimmen.

»Brenton – man kann uns sehen!«

»Am Strand ist doch nur diese Lady, und die kann uns nicht sehen – das Wasser geht uns bis zu den Hüften.«

»Du meinst, niemand merkt etwas?«

»Wie denn? Wir halten uns nur aneinander fest.«

»Nun ... gut – ist sowieso vorbei ...«

»Bei mir auch –«

»Lass uns noch schwimmen.«

»In Ordnung.«

Wir schwammen in den Ozean hinaus.

Aber Jane war anders als ich, und manchmal waren die Unterschiede nicht zu übersehen.

»Schau dir das Bett an!«

»Wo?«, fragte Jane und runzelte die Stirn, als sie in das Schaufenster spähte.

Ich deutete gegen das Fenster.

»Das große Bett, das Wasserbett, dort.«

»Das!«

»Wasserbetten sind toll!«

Eine lange Pause.

»Ein Wasserbett ... das kann nicht dein Ernst sein!«

»Nein ... du magst Wasserbetten nicht?«

Sie trat einen Schritt zurück.

»Oh – sie sind schon in Ordnung ... für den, dem sie gefallen.« Jane sah mich an. *»Dir* müssten sie gefallen.«

»Nun ... ja.«

Jane hob ihren Kopf.

»Ich persönlich kann mir nichts Schlimmeres vorstellen«, sagte sie und betrachtete angewidert das große Bett im Fenster.

»Ich meine – ich würde niemals eines *kaufen.*«

»Das will ich hoffen.«

Ich wusste, Jane war mit Geld aufgewachsen, und es gab Dinge in ihrer Welt, die ich nicht verstand, aber dann wieder schien das alles keine Rolle zu spielen. Jane wollte ihren Spaß haben, und wir verbrachten viele Nächte im *Outlet,* dann kam das Schwimmen im Mondschein, und wir wachten im kühlen Tau auf meinen Strandstühlen auf.

Ich war verliebt, dessen war ich mir sicher. Der Sommer hatte sich gewandelt.

Im Juli brach eine Hitzewelle über Ocean City herein,

und über der Stadt schwebte eine feuchtwarme Glocke. Der Wind vom Ozean schichtete nur die warme, stehende Luft um, während die grauen Planken der Promenade in der kochenden Sonne heißen Harzhauch absonderten.

Ich beobachtete einige Kinder, die durch die vom Sand aufsteigenden Hitzeschwaden liefen, dann abstoppten und auf ihre Badetücher sprangen und dabei vorwurfsvoll auf die weiße Wüste blickten, die sie umgab. Einige Augenblicke blieben sie stehen, dann rannten sie wieder los. Ich wischte mir den Schweiß von den Lippen und sah zum Schirm hoch, der uns vor der Hitze schützte. In der Leinwand oben war ein Loch; ein weißer, heißer Lichtstrahl kam durch den Schatten herab.

Jane las ein Buch. Ihr Fuß ruhte im Sonnenlicht, hellroter Nagellack glänzte auf ihren Zehen. Sie hob eine Hand, um eine Seite umzublättern, zwei silberne Armreifen fielen klirrend zusammen, rutschten wieder zurück und blieben an der dünnen goldenen Armbanduhr liegen. Ihr blauer Badeanzug legte sich um ihre Hüften, am Rand war ein Streifen weißer Haut zu sehen. Eine weiße Spange hielt ihr Haar zurück.

»Wie ist das Buch?«

»Gut«, murmelte sie, ohne die Lektüre zu unterbrechen.

Wieder hob sie ihren Arm. Die Armreifen klimperten, als sie ihre Hand bewegte.

»Hast du einen Krampf in der Hand?«

»Nein.«

»Warum schüttelst du sie dann?«

»Versuchst du mich zu stören?«, fragte sie und lehnte ihren Kopf zurück.

»Ja.«

Ich küsste ihre Lippen und roch den schwachen Duft von Talkum oder den Hauch eines Parfüms.

»Lass mich jetzt mein Buch zu Ende lesen.«

Ich fasste hinüber, und sie drückte leicht meine Hand, hielt sie, bis sie eine weitere Seite umblättern musste. Ich zog mein eigenes Buch heraus und hörte jemanden hinter dem Schirm. Als Christian den Schatten betrat, blickte ich auf.

»Hey, Brenton«, sagte er. In seiner Sonnenbrille sah ich mein Spiegelbild, darunter sein Grinsen. »– Christian.«

Er ließ sich auf einem Liegestuhl nieder und schob seine Sonnenbrille nach oben. Es war an einem der heißen Tage gewesen, als ich ihm an seinem Stand erzählt hatte, dass ich mich mit Jane traf. Er hatte nur genickt und »Viel Glück« gesagt. Danach achtete ich darauf, es so hinzudrehen, dass ich ihm nicht erzählen musste, an welchen Abenden ich sie sah, und verlor ihn und Calamitous für einige Wochen aus den Augen. Gewöhnlich erzählte ich ihm, dass ich arbeitete, und besuchte ihn tagsüber nicht an seinem Stand. Manchmal hatte ich ein schlechtes Gewissen, aber meistens ließ mir Jane keine Gelegenheit, überhaupt nachzudenken.

»Christian, das ist Jane –«

»Hi, Jane.« Christian sah sie an und nickte.

»Hallo, Christian«, sagte Jane und legte ihr Buch auf den Schoß. Sie behielt die Sonnenbrille auf. Ich sah zu Christian.

»Ich war mir nicht sicher, ob ihr euch schon mal begegnet seid –«

»Ich weiß nicht, ob wir uns schon mal wirklich begegnet sind – nehme an, wir haben uns auf einigen Partys gesehen«, antwortete Jane glatt.

Christian nahm seine Sonnenbrille ab und fuhr sich durch das Haar.

»Ja, ja, muss wohl so gewesen sein.«

Mein Liegestuhl stand neben dem von Jane, Christian saß uns gegenüber. Für einige Sekunden, die Minuten zu sein schienen, sagte niemand etwas. Ich blinzelte zum Strand.

»Ziemlich heiß da draußen.«

Christian sah zum Strand. Ich blickte zu Jane und konnte sehen, dass sie ihn hinter ihrer Sonnenbrille beobachtete.

»Sieht fast so aus, als hättest du heute ein paar Leute an deinem Strand, Brenton.«

Ich räusperte mich und nickte.

»Ich denke, das Wetter kommt mir zu Hilfe.«

Janes Hand war neben meiner, ich überlegte, ob ich sie nehmen sollte. Es folgte ein langes, lautes Schweigen.

»Brenton sagt, du hast einen Stand an der 10th Street, Christian.«

Er sah zu Jane, und etwas in seinen grünen Augen funkelte.

»Ja.« Er nickte, sah weg und klopfte auf die Armlehne.

Heißer Wind kam über den Sand und fuhr in die Seiten des Taschenbuchs zu meinen Füßen. Vom Strand wehte der Lärm der Brandung und das gelegentliche Kreischen eines Kindes herüber. Ich räusperte mich mehrmals. Christian bohrte seine Füße in den Sand und wandte sich an mich.

»Calamitous und ich gehen heute Abend weg – weiß nicht, ob du schon was vorhast.«

Ich zuckte die Schultern und rutschte in meinem Stuhl hin und her.

»Ich denke, wir gehen in den Tanqueray Club«, sagte ich und sah zu Jane. »Ein Typ, den ich kennen gelernt habe, ist dort an der Tür.«

Christian nickte und klopfte schneller auf die Armlehne.

»Klar ... vielleicht ein andermal.«

Lange Minuten saßen wir da, dann stand Christian auf.

»Nun, ich gehe mal lieber zu meinem Stand zurück.«

Schnell nickte ich.

»Vielleicht morgen Abend, Christian ...«

»Ja, vielleicht – schön dich gesehen zu haben, Jane.«

»Dich auch, Christian.«

Er duckte sich unter dem Schirm und rannte zur Promenade. Ich drehte mich zu Jane und sah, dass sie bereits wieder ihr Buch las. Ich blickte Christian nach und überlegte, ob ich ihm nachlaufen sollte, wusste aber nicht, was ich ihm eigentlich sagen sollte. Er war sauer, weil ich so viel Zeit mit Jane verbrachte ... vielleicht war er auch eifersüchtig. Ich sah zu Jane und wusste, dass ich eifersüchtig wäre, wenn die Dinge umgekehrt liegen würden. Eine Woge der Zuversicht durchströmte mich, und ich beschloss, morgen zu seinem Stand zu gehen. Bis dahin würde sich alles gelegt haben. Er würde einfach akzeptieren müssen, dass sich was geändert hatte.

An diesem Abend gingen Jane und ich zum Tanqueray Club. Der Club lag von meinem Apartment aus direkt am Highway. Jane sagte nichts, als ich mich für die fehlende Transportmöglichkeit entschuldigte. Sorgfältig setzte sie ihre Schritte auf dem Gehweg. Ihr hawaiianisches Kleid legte sich eng um ihre schmalen Hüften und weitete sich nach unten hin, sodass es sich über ihre blauen, hochhackigen Schuhen bauschte. Zwei Steine baumelten an ihren Ohren.

Wir erreichten die Lichter des Clubs, ich ließ die Karte aufblitzen, die Duke mir am Eingang gegeben hatte. Wir traten in eine Wand aus Musik und schritten durch wirbelnde Lichter, vorbei an kleinen Tischen mit Glaskerzen, zur Bar. Ich sah einen Stetson und erkannte Duke.

Er drehte sich um, ein breites Lächeln spaltete sein braunes Gesicht.

»Hey, Partner!«, sagte er mit einem festen, ungestümen Handschlag.

»Hi, Duke.« In seiner Nähe entspannte ich mich ein wenig. »Duke! – das ist Jane Paisley.«

Dukes Gesicht wurde weicher, sein Tonfall ging nach unten.

»Nun, Ma'am ... ich hab schon hübsche Ladys gesehen, aber niemals eine solch hinreißende Schönheit wie jetzt in diesem Augenblick«, sagte er, nahm ihre Hand und küsste sie leicht.

Jane lächelte schwach, zog ihre Hand zurück und rieb sie verstohlen an ihrem Kleid ab.

Duke wandte sich wieder an mich.

»Was soll's sein, Partner? Es geht auf mich.«

»Ich dachte, du bist Türsteher, Duke.«

Jane drehte sich zur Tanzfläche, auf der ein einsames Pärchen versuchte dem Disko-Beat einige Würde abzuringen.

Duke zuckte die Schultern.

»Ach, zum Teufel, ich hab dir doch gesagt, ich schmeiß praktisch den Laden hier. Wenn ich Lust auf Türsteher habe, bin ich an der Tür. Wenn ich Lust habe, Barkeeper zu sein – bin ich eben Barkeeper!«

Jane starrte noch immer auf das einsame Paar. Duke schob seinen Hut nach hinten und sah sie mit hochgezogenen Augenbrauen an.

»Also, was soll's sein, Partner?«

»Jane, willst du einen Daiquiri? ... Ich nehme ein Bier.«

»Kommt sofort.« Er nickte und schritt an der Theke entlang.

Ich sah zu Jane, die sich umgedreht hatte und vor sich hin starrte.

»Gefällt's dir hier?«

Sie zog die Augenbrauen hoch.

»Ganz in Ordnung.«

»Nicht viel los«, sagte ich und sah mich um.

Das einsame Paar gab schließlich auf.

»Nein, nicht viel los.«

Duke stellte uns die Getränke hin.

»Hier sind wir wieder!«

Ich wollte in meine Tasche fassen, aber er hob die Hand.

»Das geht heute Abend auf mich, Partner. Ich will auf der Theke kein Geld sehen.«

Ich sah ihn an.

»Bist du dir sicher, Duke?«

»Ich hab dir doch gesagt ... ich schmeiß den Laden, Kumpel – wenn ich jemanden wie einen VIP behandeln möchte, *tue ich das.* Wie ist der Daiquiri, Lady? Ist nach eigenem Rezept«, sagte er zwinkernd.

Jane nippte am Drink und nickte.

»Gut.«

»Schön! Ich mach allen meinen Ladys die Drinks selber.« Duke zog die Augenbrauen hoch und grinste. »Also, ruft mich einfach, wenn ihr noch irgendwas braucht.«

Er schlenderte an der Theke zu den anderen Gästen. Jane beugte sich herüber und lehnte ihren Kopf an meinen.

»Schä-big«, flüsterte sie.

Ich fragte nicht, ob sie Duke oder die Bar meinte, aber wir küssten uns, und es kümmerte mich nicht wirklich.

»Hey – Schluss damit!«

Duke tauchte wieder vor uns auf. Jane lachte, und ich dachte, dass der Abend vielleicht doch noch was wurde.

»Ich bring euch noch 'ne Runde, dann könnt ihr sie vor euch aufbauen!«

Jane lachte wieder. Ich wusste, die Vorstellung, dass sich eine Reihe von Daiquiris vor ihr aufbauten, gefiel ihr. Duke stellte die neue Runde auf die Theke.

»Hier, Kumpel, jetzt könnt ihr –«

»Duke, kann ich dich einen Moment sprechen?«, rief ein fetter, glatzköpfiger Mann hinter ihm.

Er hatte zusammengekniffene Augen und ein gestreiftes Hemd, das ihm hinten heraushing. Duke war größer und musste sich nach unten beugen, während der andere redete. Er sah aus, als wäre er wütend, ich konnte Teile der Unterhaltung verstehen.

»Gibst diese gottverdammten Drinks aus ... interessiert mich nicht, wo er arbeitet ... begleich die Rechnung ... reiß dich zusammen – mach diesen Scheiß nicht noch mal ... warne dich ...«

Der Mann drehte sich um und ging die Theke hinunter. Duke konzentrierte sich auf die Kasse. Ich wandte mich an Jane, wollte etwas sagen, aber sie starrte nur auf Duke, und ich wusste, dass sie alles gehört hatte. Langsam schüttelte Jane den Kopf und schob die Getränke weg.

Duke kam herüber, das alte Lächeln war wieder auf seinem Gesicht.

»Hey, wie sind die Drinks?«

»Äh, hör zu, Duke«, sagte ich leise. »Warum lässt du mich nicht die Drinks bezahlen –«

»Zum Teufel, nein!« In seinen Augen loderte unverhohlene Wut, bevor er sich fasste. »Keine Sorge – ich bezahl euch die Drinks«, sagte er mit einer Handbewegung zu dem fetten Mann.

»Duke – wirklich, es wär mir wohler ... ich will nur –«

»Nein, Kumpel – kommt nicht in Frage«, sagte er und schüttelte den Kopf. »Genau darum geht's doch.«

Ich legte einen Zwanziger auf die Theke. Duke nahm ihn und steckte ihn mir in die Hemdtasche. Er starrte mich an, seine Augen funkelten. »Lass das, Partner – sonst werde ich sauer.«

Einen Moment lang wünschte ich, ich hätte Duke niemals gesehen. Ich hob meine Hände und kapitulierte.

»Schon gut, schon gut.«

Duke nickte und marschierte an der Theke entlang. Ich blickte zu Jane. Sie sah weg, und ich bemerkte, welch schrecklicher Fehler es war, sie in die Bar gebracht zu haben. Ihre Drinks standen auf der Theke und schmolzen langsam dahin. Ich überlegte, den Zwanziger liegen zu lassen, wollte aber keine weitere Szene mit Duke. Wir eilten nach draußen, und Jane schwieg während des gesamten Nachhausewegs. Dann versuchte ich zu erklären, was geschehen war.

»Lass uns die Geschichte einfach vergessen!«, blaffte sie.

Ich hüllte mich in Schweigen, alles, was noch zu hören war, waren Janes schnelle Schritte auf dem Gehweg. Schließlich erreichten wir mein Apartment. Jane sagte, sie sei müde, und legte sich aufs Bett. Als ich mich ausgezogen hatte, war ihr Atem weich und rhythmisch. Leise legte ich mich daneben.

Ich war eingeschlafen, als es laut klopfte. Das Klopfen kam und ging, und ich wollte meine Augen nicht öffnen. Es hörte auf, und dann kam es so laut, dass ich dachte, die Tür würde eingeschlagen. Ich sprang schnell aus dem Bett.

»Wer ist das?«, fragte Jane und setzte sich schlaftrunken auf.

»Brenton! Aufwachen – aus dem Bett mit dir!«

Gelächter. Ich erkannte Christians Stimme.

Ich schloss die Tür auf und öffnete sie langsam. Die blauen Straßenlichter strömten ins Zimmer. Christian und Calamitous standen auf dem Parkplatz zwischen spiegelnden Pfützen, die sich nach dem vorangegangenen Regen gebildet hatten. Sie wankten, im Licht, das von hinten einfiel, zeichneten sich die Umrisse ihrer Shorts und Hemden ab.

Ich trat ihnen in der Unterhose gegenüber. Es war still, ich konnte noch nicht einmal den Ozean hören. Ich blinzelte in das Licht.

»Hey, Jungs, ein wenig spät?«

»Ist doch erst vier!«, krähte Calamitous und lachte blöde.

»Wir wollten dem glücklichen Paar nur Hallo sagen«, nuschelte Christian.

»Hey, Brenton – wie geht's *Jane*?«

Ich trat nach draußen, schloss hinter mir die Tür und musterte Calamitous finster.

»Es geht ihr gut.«

Christian starrte mich in der Dunkelheit an. Er wankte und hatte Schluckauf.

»Hey ... Brenton ... hast du's ihr *gegeben?*«

Ich hatte gegen die morgendliche Kühle die Arme verschränkt, nun nahm ich sie herab.

»Warum hältst du nicht einfach den Mund, Christian!«

Ich drehte mich um und vergewisserte mich, dass die Tür zu war. Mein Gesicht war heiß, und ich wünschte mir, dass ich wenigstens eine Hose anhätte. Calamitous fiel mit ein.

»Ja! Hast du sie *gefickt,* Brenton?«

»An deiner Stelle würde ich lieber den Mund halten.«

»Ha!«, höhnte Christian. »Haben wir das Paar beim Ficken gestört!«

Er stieß ein kurzes Lachen aus, gefolgt von weiterem Gelächter von Calamitous. Mein Herz schlug mir bis zum Hals.

»Christian, warum hältst du nicht den Mund und verziehst dich.«

Ich machte einen Schritt nach vorn, weg von der Tür. Er lächelte.

»Zwing mich doch dazu, Brenton!«

Ich blieb stehen, plötzlich war mir kalt.

»Komm doch, Brenton ... mach was dagegen.«

Der Wind rauschte in den Bäumen hinter dem Parkplatz und wehte einen Papierbecher in eine Pfütze. Ich blickte die Treppe hinab, die zum Parkplatz führte. Ein kalter Schweißtropfen rann an mir herunter.

»Komm doch mit auf den Parkplatz, Brenton.«

Ich starrte zu Christian, der Wind ließ wieder nach.

»Wir sehen uns morgen.«

Er schüttelte den Kopf. »Du bist ein Feigling, Brenton.«

Ich drehte mich zum Apartment um, ging hinein und schloss die Tür. Christians Stimme kam in das Zimmer.

»Du Feigling, Brenton!«

Ich hob die Decke, Jane starrte an die Wand. Ich legte mich aufs Bett und wollte etwas sagen, aber sie hatte ihre Augen bereits wieder geschlossen. Ich lag wach und schlief erst ein, als es draußen hell wurde.

8

Mit einem müden Säuseln brach sich der Ozean am Strand. Die heiße Luft trug das Rauschen an meinen Stuhl, während ich auf den wabernden Sand starrte und zu verstehen versuchte, was letzte Nacht geschehen war. Christian hatte sich mit mir prügeln wollen, weil er eifersüchtig war. So viel war klar. Er war eifersüchtig und wollte, dass ich vor Jane schlecht aussah. Sie hatte sich an diesem Morgen mit einem schnellen, trockenen Kuss verabschiedet und wollte Freunde in Baltimore besuchen. Ich würde sie eine Woche lang nicht sehen. Ich fragte mich, ob sie mich anrufen würde, wenn sie zurückkam, und beschloss Christian erst wieder zu treffen, wenn er sich entschuldigte. Ich zog sogar in Betracht, Ocean City zu verlassen.

Langsam beruhigte ich mich und schmiedete Pläne für die nächste Woche. Ich konnte in der Bar arbeiten, allerdings war mir mehr danach, auszugehen und etwas zu unternehmen. Ich rutschte im Liegestuhl nach unten und schloss die Augen.

Das Karussell nahm seinen Betrieb auf – seine klägliche

Melodie wurde vom Sommer über den langen Strand geweht.

In den ersten Nächten machte ich Spaziergänge am Strand, dann kam mir Duke zu Hilfe. Es war ihm zur Angewohnheit geworden, einige Male in der Woche vorbeizukommen, um sich mit mir zu unterhalten. Ich wusste nicht, wie lange Duke schon in Ocean City arbeitete, aber er hasste die Leute und die Arbeit.

»Abgerissene, blutsaugerische Greenhorns!«, nannte er sie eines Abends draußen vor der Disco. »Der Westen ist das Ziel, wohin es diesen Cowboy treibt!«

Er lehnte sich gegen seinen glänzenden Wagen. Ich sah ihn an.

»Was willst du machen, wenn du dort bist?«

»*Bah*! Es gibt tausend Dinge, die ein Mann im Westen tun kann«, sagte er und zeigte mit weit ausholender Geste über die hellen Lichter von Ocean City im Hintergrund. »Aber dieser Cowboy wird sich eine Ranch aufbauen!«

»Eine Ranch – braucht man da nicht viel Geld?«

»Ach – zum Teufel!« Er machte eine wegwerfende Handbewegung. »Wenn du weißt, wie's läuft, kann dich eine Kleinigkeit wie Geld nicht aufhalten. Und, Brenton?« Er tippte an seinen Hut und zog eine Augenbraue hoch. »Ich weiß, wie's läuft, Junge!« Er gluckste, nickte. »Sobald ich genügend Geld zusammenhabe, lade ich diesen Wagen voll und mach mich in den Westen auf«, sagte er, hakte seine Daumen am Gürtel ein und sah hinaus auf den Parkplatz. Das war Duke.

Der Schatten des Clubs fiel der Länge nach auf den Parkplatz, als Duke vorfuhr und zu mir herübergeschlendert kam. Es war ein träger Mittwochabend.

»Hab dich schon ein paar Tage nicht mehr gesehen, Duke – wo hast du gesteckt?«

»Du kennst mich doch – immer beschäftigt«, sagte er und schob seinen Hut zurück. »Bin grad in der Arbeit, muss also sofort wieder zurück ... dachte nur, ich schau mal vorbei, um zu sehen, wie's so läuft.«

Ich zuckte die Schultern.

»Nicht viel los.«

»Um wie viel Uhr bist du hier fertig?«, fragte er und steckte sich ein Streichholz in den Mund.

»Etwa um drei.«

Mit der Zunge ließ er das Streichholz wandern. »Hast du Lust, auf einen Drink mitzukommen?«

»Klar!«

Er nickte.

»In Ordnung, dann sehen wir uns um drei.«

Er sprang wieder in seinen Wagen und röhrte davon.

Es wurde vier, bis Duke und ich auf einen Drink weggingen. Ich wollte gerade in mein Apartment zurück, als ich ein dumpfes Wummern hörte. Er nahm das Gas weg, und sein weißer Sting Ray stach in den Parkplatz, die Scheinwerfer vollführten einen weiten Kreis, bevor sie neben mir zum Stehen kamen.

»Tut mir Leid, dass es so spät wurde – bin aufgehalten worden«, rief er aus dem Fenster.

»Kein Problem«, sagte ich, froh, dass er überhaupt noch aufgetaucht war.

Ich stieg in den niedrigen Wagen. Duke schoss vom Parkplatz auf die leere Straße. Wir erreichten den Ocean Highway, gnadenlos schaltete er durch die Gänge, der Wagen bockte und jagte über die Straße. Der Wind pfiff über das offene Verdeck, und Duke zog sich den Hut tief ins Gesicht. Er nahm Gas weg, und alles, was ich hörte, war das Heulen des Windes in der salzigen Nachtluft.

Duke fasste ins Handschuhfach und reichte mir einen silbernen Flachmann.

»Was ist da drin?«

»Coca-Cola«, kollerte er mit einem Grinsen. »Was zum Teufel glaubst du, was da drin ist? *Whiskey* – guter, alter, amerikanischer Whiskey, der dich aus den Schuhen haut, und jetzt nimm ’nen Schluck!«, befahl er, drückte auf das Gaspedal und peitschte den Wagen voran.

Ich hielt den Flachmann an die Nase, allein der Geruch reichte aus, und ich hätte ihn am liebsten wieder zurückgegeben. Ich holte tief Luft und nahm einen schnellen Schluck.

»Herrgott! –«, krächzte ich. »Wie lang ist der schon da drin? ... zwanzig Jahre?«

Er gluckste. »Schmeckt gut, was?«

Er nahm einen Schluck und reichte ihn mir wieder.

»Wohin fahren wir?«

»Weiß nicht – dachte, wir fahren einfach in der Gegend rum.«

Er zuckte die Schultern.

»Whuuh!« Ich schüttelte den Kopf, um den Whiskeygeschmack im Mund loszuwerden.

»Ha, Junge«, höhnte Duke und nahm sich den Flachmann.

Es war nach fünf, als der Flachmann endlich leer war und mich es nicht mehr kümmerte, ob wir für immer herumfahren würden. Ich war betrunken. Duke hatte nicht viel gesagt oder vielleicht hatte ich nicht viel gesagt. Plötzlich drehte er den Wagen auf dem Highway um, der Motor heulte wieder auf und ließ den Wind über uns hinwegstreichen.

»Ich weiß, wo wir hin könnten – hast du schon mal die Möwen gesehen, Junge?«

Er stampfte auf das Gaspedal.

»Natürlich habe ich schon Möwen gesehen.«

»Ich meine, hast du sie so richtig gesehen?«, fragte er und sah mich unter seiner Hutkrempe an.

»Ja – denke schon ... ich meine ... was meinst du?«

»Wirst schon sehen«, war alles, was er sagte. Der Wagen beschleunigte.

Im Osten begann sich der Himmel rötlich zu färben, als er den Wagen auf der anderen Inselseite an einer verlassenen Sanddüne abstellte.

»Gleich hinter dieser Düne sind die Möwen«, sagte er und stieg aus. »Mach keinen Lärm.«

Leise schlossen wir die Wagentüren. Duke begann die Sanddüne hochzusteigen, ich folgte. Ich war fasziniert, wie schnell er sich in seinen Cowboystiefeln im Sand bewegen konnte. Schließlich erreichten wir den Dünenkamm, und aus der Nacht erhob sich der Ozean. Am Horizont zeichnete sich ein tiefes Dunkelrot ab.

»Schhh, sei jetzt leise, wir wollen sie nicht stören«, flüsterte er.

Er setzte sich mit dem Gesicht zum Ozean auf den Dünenkamm.

»Wo sind sie? ... Ich sehe nichts.«

Ich blickte über die grünen Dünengräser. Oben auf der Düne lief ein alter Holzzaun entlang, der die Straße vor Verwehungen schützen sollte. Duke zog mich zu Boden.

»Setz dich und halt den Mund – du wirst sie schon sehen.«

Er zündete sich eine Zigarette an, ich schnorrte mir eine, und für eine Weile rauchten wir und schwiegen. Ich sah ihn an.

»Warum willst du unbedingt in den Westen, Duke?«

»Hab ich dir doch gesagt.«

»Ja, ich weiß, die Ranch und das alles ... steckt da nicht mehr dahinter?«

Ich spürte die enthemmende Wirkung des Whiskeys. Einige Male schwankte der Boden. Er atmete schwer ein.

»Es gibt da noch was anderes«, sagte er und blinzelte auf eine Art und Weise, dass ich schon bedauerte, die Frage überhaupt gestellt zu haben. »– eine Frau.«

Ich nickte.

»Oh! – du hast da eine *Freundin*!«

Schwach lächelnd drehte er sich zu mir hin.

»Ja, ich hab da eine Freundin.« Er wartete und hielt sich die Zigarette vors Gesicht. »Meine Frau.«

Vor ihm glühte die Asche. Ich öffnete den Mund.

»Du bist verheiratet?«

Er grinste.

»Weiß nicht, wie man sonst zu 'ner Frau kommen kann.«

»Und? – was ist passiert? ... Ich meine, wo ist sie?«, fragte ich, obwohl ich wusste, dass ich nicht fragen sollte. Aber ich war müde und betrunken, und es kümmerte mich nicht.

»– im Westen.« Er sah zu Boden. »Sie hat mich verlassen.«

»Oh –«

Er schwieg, dann zuckte er die Schultern.

»Sie sagte, aus mir wird nie etwas, und meine Träume seien nur leeres Gerede ... sie wollte Sicherheit ... sie wollte jemanden, der sich um sie kümmerte – so wie es ihr Daddy gemacht hat, nicht jemanden, der sein ganzes Leben lang in Bars herumhängt.« Er wartete, unter seinem Hut kam ein langer Rauchfaden hervor, in dem sich das Licht brach. »Ich sagte ihr, sie soll noch ein wenig warten, bis ich genügend Geld habe, um in den Westen zu gehen.« Seine Stimme wurde hart. »Ich nehme an, dass sie vom Warten genug hatte – sie meint, ich könne nicht mit Geld umgehen und wir würden nie genug haben.« Duke hielt inne und steckte seine Zigarette in den Sand. Er lachte und schüttelte den Kopf. »Zum Teufel! – ich nehme an, sie hatte Recht. Ich bin noch immer hier und hab noch immer nicht genügend Geld zusammen – also ist sie fort ... mit einem Trucker in den Westen durchgebrannt. Ich glaube, sie ist jetzt in Wyoming – zumindest hat das ihre Schwester erzählt.«

Er holte seine Zigarettenschachtel heraus und reichte mir eine.

»Ach was, Duke ... sie weiß nicht, was sie verloren hat.«

»Ja ... ich weiß – das hab ich mir eine Zeit lang auch gesagt. Aber weißt du –« Er entfachte mit seinem Daumennagel ein Streichholz, legte schützend die Hand darüber und hielt es mir hin. »Es kommt immer wieder und verfolgt dich gerade zum beschissensten Zeitpunkt – immer dann, wenn du gerade glaubst, es sei vorbei.« Er zündete sich die Zigarette an und nahm sie aus dem Mund. »Ich will dir mal was sagen«, fuhr er fort und zog eine Augenbraue hoch. »Ich weiß, es ist vorbei – ich mach mir nichts mehr vor ... aber man erinnert sich immer nur an die guten Zeiten – immer nur an die guten Zeiten.«

Ich nickte bedächtig.

»Ich glaube, meine gute Zeit mit Jane geht zu Ende.«

Duke sah herüber.

»Dieses kleine Mädel, das du vorbeigebracht hast?«

Ich nickte und erzählte Duke von der vergangenen Nacht.

»Ich denke, es ist vorbei ... Christian hatte Recht – ich komme mit ihr nicht zurecht.«

Duke schwieg einen Moment.

»Wenn sie dich liebt, weil du so bist, wie du bist, dann spielt es keine Rolle, was geschehen ist.«

»Du verstehst nicht ... sie ist eine Debütantin – sie hat verdammt viel Geld ...« Ich schüttelte den Kopf. »Wahrscheinlich hätte ich gar nicht erst versuchen sollen mit ihr auszugehen.«

Duke schob seinen Hut nach hinten und legte die Hände auf die Knie.

»Das habe ich mir auch immer gesagt – aber, Brenton, nur Feiglinge ergreifen ihre Chancen nicht.«

Die Brandung setzte ein, rauchend saßen wir zwischen den Gräsern. Ich lauschte der einlullenden Brandung, fühlte mich schläfrig, dann sagte Duke, es sei an der Zeit, einen Blick auf die Möwen zu werfen.

Wir sahen über den Zaun. Allmählich erkannte ich die Möwen – Tausende von ihnen. Die Morgendämmerung beleuchtete den Strand, der voll war mit den Vögeln. Ich konnte nicht glauben, dass sie alle an einen Strand kamen.

»Es ist das erste Mal, dass ich hier bin und diese verdammten Möwen anschaue, seitdem sie fort ist ... sie hat mir diesen Strand gezeigt. Wir sind immer am Morgen gekommen, um sie zu sehen.«

Ich schüttelte den Kopf.

»Was für ein Anblick.«

Er nickte.

»Sie sagte immer, ›Duke, die Möwen verstehen das Leben‹, und ich sagte, ›Was zum Teufel meinst du damit?‹« Er runzelte die Stirn. »Und sie sagte, ›Schau sie dir an, ihre Augen – sie verstehen es.‹ Ich habe nie herausgefunden, was sie damit meinte ... aber ich bin gerne hierher gekommen.«

Ich nickte, sah in die heraufziehende Morgendämmerung und zu den rötlichen Möwen am Strand.

Am frühen Morgen fuhren wir zurück. Wir befanden uns noch auf dem südlichen Teil der Insel, als Duke die Augen zusammenkniff und auf die Bremse trat.

»Was zum Teufel ist das?«

Etwas lag auf der Straße. Duke fuhr den Wagen an den Straßenrand und stieg aus. Ich folgte ihm zu dem dunklen Klumpen vor dem Auto.

»Das darf doch nicht wahr sein – ein Reh!« Duke schüttelte den Kopf. »Was zum Teufel macht ein Reh in Ocean City?«

Er kauerte sich nieder, das Reh zuckte.

»Es ist noch am Leben – sieht aus, als wäre es angefahren worden.«

Das Tier sah uns mit ängstlichen Augen an. Aus einem Nüsternloch sickerte Blut, sein kurzes, braunes Fell hob und senkte sich. Ich streichelte es am Hals.

»Was sollen wir machen?«

Er atmete tief ein und kratzte sich an der Stirn.

»Na ja – es stirbt ... wir sollten es von seinem Leiden erlösen.«

Ich blickte in die aufgerissenen Augen des Tiers. »Warte einen Moment, Duke ... wir müssen was tun!«

»Nein, Brenton – schau, sein Hals ist gebrochen!«

Der Hals des Rehs stand sehr viel weiter zurück als sonst.

»Aber – aber was ist mit einem Tierarzt ... der *kann* doch was tun!«

Duke schüttelte den Kopf und ging zum Wagen zurück. Ich folgte.

»Warte, Duke ... du kannst es doch nicht einfach so umbringen!«

Er sah mich mit seinen blutunterlaufenen Augen an.

»Was zum Teufel soll ich sonst tun? Es stirbt«, murmelte er, öffnete den Kofferraum und zog einen Revolver in einem Lederhalfter heraus.

Ich sah zum Reh. Seine Ohren zuckten. Er konnte es nicht einfach umbringen.

»Tu's nicht, Duke! ... Lass es am Leben ... wir können es in die Stadt bringen – es wird wieder gesund!«

Ich packte ihn am Arm. Er drehte sich mir zu.

»Was soll ich deiner Meinung nach machen, Brenton? Es in die Stadt bringen, damit es eingeschläfert wird? Es hat sich den Hals gebrochen! Es gibt nichts, was man tun kann ...«

Duke riss sich los und ging zum Reh. Ich folgte und flehte ihn sinnlos an. Alles schien so schrecklich zu sein. Ich wusste, dass das Reh starb, aber das war weit weg und wurde von meiner Panik überlagert. Duke zog den Revolver aus dem Halfter und entsicherte.

»Warte, *warte*!«

»Was?«

Ich schüttelte den Kopf und hob eine Hand.

»Einen Moment ...«

Es war ruhig. Ich kniete mich neben das Reh und sah ihm in die Augen, in denen sich das erste Tageslicht spiegelte. Dunkle Flecken erschienen auf dem Fell des Tiers, mir wurde bewusst, dass es meine eigenen Tränen waren. Wie furchtbar das alles war – niemand sollte sterben müssen ... nicht allein. Ich kniete neben dem Tier und hatte den Kopf gesenkt.

»Auf Wiedersehen«, flüsterte ich. Das Reh zwinkerte.

Ich tätschelte seinen Hals und verrieb meine Tränen im braunen Fell.

»Komm, Brenton«, sagte Duke und legte mir die Hand auf die Schulter.

Langsam stand ich auf und ging zum Wagen zurück. Ich setzte mich, starrte aus dem Fenster und sah das Sonnenlicht auf den Gräsern im Sand, bis ich auffuhr und wusste, dass das Reh tot war. Ich hörte Duke das Tier aufheben und zwischen die Gräser tragen. Er warf dann seinen Revolver in den Kofferraum und sprang herein.

Duke hatte den Hut tief über die Stirn gezogen, als er den Wagen anließ. Wir fuhren los. Er sagte kein einziges Wort, und auch ich konnte nichts sagen.

9

»Nimm den Ski, Brenton. Ja, richtig – jetzt zieh ihn an.«

»Ich kann nicht! Er rutscht mir immer weg.«

»Halt die Luft an und tauch unter!«

»Ich ertrinke!«

»Deswegen hast du die Schwimmweste, Blödmann – wenn du ertrinkst, wird dein Körper über Wasser gehalten.«

»Wie beruhigend. O.k., ich hab einen Ski dran – wo ist der andere?«

»Er ist weggetrieben worden, während du mit dem Ertrinken beschäftigt warst.«

Christian ergriff den anderen Ski, der zum Boot gespült worden war, und warf ihn mir zu. Der Ski glitt durch das glänzend grüne Wasser und blieb etwa zwei Zentimeter vor meinem Gesicht stehen. Ich packte ihn.

»Willst du mich umbringen?«

»Du schaffst es, Brenton«, rief Jane vom Boot. Sie hielt ein Bier hoch.

Ich lächelte und kämpfte mit dem Ski. Christian und Jane waren früher bereits Wasserski gefahren. Ich nicht.

Jane war am Sonntag von Baltimore zurückgekommen. Am nächsten Tag tauchte sie an meinem Stand auf und erzählte mir von ihrer Reise. Die unglückselige Nacht schien sie gänzlich vergessen zu haben. Auch ich verbannte die Nacht aus meinen Gedanken und besuchte schließlich Christians Stand.

»Wo hast du gesteckt? ... hatte gerade vor, bei dir vorbeizuschauen«, grüßte er, als ich mich seinem Stand näherte.

Ich fasste das als Zugeständnis auf, und wir vermieden beide das Thema Jane und die Nacht.

»Ich mache dumme Sachen, wenn ich trinke«, bekannte er, und das kam einer Entschuldigung so nahe, wie ich es brauchte.

Es war einige Wochen später, als er Jane und mir anbot, mit dem Motorboot seines Vaters Wasserski zu laufen. Erst dachte ich, er mache einen Scherz, aber dann fasste ich es als Hinweis auf, dass er meine Beziehung zu Jane akzeptiert hatte. Aufgeregt erzählte ich Jane davon, nach einem kurzen Zögern sagte sie ja.

Jane und ich hatten uns durch die Wochen laviert. Es gab vollkommene Augenblicke, die wir gemeinsam erlebten, daneben Nächte, in denen meine Anrufe unbeantwortet blieben. Ich lag in der Dunkelheit – die Aircondition ratterte durch die Nacht – und war mir sicher, sie nie mehr zu sehen. Aber das ruckartige Zurückwerfen ihres Haares und ein sorglos dahingeflüstertes »Bei meinen Freunden, Dummkopf« reichten aus, und der Sommer ging weiter.

Wir hatten es eingerichtet, dass andere auf unsere Stände aufpassten, während wir den Tag beim Wasserskifahren zubrachten. Der Morgen kam klar und frisch, fast schien es, als wäre der Sommer schon vorüber. Wir fuhren zur Bucht hinüber, in der Christians Vater das Boot liegen hatte.

Die Bucht war grün und trübe. An der einen Seite lag Ocean City, an der anderen stand eine Reihe von grünen Bäumen, deren übermäßiges Laubwerk über das Wasser hinausragte. Jane, hinter einer Sonnenbrille versteckt, in einem weißen Badeanzug, der sie noch brauner aussehen ließ, schwieg. Wir sprangen an Bord des roten Bootes, das gegen einen wackeligen, ausgebleichten Holzsteg schlug. Jane und ich setzten uns, während Christian das Boot steuerte. Der Motor stotterte kurz, dann durchbrach sein Tuckern die morgendliche Stille und scheuchte die Möwen vom Steg auf. Am Ufer hing ein säuerlicher Geruch, und ich hielt nach Fischen Ausschau, die auf dem glatten Wasser trieben.

Christian löste die Halteleine, brachte mit einem *Klonk* das Boot in Gang und steuerte es vom Steg weg. Der blubbernde Motor begann zu röhren, rührte das Wasser auf, und das Boot hob sich aus dem Wasser, und wir glitten durch die Morgenstille.

»Brenton, leg schon den Ski an – bis du zum Skifahren kommst, ist es Nacht!«

Christian steuerte das Boot so, dass die Leine an mir vorbeikam.

»O.k. – ich hab den anderen Ski dran ... was jetzt?«

»Die Skier zusammennehmen und an der Leine festhalten«, rief Jane.

Ich ergriff die Zugleine und dann den Bügel, der daran befestigt war.

»Fertig!«

Ich klammerte mich an die Gummistange. Christian fuhr an, die Leine spannte sich.

»Los geht's«, schrie Christian und gab Gas.

Ich spannte die Arme und spürte, wie ich gezogen wurde. Das Wasser schlug hart gegen meinen Körper, während ich mit der Leine kämpfte. Der Bügel riss sich mir aus den Händen, und ich sank in die Bucht zurück. Meine Skier hatten sich gelöst, ich tauchte auf.

»Du musst dich an der Zugleine festhalten, Brenton«, schrie Christian, als er das Boot zurückbrachte.

»Meine Skier haben sich gelöst!«

»Das passiert, wenn du hinfällst – zieh sie wieder an.«

Ich durchlief erneut den Vorgang des Ertrinkens und hatte schließlich die Skier wieder an.

»Du schaffst es, Brenton«, schrie Jane vom Heck des Bootes.

»Fertig?«, rief Christian.

Ich ergriff die Zugleine, brachte die Skispitzen aus dem Wasser und in Position.

»Ja!«

Er fuhr wieder an. Ich versteifte die Arme, um dem Druck standzuhalten. Diesmal kam ich seitlich aus dem

Wasser und fiel mit einem halben Bauchplatscher wieder hinein. Die Skier hatten sich erneut gelöst. Christian brachte das Boot zurück.

»Was ist passiert?«

»Weiß ich nicht – vielleicht bin ich zum Wasserskifahren einfach nicht geschaffen.«

Christian schüttelte den Kopf.

»Brenton, zieh die Skier wieder an – jeder kann Wasserski fahren.«

Ich nahm den Kampf mit den Skiern wieder auf, machte mich bereit und sagte Christian, er könne losfahren. Die Leine spannte sich. Ich begann mich durch das Wasser zu bewegen – bis einer meiner Skier wegschnellte und ich ein nach rechts gewandtes Rad ins Wasser schlug.

»Vergiss es einfach! ... Vergiss diesen Sport!«

Nicht Ski zu fahren war besser, als in der Anwesenheit von Jane so gedemütigt zu werden. Ich schwamm auf das Boot zu, schob die Skier vor mir her. Christian brachte den Motor auf Touren und fuhr weg. Ich dachte, er wollte mich umkreisen, aber er hielt an.

»Hey! Bring das Boot herüber!«

Christian schüttelte langsam den Kopf.

»Erst wenn du Wasserski fährst!«

»Wovon sprichst du? Bring das Boot herüber!«

Christian schüttelte den Kopf.

»Du schaffst es – versuch es noch mal.«

»Christian, er will aus dem Wasser«, hörte ich Jane sagen.

Christian scheuchte sie weg. Sie sagte noch etwas, dann drehte er sich um und redete schnell auf sie ein. Sie starrten sich an.

»Christian – bring das Boot herüber!«

»Erst wenn du Wasserski fährst«, sagte er und fuhr noch weiter weg.

Jane sah mit finsterem Blick zu Christian, dann zu mir und schüttelte den Kopf. Ich überlegte, ob Christian mich nur hierher gebracht hatte, um mich in Anwesenheit von Jane vorzuführen. Wütend schlug ich mit der Hand aufs Wasser.

»Ich schwimm ans Ufer!«

Ich sah zur fernen Küste und dachte, dass die Idee vielleicht doch nicht so gut sei. Christian ließ sich auf dem Boot in einen Stuhl fallen.

»Schön – viel Spaß.«

Ich planschte im warmen, grünen Wasser, sah nach unten und fragte mich, was dort unten war. Die Bucht war voller Krabben und Quallen. Ich planschte noch ein wenig und beschloss dann, die Skier wieder anzulegen.

»Du Dreckskerl!«, schrie ich und schwamm zu den Skiern.

Er nickte nur und grinste.

»Du wirst mir noch mal dafür dankbar sein.«

Ich mühte mich mit den Skiern ab und ergriff die Zugleine. Christian ließ das Boot an, und ich ging ebenso schnell unter wie zuvor.

»Christian, lass mich in das verdammte Boot!«

»Nein, erst wenn du Wasserski fährst«, sagte er und schüttelte den Kopf. Jane stand auf.

»Christian, ich kann einfach nicht glauben, dass du so bist!«

Er sah sie an und lächelte, stand nur da, und in der grellen, hoch stehenden Sonne bewegten sich langsam seine Bauchmuskeln. Schmollend setzte sich Jane und sah zu mir heraus.

»Was hast *du* davon, ob ich Ski fahre oder nicht?«

»Ich mag es nicht, wenn man aufgibt.« Er zuckte die Schultern und sah über den Bootsrand zu mir.

»Lass mich rein!«

Er schüttelte den Kopf.

»Auf keinen Fall.«

Ich warf ihm jedes Schimpfwort an den Kopf, das mir einfiel, und zog dann die Skier wieder an. Packte die Zugleine, fiel wieder ins Wasser und beschloss einfach zu warten.

»Ich kann nicht Wasserski fahren!«

»Doch, du kannst es«, sagte Christian und wendete das Boot.

»Willst du nicht Wasserski fahren?«

»Nein, nicht, bevor du nicht gefahren bist.«

Er zögerte und beugte sich über den Bootsrand. »Brenton, streck die Knie durch und halt die Beine gerade – und ich garantiere dir, du wirst aus dem Wasser kommen.«

»Aber genauso habe ich es immer gemacht!«

Christian schüttelte den Kopf.

»Du hältst deine Beine nur anfangs gerade. Halt sie gerade und streck sie die ganze Zeit durch.«

Ich sah ihn an. »Wenn es wieder nicht klappt, bringst du das Boot herüber – ich werde es nicht noch einmal versuchen!«

»In Ordnung – *los*!«

Die Leine spannte sich, der Bügel zog an meinen Fingern. Ich umklammerte den Bügel, wurde durch das Wasser gezogen und spannte jeden Muskel, versuchte die Beine durchzustrecken. Zog den Bügel an die Brust um mehr Kontrolle zu haben. Wasser schlug mir ins Gesicht, zerrte an meinem Körper und wollte ihn unten halten. Ich spannte die Arme und Beine noch mehr und hielt mich mit aller Kraft an der Leine fest. Das Wasser blieb hinter mir zurück und dann, als hätte mich etwas freigesetzt, war ich oben.

Der Wind pfiff und blies mein Haar nach hinten. Das kühle Wasser auf meinem Körper begann zu trocknen. Ich wagte nicht, meine erstarrten Muskeln zu entspannen, ging in die Hocke, um die Wellen zu nehmen, über die meine Skier prallten. Ich fuhr! Die Bäume am Ufer glitten schnell vorüber. Ich sah auf meine Skier, die durch das weiße Wasser pflügten. Christian blickte vom Steuerrad zu mir nach hinten und reckte seine Faust in die Luft. Jane winkte. Ich musste grinsen: Ich fuhr Wasserski.

»Du kannst jetzt ins Boot, Brenton«, bot Christian an, nachdem ich ermüdet ins Wasser gefallen war.

Ich ergriff wieder die Leine.

»Vergiss es! Halt den Mund und fahr.«

Nach einigen weiteren Fahrten stieg ich schließlich ins Boot.

»Ich bin froh, dass du wieder hier bist – ich glaube, Jane hätte mir am liebsten mit dem Anker einen Schlag auf den Hinterkopf verpasst«, sagte Christian, nahm die triefenden Skier und legte sie ab.

Ich sah zu Jane. Unbeweglich saß sie da und starrte auf irgendeinen Punkt an der Küste. Christian hatte mich zum Wasserskifahren gezwungen. Das mochte in mancher Hinsicht richtig gewesen sein, dennoch unterstellte ich ihm, dass er wieder versucht hatte, die Oberhand zu behalten.

»Hör zu, Christian, ich weiß, du wolltest, dass ich Wasserski fahre, aber –«

Jane drehte sich um.

»Ach, vergiss es, Brenton! Du bist Wasserski gefahren, was soll's?«

Ich stand etwas verlegen da, wollte etwas sagen, aber Jane begann zu lachen. Sie stand auf und nahm ihre Sonnenbrille ab.

»Ja, ich war nahe davor, dir einen Schlag mit dem Anker zu verpassen«, sagte sie zu Christian. »Aber ich glaube, ich hätte es dabei belassen, dich ins Wasser zu schubsen!«

Und sie schubste Christian, der sie am Arm packte, und sie fielen beide in die warme Bucht. Als sie auftauchten, perlte Wasser über ihr glattes, nach hinten gestrichenes Haar. Jane und Christian starrten sich an, das reflektierte Sonnenlicht bildete auf ihren Wangen Muster.

»Das hast du zu büßen!«, kam es von Jane. Sie bespritzte ihn.

»Das hast du zu büßen!«, äffte Christian nach und tauchte weg.

Er kam hinter ihr wieder hoch und tauchte sie unter.

»Ich hasse dich!«

Sie bespritzte Christian, der wieder weg- und hinter ihr auftauchte. Ich starrte auf die beiden. Christian bespritzte sie, und sie kreischte auf, protestierte und lachte. Alles, was ich tun konnte, war zuzuschauen.

Es war bereits spät, als wir zur Küste zurückfuhren. Die Sonne stand niedrig über den Bäumen, die Bucht lag in ein blasses Orange getaucht. Häuser überzogen die Küste mit gelben Verandalichtern, und der warme Geruch des fernen Ozeans strich über uns hinweg. Eine weiße Möwe flog niedrig über die Bucht.

Ich saß im Bug des Bootes, während wir langsam in die Bucht fuhren. Jane lehnte sich an meine Brust, der vom Wind davongetragene Duft ihres Haares glitt über mich hinweg. Christian fuhr schweigend, hinter uns gurgelte der Motor. Das Boot bahnte sich seinen Weg durch das ruhige Wasser und erzeugte Wellen, die sich von uns zur Küste hin ausbreiteten, bevor sie sich langsam verliefen.

10

In diesem Sommer führte ich in vielerlei Hinsicht ein Doppelleben. Auf der einen Seite waren da Christian, Jane und Calamitous, auf der anderen Duke und King. Diese beiden Seiten meines Lebens waren völlig getrennt, aber je weiter der Sommer voranschritt, umso mehr verschmolzen sie, bis die eine Seite zum Kompass der anderen wurde.

»Ich will dir mal was sagen – das Leben vergeht schnell!«, sagte King während einer seiner Pausen in die brütende Dunkelheit hinein. »Du musst es dir holen – bevor du dich versiehst, sind zwanzig Jahre vergangen ... dann dreißig.«

King stützte sich auf ein Bein und schnippte die Asche auf die Stufe darüber. Dunkle Haarsträhnen fielen ihm ins Gesicht. Er sog an seiner Zigarette und blickte zu den vorbeifahrenden Lichtern auf dem Highway. Müde blies er den Rauch aus.

»Meiner Meinung nach besteht das Leben aus drei Phasen ... in der ersten Phase bereitet man sich darauf vor, dass es abgeht – da bist du gerade«, sagte er auf mich zeigend. »In der zweiten Phase geht es dann so richtig ab, und in der dritten hilft man anderen, dass es auch bei ihnen abgeht«, beendete er den Satz und entfachte seine Zigarette von neuem, indem er mit dem Mittelfinger darauf klopfte.

Ich sah ihn an und nickte.

»Ich welcher Phase bist du, King?«

Er sah auf seine ausgehende Zigarette. King war wieder mit geröteten und geschwollenen Augen zu spät zur Arbeit gekommen. Er war oft draußen unter der Markise, rauchte mit zitternder Hand und versuchte, die Nachwirkungen der Trunkenheit der vergangenen Nacht abzuschütteln.

»Na ja ... ich denke, bei mir ging es schon vor einiger Zeit ab – aber ich bin noch nicht in der dritten Phase, weil ich noch nicht ganz fertig bin ...« Starren Blicks sah er auf. »Da ist noch was, und ich möchte vorsichtig damit umgehen –« Er wandte sich ab, und ich fühlte mich, als wäre gerade eine Flamme erloschen. Schweigend, noch immer nach vorne gebeugt, nahm er einen Zug von seiner Zigarette, dann nickte er langsam. »– weil ich alles davon brauchen werde, wenn die Zeit reif ist.«

Eines Samstagabends arbeiteten King und ich in der ersten Schicht. Als ich nach der Arbeit auf den Parkplatz hinaustrat, stellte ich fest, dass ich nichts vorhatte. Christian und Calamitous waren irgendwo unterwegs, und Jane zog mit ihren Freundinnen herum. King hatte seine

Lederjacke über die Schulter geworfen und schritt zu seinem Wagen, eine Zigarette baumelte ihm am Mund.

»Hey – Junge!«, rief er.

Er nannte mich immer so. Als er seine Autoschlüssel herauszog, sah er auf.

»Hey, Junge.« Er nickte.

»Schon was vor, King?«

Er öffnete die Wagentür.

»Was trinken – und du?«

Ich zuckte die Schultern.

»Weiß nicht ... vielleicht gehe ich einfach ins Bett.«

Er warf seine Jacke in den Wagen, nahm die Zigarette aus dem Mund und sah mich an.

»Hast du nichts vor?«

»Oh doch – ich könnte in eine Bar, wenn ich wollte ...«

»Ich sagte, hast du nichts vor?«

»Na ja ... nein – eigentlich nicht, aber ich –«

»Steig ein«, sagte er und wies mit dem Daumen über die Schulter.

Ich schüttelte den Kopf.

»Nein – ich will mich nicht aufdrängen –«

»Halt den Mund und steig ein!«

»O.k.«

Ich ging hinüber und stieg an der Beifahrerseite ein. Er schüttelte nur den Kopf. Es war das erste Mal, dass ich in seinem Wagen saß. Die weißen Ledersitze glänzten in der blauen Nacht und reflektierten das funkelnde, verchromte Armaturenbrett. King schob eine Kassette rein. *»Baby love, my baby love ...«*

»Wohin fahren wir?«

»Eine Kneipe, in der ich immer rumhänge – ich glaube nicht, dass du schon mal da warst«, sagte er und zündete sich mit dem Zigarettenanzünder vom Armaturenbrett eine weitere Zigarette an.

Wir schlugen die Richtung zur anderen Seite der Insel ein, vorbei an geisterhaften Wohnanhängern, die auf blassen Sand- und Grasfeldern schimmerten. Die Wohnanhänger waren hier nicht nur im Sommer abgestellt – diese silberfarbenen Raketen rosteten das ganze Jahr vor sich hin. Die Mobilcamper von Ocean City hielten diese Ecke der Insel besetzt. King bog vom Highway auf eine von hohen Bäumen verborgene, unbefestigte Straße ab.

»Wo sind wir?«

»In einer zwielichtigen Gegend – keine Sorge, vertraue nur Onkel King.«

Wir erreichten einen Parkplatz mit Autos. Ich war fasziniert. Alle Wagen waren wie der von King: wunderbar restaurierte Klassiker, die vor Jahren über die Straßen gekreuzt waren. Auf ihrem spiegelglatten Lack schimmerten die Neonlichter der Bar. Ich starrte auf die in blaues Licht getauchten Wagen.

»Wir sind da«, verkündete King, als er ausstieg.

»Diese Wagen sind einfach unglaublich!«

»Ja ... komm schon – oder willst du die ganze Nacht hier auf dem Parkplatz verbringen?«

Ich rannte los, um ihn einzuholen, und wir gingen auf das Gebäude zu, aus dem wummerndes Getöse drang. An der Tür blieben wir stehen, damit sich King mit einem Kamm durch das Haar streichen konnte. Er öffnete die Tür, und der Lärm brach heraus.

Der Raum war verraucht, niedrig hängende Lampen warfen Säulen schummrigen Lichts auf die Tische. Eine Ecke wurde von einer Theke eingenommen, und ihr direkt gegenüber befand sich eine Sperrholzbühne, auf der eine Band Songs der späten Fünfziger und frühen Sechziger spielte. Alle waren ähnlich wie King gekleidet: schwarze Lederjacken, T-Shirts und Stiefel. King wurde von den Leuten förmlich erdrückt.

»Hey, King – wie geht's, Junge?«

»King, alter Priester! Wo hast du bloß gesteckt?«

»Hey, Ladys! Der schöne Junge ist hier!«

Diese Menschen liebten King. Ich wurde als Brent vorgestellt – das könne man sich leichter merken als Brenton, sagte mir King. Die Band stieß einen Song nach dem anderen aus. *»Let's go to the hop, oh baby ...«*

Das Bier kam schnell, ich versuchte mit King mitzuhalten, während wir an einer Wand lehnten. Jede Frau in der Kneipe blieb stehen und unterhielt sich mit ihm. King war höflich, zeigte aber kein richtiges Interesse. Eine Zigarette baumelte an meiner Lippe, und ich sprach mit denen, die er weiterreichte.

»Gefällt's dir hier, Junge?«

»Jaa!«, schrie ich und verschüttete Bier.

Die Band hörte auf zu spielen, und der Sänger trat ans Mikrofon.

»Heute Abend können wir allen eine besondere Freude bereiten – ein Freund von mir ist hier und wird für uns ein paar Songs singen ... hier, die Bühne gehört King!«

Ich ließ fast mein Bier fallen. King wirkte überrascht und begann den Kopf zu schütteln, aber die Menge ließ nicht locker. Vier große Männer in Lederjacken kamen herüber, packten sich King und zogen ihn auf die Bühne. Er versuchte sich zu befreien, aber sie ließen ihn nicht los. Er musste dem Publikum geben, wonach es verlangte.

Er legte die Gitarre um, alle verstummten. King begann mit seiner vollen Baritonstimme einige alte Rockklassiker zu singen, und allmählich dämmerte es mir, warum er King genannt wurde. Er trug einen Song vor, den er selbst geschrieben hatte, ein betörend langsames Lied, nur von sich selbst an der Gitarre begleitet. An eine Strophe erinnere ich mich.

»Na, ich weiß nicht, wie ich's schaffen soll –
ist alles jetzt so anders.
Hab kaum 'ne Chance
und niemand, dem ich trauen kann.
Weiß nicht, wie ich's schaffen soll –
das Spiel ist aus und alles ist so anders.
Weiß nicht, wie ich's schaffen soll –
sieht aus, als ob ich 's nicht mehr kann.«

Danach, nachdem sein Auftritt beendet war, tranken wir bis in den frühen Morgen. Nur noch wenige Autos standen auf dem Parkplatz, als wir losfuhren.

»Das war toll. Danke, King.«

Er nickte nur und jagte den Wagen über den Highway. An einer roten Ampel blieben wir stehen. Neben uns hielt eine weiße Corvette an, die ihren Motor aufheulen ließ. Einen Augenblick lang glaubte ich, es wäre Duke. King drehte den Kopf und sah zum Fahrer hinüber.

»Unreife Blödmänner«, murmelte er, schaltete in den ersten Gang und ließ die Maschine aufheulen.

Die Ampel blieb noch einen Moment lang auf rot, dann ging sie auf grün. Der Motor heulte auf, die Reifen quietschten, und ich wurde in den Sitz gepresst.

»Festhalten, Brenton!«

Wir blieben auf gleicher Höhe mit der Corvette. King schaltete durch die Gänge, bei jedem Schaltvorgang kreischten die Räder. Ich sah, wie der Tacho auf über hundertfünfzig ging.

»King! – Dort vorne sind Autos!«, schrie ich im Lärm des Motors und hielt mich an der Armlehne der Tür fest, sodass mir meine Hand wehtat. »Ich kann ihn schaffen, ich kann ihn schaffen!« Ich sah in den Außenspiegel, hinter uns waren rote Blinklichter.

»King, um Gottes willen, halt an – die *Bullen* sind hinter uns!«

»Ich kann ihn schaffen! Ich kann ihn schaffen!« Der Wagen schlingerte nun, der Tacho war vollkommen nutzlos geworden. Vor uns tauchten einige Autos auf – die Corvette schoss in unsere Fahrspur. King wich auf die Gegenfahrbahn aus. Scheinwerferlichter kamen direkt auf uns zu, Hupen dröhnten. Ich warf mich hinüber, um den Motor abzuwürgen, dann ertönte ein ohrenbetäubendes Kreischen, das mehr aus dem Wagen als von draußen zu kommen schien. Wir kamen seitlich von der Fahrbahn ab, King riss das Steuerrad erst in die eine und dann in die andere Richtung, während der Wagen mit dem Heck nach rechts und dann nach links ausbrach. Die Welt wirbelte und wirbelte um uns herum, ich wurde in meinen Sitz gedrückt. In den Gräsern blieben wir stehen.

Ich schwieg, die Luft war voller Staub. King schlug auf das Steuerrad ein. Sirenen brüllten, rote Lichtstrahlen spielten im aufgewirbelten Staub. King holte tief Luft und sah zu mir herüber.

»Bist du o.k.?«

Ich war wie betäubt und nickte benommen. Scheinwerfer erfassten den Wagen, blaue Uniformen schwärmten auf uns zu.

»Ich denke, jetzt sitzen wir ziemlich in der Scheiße«, murmelte King.

Die Polizei brachte uns aufs Revier. Wir mussten Kaution stellen wegen zu schnellen Fahrens. King rief einen Freund an, der sagte, er wolle mit dem Geld vorbeikommen. Die Polizei sperrte uns in eine graue Zelle; auch wenn sie von anderer Farbe gewesen wäre, hätte ich geschworen, dass sie grau war. Die angeschlagene Toilettenschüssel aus Porzellan roch nach Urin. Die Pritschen waren mit Ketten an der Wand befestigt, die mit verzweifelten Sinnsprüchen und groben Witzen bedeckt war.

King stand mit den Händen an den Gitterstäben. Er starrte auf das Lichtquadrat, das durch die schwere Metalltür fiel. Die Tür trennte den Zellenbereich von den Polizeibüros. Ich ließ mich auf der niedrigen Pritsche mit ihrer nach Mottenkugeln riechenden Decke nieder. King sagte nichts, rauchte, dann begann er gegen das Stahlgitter zu reden, das uns einschloss.

»Wusstest du, dass ich heiraten wollte?«, fragte er. Seine Stimme hallte vom Beton vor uns wider.

»Nein.«

»Oh ja ... Ich war mit ihr während der gesamten Highschool-Zeit zusammen, und wir wollten heiraten.«

Etwas in seiner Stimme sagte mir, dass ich hier eine Beichte zu hören bekam.

»Sie hieß Betty ... damals lebte ich noch in Salisbury – von dem Augenblick an, als ich sie zum ersten Mal sah, wusste ich, dass wir beide zusammengehören.«

Ich hörte nur halb zu, die Frage ging mir durch den Kopf, wie es nur dazu hatte kommen können, dass ich nun auf eine Stahlpritsche in einer Gefängniszelle starrte. King streckte sich und fasste mit beiden Händen, so hoch er konnte, an das Stahlgitter vor ihm.

»Wir waren drei Jahre zusammen, dann beschlossen

wir zu heiraten.« Er atmete schwer, ich sah zu seiner gestreckten Gestalt hinüber. »In der Woche zuvor war ich auf einer Sauftour – du weißt schon, das letzte Mal, dass man sich austoben kann ... ich hab die ganze Nacht getrunken – und dann war da diese Brünette, ich war mit ein paar anderen Kerlen da ... sie hat mir überhaupt nichts bedeutet«, sagte er mit seiner metallischen Stimme gegen die Betonwand. Er ließ die Hände von den Gitterstäben gleiten. »... es stellte sich heraus, dass sie ein Mädchen kannte, das Betty kannte, und sie sagte die Hochzeit ab ... Wollte nicht einmal mehr mit mir reden. Ich war total fertig – deswegen hab ich mich verpflichtet.«

Ich sah ihn an.

»Du warst in der Army?«

Er ließ die Zigarette neben sich auf den Boden fallen – schwach glühte sie auf dem Beton weiter.

»Ja ... in der Army – sogar auf einer Tour in 'Nam.«

»Wie war's in Vietnam?«

King hielt inne, zuckte mit den Schultern.

»Schlimm ...«

Er hielt erneut inne und lehnte den Kopf gegen die Gitterstäbe.

»Als ich zurückkam, hatte Betty irgendeinen reichen College-Typen geheiratet. Ich zog nach Ocean City ... versuchte mich mit ihr zu treffen, aber sie wollte mit mir nicht einmal reden ... aber ich werde sie nie vergessen – ich wusste, dass sie diesen Typen nur heiratete, weil ich fort war. Ich fing an, ihr Briefe zu schreiben, sie kamen ungeöffnet zurück, ich schrieb trotzdem weiter ... schließlich antwortete sie.« Er verlagerte das Gewicht. »Sie schrieb mir einen Brief und sagte, sie sei nicht glücklich mit dem Typen, den sie geheiratet hatte. Ich schrieb ihr und sagte, sie soll ihn verlassen, daraufhin schrieb sie nicht mehr ... nichts – einfach so, und dann, ungefähr vor einem Jahr, erhielt ich einen Anruf, es war Betty.« Er zündete sich wieder eine Zigarette an. »Sofort, als ich mich mit ihr unterhielt ... wusste ich, dass es noch immer passte.« Er gestikulierte mit seiner rauchenden Hand, als würde ich vor ihm stehen.

»Sie begann mich regelmäßig anzurufen. Dieser Typ behandelte sie schlecht, sie wolle ihn verlassen – also begannen wir uns wieder zu sehen.« King ließ abermals seine Hände mit der Zigarette über die Gitterstäbe nach oben gleiten. »Betty sagt, sie will sich scheiden lassen und es ihm noch vor Ende des Sommers sagen.« Er drehte sich zur Seite, und erst jetzt schien er meine Anwesenheit wahrzunehmen.

»Ich weiß jetzt, dass ich alles, was geschehen ist ... wieder in Ordnung bringen kann.«

Im Licht vom Flur zeichneten sich die Umrisse seines Gesichts ab. Ich wusste nicht, was ich sagen sollte, und war auch zu müde, um darüber nachzudenken. Schweigend drehte sich King um und lehnte sich gegen die Gitterstäbe.

Sein Kumpel kam und holte uns raus. Es stellte sich

heraus, dass die Polizei nichts gegen mich vorbringen konnte, weil ich nicht am Steuer gesessen hatte.

In der Morgendämmerung ging ich nach Hause und fiel in die barmherzige Finsternis des Schlafes.

11

Als ich erwachte, hatte ich die Gitterstäbe vor mir, in der Dunkelheit setzte ich mich auf und sah mich nach King um, der im verrauchten Lichtrechteck stand. Ein dumpfes Klappern und die Umrisse eines Surfboards drangen zu mir durch. Erleichtert fiel ich ins Bett zurück und lauschte dem beruhigenden Lärm der Aircondition, die von neuem ihren Zyklus begann. Dünne Lichtstäbe sickerten durch die Türspalten ins Zimmer. Ich griff nach dem Wecker – es war erst kurz nach neun.

Verkatert ging ich zur Promenade und beschloss, an Christians Stand vorbeizuschauen. Das Morgenlicht lag gleißend auf dem Strand und funkelte auf dem grünen Ozean. Kinder fuhren auf ihren Rädern über die Promenade, die Planken klapperten wie Tasten auf einem Klavier, und ihr Geräusch kam auf mich zu und entfernte sich wieder.

Ich dachte an die vergangene Nacht. King hatte nichts dazu gesagt, dass ich ihm den Wagen abgewürgt hatte. Ich war mir nicht einmal sicher, ob er wusste, dass ich es gewesen war. Ich dachte an seine Geschichte im Gefängnis.

Das war es, wovon er gesprochen hatte: »Ich bin noch nicht in der dritten Phase, weil ich noch nicht ganz fertig bin ... Da ist noch was, und ich möchte vorsichtig damit umgehen.« Seine Stimme geisterte durch meinen Verstand. »Ich weiß jetzt, dass ich alles, was geschehen ist ... wieder in Ordnung bringen kann.« Wenn diese Betty ihren Ehemann verlässt, dann hatte sich Kings langes Warten vielleicht gelohnt ... aber ich fragte mich, ob selbst das ausreichen würde, um ihn zufrieden zu stellen. Mein Herz pochte. Ich verdrängte die Nacht aus meinen Gedanken und betrachtete die Hitze, die in Wellen geschmolzenen Glases auf dem Strand flirrte.

Blinzelnd versuchte ich das blaue Häuschen, Christians Stand, auszumachen. Es waberte einen Augenblick lang, dann wurde es klar. Christian saß daneben. Ich schüttelte die Stimmung ab, in der ich gerade war, und beschleunigte meine Schritte. Als ich wieder aufblickte, sah ich jemanden neben Christian sitzen. Es war Calamitous – nein, ein Mädchen. Eine Hand kam hoch und strich eine Haarsträhne nach hinten. Ich blieb stehen.

Jane beugte ihren Kopf nach hinten. Sie wandte sich an Christian und legte ihm die Hand auf den Arm – genauso gut hätte sie ihn küssen können. Eine warme Röte stieg mir ins Gesicht. Sie nahm ihre Hand von seinem Arm und lachte dann, lachte, wie sie auch mit mir gelacht hatte. Ich stand mitten auf der Promenade und starrte, konnte mich nicht bewegen, musste aber etwas tun. Schnell ging ich in eine der Straßen hinein und entfernte mich vom Strand.

Ich ging schnell, mein Herz schlug heftig.

»Du wirst niemals mit ihr zurechtkommen, Brenton. Du wirst niemals mit ihr zurechtkommen, Brenton ...« Weil er sie sich schnappte, wenn ich es versuchte! Christian wusste, dass er Jane bekommen würde, weil er alles bekam, was er wollte. Ich bog in eine Gasse ein.

Ich versuchte mich zu beruhigen. Jane und er kannten sich von früher. Jane hatte viele Freunde. Was hatte ich überhaupt gesehen? Jane hatte ihren Arm auf seinen gelegt – das war's schon – was also? Nichts ... aber Christian hatte versucht ihr zu imponieren, während er gleichzeitig meine Schwächen aufdeckte – er wollte sie, und nun nahm er sie sich.

Ich blieb stehen und packte die Whiskeyflasche, die in der Gasse lag. Es war noch etwas Whiskey drin. Ich sah eine Ziegelwand und warf die Flasche mit solcher Wucht dagegen, dass ich nach vorne kippte und die Flasche in winzige Scherben zersplitterte. Der Whiskey spritzte heraus, als ich sie warf, und sein Geruch klebte nun an mir. Mit dem Wind kam der säuerliche, verfaulte Gestank der heißen Abfalltonnen, die in der Gasse standen, und mein Kopf pochte noch mehr. In der Hocke lehnte ich mich an das Gebäude. Alles drehte sich, und ich beugte mich vor, um mich zu übergeben. Auf den Knien wartete ich, die Augen tränten ... es fühlte sich an wie Hustenreiz, saß aber tiefer. Ich würgte – dann spürte ich die unwirkliche Flüssigkeit, die aus meinem Mund in die Gasse lief.

Ich blieb auf den Knien und atmete einige Mal tief ein. Das Schwindelgefühl ließ nach. Ich knöpfte mein Hemd auf und wischte mich ab. Die Welt verlangsamte sich wieder, das Drehen hörte auf. Ich setzte mich und sah mich um. Alle Geschäfte an der Promenade lagen mit ihrer Rückseite an dieser Gasse; alte, verwitterte Ziegelmauern, die vom Alter der Bauten zeugten. Vorne sahen diese Geschäfte neu aus, nach Plastik und Neon. Alte Schachteln und fetttriefende Müllsäcke säumten die Gasse.

Unsicher stand ich auf und begann durch die Gasse zu gehen. Langsam machte sich in mir eine neue Entschlossenheit breit. Christian dachte, dass ich kampflos nachgeben würde – schließlich war es immer so gewesen –, aber ich kannte ihn nun. Ich würde meinen eigenen, privaten Krieg führen. Und diesmal würde ich gewinnen.

Ich bog von der Gasse zum Strand. Ich wollte nichts von dem verlauten lassen, was ich gesehen hatte, bevor ich mich nicht gegenüber Christian im Vorteil befand. Diesmal würde er verlieren.

Eine Woche später waren wir im Ferienhaus von Calamitous' Vater. Wir kauften zwei Literflaschen Whiskey, die wir trinken wollten, bevor wir uns auf den Weg in die Bars machten. Calamitous trank Coca-Cola. Das Ferienhaus fühlte sich an, als gehöre es jemandem aus einer ganz anderen Zeit. Die Tische bestanden aus den Planken von Schiffswracks, aus denen noch Stahlnägel herausstanden.

Rohrstühle knarrten, wenn wir uns darauf niederließen oder davon erhoben. Die Glasschiebetür stand in der warmen Luft offen, die mit dem Rauschen der Brandung hereinkam. Ein Teleskop zeigte auf einen niedrig stehenden Mond, der Silber in die Meeresnacht tröpfeln ließ. Das lasierte Holz des Hauses verlieh dem Licht einen warmen, gedämpften Sepiaton, der matt auf einen aufgestellten blauweißen Schwertfisch fiel. Die Flaschen waren bald halb leer.

»Kaum zu glauben, dass es schon August ist!«, sagte Calamitous und strich sich das lange Haar aus den Augen.

»Ich weiß – der Sommer ist schnell vergangen«, stimmte ich zu.

Christian sah durch das Teleskop.

»Wir haben noch drei Wochen.«

»Ja.« Calamitous nickte. »Aber in der letzten Woche gehst du mit Brenton zum Kanufahren, oder?«

»Hmm-hmm.« Christian wandte sich vom Teleskop ab. »Wir machen die ganze Strecke, bis zum Ozean.«

Ich nickte und sah zu Christian und Calamitous. Christian trug hellblaue Shorts und ein gelbes Surfershirt. Er setzte seinen braunen, schwieligen Fuß vor uns auf die Tischkante. Ich blickte auf meine eigenen, braun gebrannten Arme und spürte meine blonden Augenbrauen. Calamitous war sonnenverbrannt, seine blasse Haut allerdings wurde nicht braun. Er trug blaue Jeans und ein Hemd. Wenn er nicht am Strand war, trug er immer lange Hosen und hatte die Ärmel nach unten gekrempelt.

Christian sagte, dass zu viel Sonne Calamitous schwindlig machte.

Jane hatte mich wie zuvor tagsüber besucht, und wenn wir ausgingen, war alles so wie immer. Ich beobachtete sie genau, aber wenn ich mit ihr zusammen war, war jeder Verdacht wie verflogen, manchmal dachte ich sogar, dass ich mir die ganze Sache mit Christian nur eingebildet hatte.

»Ich kann nicht glauben, dass ihr den ganzen Whiskey trinkt«, sagte Calamitous kopfschüttelnd.

»Hey, Calamitous – warum trinkst du nichts?«, fragte ich und schwenkte meine halb leere Literflasche.

Er zuckte die Schultern und strich sich das Haar aus dem Gesicht.

»Weiß ich nicht – ich trinke einfach nicht.«

Calamitous war den ganzen Sommer das dritte Rad gewesen. Er war ständig dabei, trank nicht viel, redete nicht viel und schloss sich immer dem an, was Christian sagte oder tat.

»Warum trinkst du nicht mit uns? Komm schon ... man lebt nicht ewig, oder?«

Er zwinkerte und schüttelte den Kopf.

»Nein ... kann nicht.«

Ich sprang auf und hielt ihm meine Flasche hin. »Komm schon, trink mit uns, Calamitous. Oh Gott, du kannst doch nicht durchs Leben gehen, ohne was zu trinken!«

Er schüttelte den Kopf und blinzelte schnell. Christian stellte sich zwischen uns und schob die Flasche weg.

»Lass es, Brenton.«

Ich starrte ihn an.

»Was meinst du? Er soll einen Schluck nehmen!«

»Was ich gesagt habe – er muss nicht trinken, wenn er nicht will.«

»Wenn er jemand anderes wäre, müsste er trinken! Was zum Teufel ist an ihm so Besonderes?« Ich sah zu Calamitous, dann schob ich ihm die Flasche ins Gesicht.

»Hier, Calamitous, *trink den verdammten Whiskey*!«

Er schreckte zurück, aus seinem Rachen kam ein gurgelndes Geräusch. Christian schlug mir die Flasche aus der Hand, der Whiskey floss über den Holzboden.

»Ich sagte dir, du sollst es lassen!«

Christian stand vor mir. Meine Beine kribbelten. Er starrte mich an, dann schüttelte er den Kopf.

»Du weißt nicht, wann du aufhören sollst, nicht wahr, Brenton?«

Ich schluckte, mein Herz raste.

»Oh Gott! ... Ich wollte nur, dass er trinkt.«

Christian hob die Flasche auf, in der sich noch ein Rest Whiskey befand. Er ging ein Handtuch holen. Calamitous saß auf der Couch und sah zu Boden.

Ich starrte ihn an und nahm einen Schluck aus meiner Flasche.

Christian kam zurück und wischte die verschüttete Flüssigkeit auf. Er kam zu mir herüber und streckte seine Hand nach meiner Flasche aus.

»Was?«

»Gib mir die Flasche.«

»Warum?«

»Gib sie mir einfach.«

Widerstrebend reichte ich ihm die Flasche. Er legte sie an seiner Flasche an und goss einen Teil seines Whiskeys hinein.

»Hier ... wir sind quitt.«

Er gab mir die Flasche zurück.

Stille. Obwohl ich ein wenig schwankte, stand ich noch immer in der Mitte des Raums.

»Einen Toast!«, schlug ich vor. Ich hatte das Gefühl, dass ich etwas gutzumachen hatte. »Auf den nächsten Sommer!«

Ich hielt meine Flasche hoch. Christian hob seine Flasche und Calamitous seine Coke. Wir stießen an, Calamitous lächelte benommen.

»Bin gespannt, wer nächstes Jahr wieder hier ist?«

»Ich, voraussichtlich«, sagte ich und nickte.

Christian grinste.

»Wenn du da nicht schon verheiratet bist.«

Calamitous setzte sich auf.

»Verheiratet! Wer will heiraten?«

Christian zeigte auf mich.

»Brenton – Jane Paisley.«

»Nein! ...«

Ich sah zu Christian, aber er lachte nur.

»Ich werde niemanden heiraten«, murmelte ich.

Christian zuckte die Achseln.

»Vielleicht habe ich mich getäuscht – aber es scheint, als sei sie in dich verliebt.«

Abermals sah ich zu ihm.

»Na ja – kannst du es ihr verdenken?«

Er zuckte die Schultern und betrachtete mich.

»Nein – ich denke nicht.«

Christian nahm einen Schluck und sah mich ausdruckslos an, und dann geschah etwas Seltsames mit seinen Augen – sie lachten. Ich öffnete den Mund und wollte etwas sagen, aber dann war es wieder aus seinen Augen verschwunden, und ich war mir nicht mehr sicher, ob ich es überhaupt gesehen hatte.

»Wahrscheinlich wird Calamitous derjenige sein, der als Erster heiratet. Irgendeine dunkelhaarige lateinamerikanische Schönheit wird ihm am College den Kopf verdrehen, und das war's dann.« Christian lachte.

»Ja, glaubst du wirklich? Wahrscheinlich hast du Recht«, sagte Calamitous augenzwinkernd.

Christian begann zu lachen.

»Was ist daran so komisch? Du glaubst nicht, dass das passieren kann?«

Calamitous wurde ungehalten.

»Wartet nur – das kann durchaus passieren!«

Wir tranken die Flaschen aus und machten uns auf den Weg ins *Outlet.* Ich war betrunken, und in der Benommenheit, in der mir alles egal war, verschmolz ein Augenblick übergangslos mit dem nächsten. Christian und Calamitous waren irgendwo an der Theke, aber ich konnte nicht mehr die Kraft aufbringen, sie zu suchen. Ich befand mich in einem Nebel, grübelte, was ich als Nächstes tun sollte, als mich jemand auf die Wange küsste.

Ich drehte mich in Janes blaue Augen und ihren schwachen Chanel-Duft. Starrte sie aus ein wenig größerer Entfernung an und sie erinnerte mich an eine Anzeige für eine Vorbereitungsschule für das College: rosafarbenes Band im Ponytail, schreiend gelbes Poloshirt ... was war das nur für eine Anzeige? ...

»Brenton! ... Oh, du bist ja betrunken! Wie konntest du dich nur so betrinken?«

Ich schwankte ein wenig. »... Whiskey!«

In ihren Augen war ein verärgertes Funkeln.

»... hoffentlich wird dir nicht schlecht.«

Durch zusammengekniffene Augen blinzelte ich sie an. Sie rümpfte die Nase und sah sich an der Theke um. Vor mir sah ich wieder Christians lachende Augen. Ich beugte mich vor.

»Bist du ... bist du in Christian verliebt?«

Jane wandte sich von der Bar ab und zog die Augenbrauen zusammen.

»Ich bin was?«

Die Musik und der Lärm nahmen zu und dann wieder ab. Ich hielt mich an der Wand fest.

»– in Christian verliebt?«, wiederholte ich mit sehr ruhiger Stimme, wie ich dachte.

Sogar in meiner Benommenheit sah ich, wie sie für einen Moment die Beherrschung verlor und dann wiedergewann.

»Natürlich nicht!«, rief sie. »Warum fragst du das?«

Ich zuckte die Schultern und sah mich um.

»Ich weiß es ... versuch dich nicht herauszureden – *ich weiß es!* ... Er sieht gut aus – er hat Geld ... war auf Hawthorne und –«

»Brenton – du bist betrunken! Ich weiß nicht, was du gehört hast, aber wenn du mir hier eine Szene machen willst, dann kannst du mich gleich vergessen«, zischte sie. Ich wankte, öffnete den Mund, um mich zu entschuldigen, hielt dann inne. Vor mir war wieder das Bild, wie sie in der flirrenden Hitze ihre Hand auf Christians Arm legte. Ich schloss die Augen – plötzlich war ich irgendwie von allem überzeugt, aber vielleicht wollte ich auch nur gegen ihre Beherrschtheit rebellieren.

»Schon o.k.«, sagte ich und hob leicht zitternd die Hand.

»Es macht mir nichts aus ... wahrscheinlich ist er in *allem* besser als ich – was dich glücklich machen sollte, wenn du verstehst, was ich meine ...«

Grinsend zwinkerte ich ihr zu.

In ihren Augen flackerte Wut, dann ein Blick, der mich an jemanden erinnerte, der gerade eine lästige Fliege totschlug. Den Schlag selbst spürte ich weniger, als ich ihn hörte. Er besaß diesen scharfen Knall, bei dem sich die Leute umdrehen. Meine Backe brannte – irgendwie waren die Dinge außer Kontrolle geraten.

»Du bist widerlich!«

Der Blick in ihren Augen war hart, in ihren Augenwinkeln aber waren Tränen.

Ich spürte, ich hatte einen kolossalen Fehler begangen. Sie ging weg und verschwand. Ich lehnte noch immer an der Wand und bemerkte, dass mich manche unentwegt anstarrten. Christian kam herüber.

»Was ist passiert? Ich habe Jane die Bar verlassen sehen –«

Ich schüttelte den Kopf. Er klang weit weg.

»Ah, nichts«, winkte ich ab. »Sie musste gehen ... wo ist Calamitous?«

»Weiß nicht ... vielleicht ist er gegangen ...«

Ich nickte und versuchte wieder einen klaren Blick zu bekommen, aber die Leute und die Dinge bewegten sich zu sehr. Christian stand nicht, sondern lehnte hin und her schwankend an der Wand. Ich brauchte Luft.

»Können wir gehen?«, schrie ich.

Christian antwortete, indem er sein Bier auf den Boden fallen ließ und zur Tür hinausging. Aus der Hitze der Menschenmenge torkelte ich in die kühle Nacht. Nach dem Lärm der Bar war der Ozean ruhig und rhythmisch. Auf der Promenade hielt ich nach Christian Ausschau, dann sah ich ihn am Strand im Sand knien.

»Hey, Christian! ... Ist dir schlecht?«, schrie ich und fiel von der Promenade in den Sand. Als ich mich hochrappelte, sah ich ihn auf den Ozean zulaufen.

»Heeey – Christian ... warte auf mich!«

Stolpernd begann ich über den Strand zu laufen und ließ ihn nicht aus den Augen, während er auf den Ozean zustürzte. Donnernd kam die Brandung, und eine Welle warf ihn um. Ich kam näher. Er lag auf dem Rücken im Wasser, die Wellen gingen über ihn hinweg und zogen ihn mit jedem Mal weiter in den Ozean hinaus.

»... was zum Teufel ... tust du hier?«, keuchte ich und fiel in den feuchten Sand.

Er lag schweigend da, mondlichtbeschienenes Wasser strömte über ihn hinweg.

»Wolltest du ... schwimmen gehen?«

»Weiß nicht – hatte nur Lust in den Ozean zu laufen«, murmelte er. Seine Augen glänzten.

Ich schüttelte den Kopf.

»– dachte, du wolltest schwimmen gehen, und ich hätte dich dann rausziehen dürfen.«

Ich strampelte meine Schuhe ab und lehnte mich zurück, ließ mir das Wasser über die Füße laufen und blickte zum funkelnden Universum hoch. Die Wirkung des Alkohols ließ langsam nach, ich spürte die Wange, auf die mich Jane geschlagen hatte. Was hatte mich dazu getrieben, sie so zu beschuldigen? ... Ich wollte um sie kämpfen, aber soeben hatte ich klein beigegeben ...

»Willst du wirklich aufs College, Brenton?«

Ich setzte mich auf und sah dann zu Christian. Und die eine Wirklichkeit entschwand und machte der anderen Platz.

»Will ich wirklich aufs College?«

Er lag noch immer auf dem Rücken. Einen Moment lang sah ich auf den dunklen Ozean hinaus.

»Ja ... ich denke schon, ich meine, ja, ich will.«

Christian setzte sich auf. Ich sah ihn an.

»Willst du denn *nicht* aufs College?«

Er zögerte, dann zuckte er die Achseln.

»... klar – jeder geht aufs College.«

Ich nickte und versuchte einen klaren Gedanken zu fassen.

»Ja – aber was willst du machen?«

Er blinzelte und sah weg.

»Es ist nicht so, dass ich nicht will – ich will schon ... ich meine ... eigentlich muss ich.«

Ich nickte und schloss gegen den erneut einsetzenden Schwindel die Augen. Ich hatte das Gefühl, als wollte er, dass ich etwas sage.

»Hab mir nur diese Frage gestellt«, sagte er und legte sich wieder ins Wasser.

College ... ich würde aufs College gehen. Warum sollte Christian nicht auch aufs College gehen wollen? Er würde gut abschneiden ... wie er es überall tat. Er wollte nicht, aber er würde gehen. Selbst wenn ich ihm sagte, dass er nicht gehen musste, würde er es tun. Er hatte mir Jane weggenommen ... warum sollte ich mich darum kümmern, was er tat? ... Aber vielleicht hatte er das gar nicht ...

Ich hob die Hand.

»Christian, ich –« Eine große Welle brach sich über uns, ging über ihn hinweg und durchtränkte mich.

Wir gingen weiter den Strand hoch, und als wir wieder im Sand saßen, hatte ich vergessen, was ich Christian sagen wollte.

Ich musste eingeschlafen sein. Als ich aufwachte, stand Christian in seiner tropfnassen Kleidung über mir.

»Wach auf, Brenton.«

»– was.«

Ich hielt mir die Hände vors Gesicht.

»Komm schon – heute Nacht werden wir den Alten sehen.«

»Welchen Alten?« Ich setzte mich auf und rieb mir die Augen. »Wie spät ist es?«

Christian ging bereits über den Strand.

»Komm schon, Brenton. Wir werden den Sandbildhauer sehen«, rief er über den dunklen Sand.

»Warte!«, stöhnte ich.

Ich erhob mich, weit entfernt am Strand, im Morgennebel, sah ich das blaue Licht. Wankend folgte ich Christian.

Es kam mir so vor, als wären wir meilenweit über den Strand gelaufen. Das blaue Licht war immer in der Ferne und kam niemals näher. Mühsam stapfte ich weiter, von Alkohol und Müdigkeit umfangen. Christians Schritte schienen immer schneller zu werden, je näher wir kamen. Schließlich erreichten wir den großen Sandhügel, traten an die Seite und sahen uns schweigend, fast ehrfürchtig um. Die Nacht war so ruhig, dass ich nicht einmal mehr den Ozean hörte. Hinter dem blauen Licht zog der Nebel herein, niemand war zu sehen.

Der Sandbildhauer hatte einen Christus am Kreuz hinterlassen, meisterhaft aus Sand gestaltet. Der Bart glitt in kleinen Wellen auf die Brust hinab, das Haar bestand aus dunklerem Sand, der in den Hügel, aus dem die Figur herausmodelliert war, zurückfloss. Der Sand war so fest zusammengedrückt, dass das Kreuz massiv und solide wirkte. Holzstöckchen stellten die kleinen Nägel dar, die Hände und Füße durchbohrten. Auf seinem Gesicht befanden sich kleine Sandkügelchen, die aus den Augen kamen.

Der Geldkübel stand innerhalb des mit Seilen abgegrenzten Bezirks, der die Skulptur umgab. Er war zu Christi Füßen abgestellt und floss vor Münzen über. Ich sah zur verlassenen Promenade und erblickte eine Uhr ... es war vier Uhr morgens.

»Ist das nicht toll?«

»Ja«, sagte ich und setzte mich in den Sand.

Christian starrte auf die Gestalt am Kreuz.

»Wir werden herausfinden, wer der Kerl ist, Brenton. Diesmal werden wir es erfahren.«

»Du meinst, es ist derselbe wie früher?«

Christian starrte mich an.

»Natürlich! Der Sandbildhauer ist immer derselbe.«

Ich nickte und sah auf die bröckelnde Sandfigur. Es dauerte nicht lange, und wir waren auf dem Sand eingeschlafen, dann weckte mich Christian und bedeutete mir, auf die Promenade zu kommen. Ich sprang hinauf. Der Geldkübel war fort. Christian zeigte auf eine Nebenstraße, auf seinem Gesicht lag ein Ausdruck wie der eines Kindes zu Weihnachten.

»Schau, Brenton – *da ist er*!«

Ich sah in die dunkle Straße und konnte eine vornübergebeugte Gestalt erkennen. Christian drängte mich voran.

»Komm schon – wir folgen ihm und stellen fest, wohin er geht!«

Im Nebel liefen wir dem Sandbildhauer nach. Ich versuchte mit Christian mitzuhalten und japste bald nach Luft. Wir schienen kaum aufzuholen. Die gebeugte Silhouette bog um eine Straßenecke und verschwand. Wir sprinteten hinterher. Ich war erschöpft und noch immer betrunken und fragte mich, warum wir diesem alten Mann hinterherliefen und ihn nicht einholen konnten. Wir bogen um die Straßenecke. Diesmal war der Alte viel näher – ich konnte den schimmernden Kübel, den er schleppte, und seine zerschlissene Kleidung erkennen.

»Komm, Brenton! Wir können ihn einholen«, rief Christian über die Schulter.

Ich konnte das Tempo nicht mithalten. Bevor der Bildhauer um die nächste Ecke bog, blieb er stehen und sah zu uns zurück. Schweiß rann über mein Gesicht, meine Füße stolperten über den Asphalt. Ich pumpte mit den Armen, um schneller zu werden, aber als wir die Ecke erreichten, war er verschwunden.

Auf dem Bürgersteig blieben wir stehen und rangen nach Luft.

»Wo ist er hin?«, wollte Christian wissen.

Ich schüttelte den Kopf. Regentropfen begannen den Gehweg zu verdunkeln. Christian sah zum Regen hoch, dann starrte er mich an.

»Was?«

»Die Sandskulptur!«

Er rannte los, zurück zur Promenade. Ich blieb hinter ihm zurück. Als ich die dunkel gewordenen Planken erreichte, regnete es heftig, ich war durchnässt. Der Regen klatschte auf das Holz. Christian sass neben dem Sandhügel, der Christus am Kreuz gewesen war. Ich sprang in den Sand. Mit verzweifelt nach oben gestreckten Händen drehte er sich zu mir um, sagte nichts, sondern zeigte nur dorthin, wo die Skulptur gewesen war, und weinte im lauten Regen.

Der Regen hatte aufgehört, als wir Christians Wagen erreichten. Er fuhr los, und ich war froh, dass die Nacht endlich vorüber war. Christian war am durchweichten Sandhügel gesessen, hatte zehn Minuten darauf gestarrt und dann gemurmelt: »Nichts bleibt ...« Ich hatte mich am Rand der Promenade niedergelassen und nicht gewusst, was ich sagen sollte.

Ich lehnte mich gegen die Wagentür und schloss die Augen.

»Lass uns zum Leuchtturm fahren, Brenton.«

Ich sah ihn an.

»Was?«

»Lass uns zum Leuchtturm fahren – wie früher.«

»Ich bin müde.«

»Komm schon, du musst auch nicht hochsteigen, wenn du nicht willst.«

»Haben wir in dieser Nacht nicht schon genug gemacht?«

Christian zuckte die Schultern, er wartete.

»Wenn du Angst hast mitzukommen ...«

Finster blickte ich ihn an.

»Ich habe keine Angst ... fahren wir«, sagte ich und spürte, dass ich nun hochmusste.

Christian schlug den Weg zur anderen Inselseite ein. Ich sollte nicht zum Schlafen kommen, unruhig rutschte ich im Sitz hin und her. Der hohe, graue Turm schwebte durch meine Vorstellung. Ich würde über das Loch springen müssen. Aber wenn ich es schaffte, dann konnte ich vielleicht Jane behalten. Christian würde sehen, dass sich manches geändert hatte. Ein Erfolg würde zum nächsten führen. Vielleicht war alles miteinander verbunden.

Das letzte Ferienhaus blieb hinter uns zurück, hier war nur noch der Highway und der Sand, der im Scheinwerferlicht neben uns herlief. Wir schienen nicht lange unterwegs gewesen zu sein, als Christian am Straßenrand anhielt.

»Hier sind wir.«

Er stellte den Motor ab. Wir saßen zwischen den hohen Gräsern, die im lautlosen Wind rauschten. Christians Wagen knarrte und gab weiche, knisternde Geräusche von sich. Im Hintergrund toste der Ozean, der dünne Lichtstreif am Horizont war breiter geworden und hatte die verblichenen Sterne weggeschoben.

Christian stieg aus dem Wagen. Er marschierte auf die lange Sanddüne zu, die zwischen dem Highway und dem Strand lag. In der Morgendämmerung tauchte der graue Leuchtturm auf. Als Christian den Dünenkamm erreichte, verschwand dieser aus meinem Blickfeld. Langsam erstieg ich den Hügel, sah, wie die dunkle Silhouette größer wurde, dann breitete sich im Halblicht der weite, offene Strand vor mir aus, und der Wind vom Ozean trieb mir Tränen in die Augen.

»Komm, Brenton! Steigen wir auf den Leuchtturm und schauen uns von dort den Sonnenaufgang an«, rief Christian aus dem Schatten.

Ich rannte die Düne hinunter, mein Herz schlug schneller, und der Ozean wurde lauter. Christian stand am Fuße des Leuchtturms, in seinen Augen ein seltsames Leuchten.

Noch immer waren dieselben DURCHGANG-VERBOTEN-SCHILDER da. Christian starrte auf die Tür. »Jemand hat ein neues Schloss angebracht ...«

»Ich nehme an, wir können nicht hinein.« Ich zuckte die Achseln.

Plötzlich beugte sich Christian zurück und trat gegen

die Tür. Die Haspe wurde aus dem Holz gerissen und wie früher flog die Tür auf.

»Kein Problem.« Er grinste.

Christian trat in die feuchte Kühle, ich folgte. Der gleiche modrige Geruch wie vor Jahren kam mir entgegen. Auch der kleine Tisch mit dem Stuhl war noch da. Wie früher hallten unsere Schritte durch den gemörtelten Turm, und ich war mir nicht sicher, ob überhaupt Zeit vergangen war. Wir bewegten uns durch die Dunkelheit nach oben, mit jedem Schritt glitten die Jahre zurück, bis nichts mehr da war außer uns und diesem Leuchtturm. Unsere Schuhe stießen gegen das Metall, wir näherten uns der Spitze. Weit unten war das Licht, das durch die Tür fiel, nur noch ein fahler Schimmer. Wir kehrten dahin zurück, wohin Christian wollte.

»Brenton, hier ist die Plattform!«, rief Christian aus der Dunkelheit.

Ich spürte das Ende der Treppe und ging auf dem Gitterrost weiter.

»Hier, die Leiter«, flüsterte er neben mir. »Ich steig als Erster hinauf.«

Er ging die Leiter hoch und klappte die Falltür auf. Das Morgenlicht fiel über uns herein. Er hievte sich nach oben und drehte sich um.

»In Ordnung, komm hoch.«

Schweigend stieg ich im Leuchtturm die Leiter hoch. Ich betrachtete die Maschinen. Die staubbedeckten Kabel waren größer, als ich sie in Erinnerung hatte, und dunkler und faseriger. Im Glasgehäuse, das den großen Glühfaden beherbergte, spiegelte sich die Morgendämmerung, alle Farben des Sonnenaufgangs waren darin versammelt. Alles wartete auf die Sonne.

Ich sah zur Tür, die nach draußen führte. Vor ihr war die dunkle Öffnung im Boden. Irgendwie war sie größer. Ich hatte gehofft, dass sie kleiner wäre, weniger bedrohlich. Christian stand auf dem schmalen Streifen vor dem Loch. »Brenton, du musst nicht nach draußen ... aber das wird ein toller Sonnenaufgang.«

»Es sieht größer aus«, bemerkte ich.

»Was?«

»Das Loch.«

Er sah zu mir und nickte.

»Du musst nicht –«

»Ich komme mit«, sagte ich und starrte ihn an.

Christian zuckte die Schultern und trat zurück, drückte sich gegen die Wand. Er wartete, ging in die Hocke, dann sprang er hinüber. Er landete auf der anderen Seite und drehte sich um.

»Siehst du? – so wie immer. Jetzt komm.«

Ich stieg hoch und stand auf dem Bodenabschnitt gegen die Wand gepresst. Ich sah zum Loch. Als ich in die Knie ging und mir vorstellte, wie ich über das Loch auf die andere Seite springen würde, lief ein Zittern von meinem Magen durch den gesamten Körper.

»Komm, Brenton – sonst verpassen wir noch den Sonnenaufgang!«

Mein Mund war trocken. Ich sah zum Boden, biss die Zähne zusammen und befahl meinen Beinen sich zu bewegen. Erneut ging ich in die Hocke, holte tief Luft ... es war zwecklos. Ich würde abstürzen, wenn ich es versuchte.

»Ich kann nicht.«

Christian starrte mich an.

»Klar kannst du, du musst es nur tun!«

»Ich kann nicht – ich werde abstürzen«, sagte ich. Ich hasste ihn, weil er mich wieder hierher geschleppt hatte.

»Sieh es dir an!«, befahl Christian. »Es ist gar nicht so schlimm.«

Ich tastete mich an das Loch und sah hinab. Ein splitterndes, krachendes Geräusch folgte, dann sackte der Boden weg. Ich schnellte herum und griff nach dem, was vom Boden an der Wand noch übrig war.

»Brenton!«

Meine Beine baumelten im Nichts.

»Oh Gott!«

Ich versuchte mich hochzuziehen.

»... halt dich fest, Brenton!«

Christian sprang zurück und landete in der Türöffnung zur Leiter. Ich schwang mein Bein hoch und schaffte es, einen Fuß auf den Vorsprung zu bekommen. Christian packte mich am Knöchel.

»Kannst du dich zu mir herüberhangeln?«

»Nein ... ich trau mich nicht, meine Hände zu bewegen.«

»Kannst du dich überhaupt bewegen?«

»Nein!«

»Dann lass los – ich zieh dich an deinem Bein hoch.«

Ich sah ihn an.

»Oh Gott! Das kannst du nicht tun!«

»Doch, das kann ich – ich binde mich mit dem Gürtel an den Kabeln hinter mir fest, und dann ziehe ich dich einfach hoch«, sagte er mit fester Stimme.

»Oh Gott ... mach es! Ich kann mich nicht mehr lange halten!«

Die Kraft verließ meine Hände, und der vermoderte Boden sah aus, als könnte er jeden Augenblick ganz nachgeben.

»Ich lass für eine Sekunde deinen Fuß los – glaubst du, du kannst ihn nachher wieder hochschwingen?«

»Ja ... ich denke schon.«

Christian ließ meinen Fuß los und löste seinen Gürtel, zog ihn durch die Kabel hinter ihm und dann um seine Hüfte.

»In Ordnung – jetzt dein Bein!«

Ich schwang den Fuß wieder nach oben, er packte mich am Knöchel und an der Wade.

»In Ordnung, Brenton – und jetzt lass los.«

»Oh Gott, Christian! *Lass mich nicht fallen!*«

»Tu ich nicht – lass einfach los.«

»Oh Gott ...«

»Mach schon!«

»Ich kann nicht – ich werde abstürzen!«

»Lass *los,* Brenton!«

Ich löste meine Hände, fiel nach hinten und sah direkt hinab in die Finsternis. Dann schwang ich zurück, spürte seine Hände an meinem Bein, die mich methodisch nach oben zogen.

Ich kam wieder ins Licht. Christian setzte mich auf die Leiter, und ich kroch zur Metallplattform hinab. Er kam nach.

»Alles in Ordnung?«, fragte er, schwer atmend.

Ich nickte.

»– ich denke schon.«

»Hätte nicht gedacht, dass der Boden so nachgeben würde.«

Christian stand auf der Leiter und sah dahin, wo die Bretter gewesen waren.

»Ich glaube nicht, dass wir noch hinüberkönnen«, sagte ich und rieb mir das Knie.

Christian zuckte die Schultern.

»Ich kann noch hinüber.«

Ich sah ihn an.

»Warum willst du hinüber?«

»Um den Sonnenaufgang zu sehen.«

Ich nickte, und er sah zu mir herab.

»Du bist dir sicher, dass du in Ordnung bist?«

»Ja ...«

»O.k. ... dann spring ich hinüber.«

Ich schüttelte den Kopf. Er ging über mir in die Hocke, und ich hörte ihn auf der anderen Seite landen.

»Du bist verrückt!«, rief ich.

»Wir treffen uns unten«, schrie er. »Ich komme nach dem Sonnenaufgang.«

Ich ging die Treppe hinunter und verließ den Leuchtturm. Langsam ging ich über den Strand zum Wasser. Die Brandung umspülte meine Schuhe. Christian hatte es mir wieder klargemacht – nichts hatte sich geändert. Auch wenn der Boden nicht eingebrochen wäre, hätte ich es nicht zur anderen Seite geschafft. Wie dumm von mir zu glauben, dass ich mich in irgendeiner Weise verändert hatte. Es war alles so wie immer, und Christian wusste es.

Über dem Ozean hing ein glühendes Rot, bald würde die Sonne aus dem Atlantik hervorkommen. Ich wartete auf den Augenblick, wenn die ersten Strahlen über die Wellen strichen, blickte zum Wasser, dann, als die Sonne über den Horizont trat, war alles von einer leuchtenden Helligkeit.

Ich drehte mich um und sah zum Leuchtturm hoch. Christian stand auf der Plattform, beide Hände am Geländer und betrachtete den Sonnenaufgang.

12

Tagsüber am Stand fiel ich von einem Traum in den nächsten. Ein langer Sturz in die Dunkelheit des Leuchtturms, dann ein alter Mann mit einem Geldeimer, der sich durch weißen Nebel bewegte. Der schlimmste Traum handelte von Jane und Christian, die im Mondlicht in der Brandung lagen. Als ich aufwachte, lag der Strand im Schatten.

Gewissensbisse überkamen mich, als ich mir den Auftritt mit Jane ins Gedächtnis rief. Ich war noch immer in sie verliebt und würde nur noch zwei Wochen in Ocean City sein. Vielleicht verzieh sie mir. Wieder spürte ich meine Wange und sah den Hass in ihren Augen. Ich hatte einen fürchterlichen Fehler begangen – zwischen ihr und Christian war nichts. Wahrscheinlich würde sie mit mir nicht mehr reden wollen, und ich würde nach Chicago zurückkehren. Ich musste sie noch einmal sehen und ihr erklären, dass ich betrunken gewesen war und nicht gewusst hatte, was ich sagte. Ich seufzte laut auf.

Der Sommer eilte dem Ende entgegen, und ich konnte nur noch den Ereignissen folgen, wohin sie mich auch führen mochten.

Ich rief Jane an, sie legte prompt auf. Nach mehreren Versuchen hörte sie sich wenigstens meine Entschuldigung an und begann dann mit: »Ich weiß nicht, was es in Chicago für Mädchen gibt ...«, gefolgt von Drohungen, dass sie mich nie mehr sehen wollte und dann der etwas vernünftigeren Aussage: »Vielleicht wäre es besser, wenn wir uns nicht mehr sehen würden.« Schließlich willigte sie ein, am folgenden Abend mit mir irgendwo zum Essen zu gehen. Erleichtert legte ich auf, dann befiel mich bei dem Gedanken, sie ohne einen Wagen großartig ausführen zu wollen, die Panik.

An diesem Abend fuhr Duke vor der Disco vor. Nachdem ich mich für seine neueste Geschichte nicht begeistern konnte und in gedankenverlorenes Schweigen fiel, fragte er mich, was los sei. Ich holte tief Luft und erzählte ihm von der Nacht.

Er nickte, als ich zu Ende war, und sah mich an.

»Kommt mir so vor, als würdest du ziemlich große Töne spucken, Junge ... Nun, ist das wahr?«

»Was?«

»Dass sie deinen Kumpel liebt?«

Ich zuckte die Schultern.

»Ich weiß es nicht – ich war betrunken, sonst hätte ich es nicht gesagt. Und auch wenn es wahr ist ... ich will sie sehen.«

»Wenn sie betrunken sind, sagen die meisten Leute, was sie sonst nie sagen würden«, sagte er, schob seinen Hut nach hinten und fischte ein Streichholz aus seiner

Hosentasche. »Aber das heißt nicht, dass es nicht weniger wahr ist.«

»Schon möglich – aber es kann auch nur an mir liegen.«

»Ich will ja nichts sagen ... schau«, sagte er, nun in anderem Tonfall. »Führ sie in dieses nette Hummerlokal an der Bucht – das wird ihr gefallen.«

»... mir auch, aber ich brauche einen Wagen«, sprach ich meinen Gedanken laut aus.

Duke blickte mich an, dann lächelte er.

»Du hast einen, Partner!«, verkündete er und zeigte auf seinen glänzenden weißen Wagen.

Ich sagte nichts und konnte es kaum glauben.

»Nein ... das kann ich nicht machen –«

»Hör zu, Junge – wenn ich jemandem etwas anbiete, dann erwarte ich, dass der andere es auch annimmt ... oder du kannst dich schon mal darauf einstellen, dich mit mir zu prügeln!«

Ich musterte seine Statur.

»Ich werde auch vorsichtig sein«, versprach ich.

»Ich weiß, dass du vorsichtig sein wirst – ich mach mir keine Sorgen.«

Am nächsten Abend brachte Duke seinen Wagen herüber, und ich fuhr ihn zum Tanqueray Club zurück. Er zeigte mir, wie die Gänge funktionierten, und wies auf manche Eigenheiten hin, die ich kennen sollte.

»So, Junge, fahr ihn nicht zu Schrott«, sagte er mit einem Lachen und einem Klaps auf den hinteren Kotflügel, als ich losfuhr.

Im Abendlicht fuhr ich zu Janes Apartment, drückte den Summer und sah zu dem glänzenden weißen Wagen. Er war meine Eintrittskarte, um den Abend in der Bar wieder gutzumachen. Die Tür ging auf und Jane sah herausfordernd attraktiv aus, schöner, als ich sie je gesehen hatte. Das Funkeln in ihren blauen Augen war von der gleichen eisigen Pracht wie das ihrer Diamanten. Zu weißen hochhackigen Schuhen trug sie ein Seidenkleid, das eng an ihren Hüften lag, bevor es mit den weichen Linien ihres Körpers verschmolz; dünne Träger gingen über ihre braunen Schultern. In ihren Händen hielt sie eine schwarze Tasche.

»Hallo, Brenton«, sagte sie und lächelte kurz.

»– du siehst wunderschön aus!«

»Danke.«

»Fertig?«

Sie nickte, ich ging zum Wagen und hielt ihr die Tür auf. Mit großen Augen blieb sie stehen.

»Ist das dein Wagen?«

»Klar ... was denkst du?«

Sie glitt hinein, ich schloss die Tür. Lächelnd sah sie auf. »Der ist schön.«

Ich stieg ein und ließ den Motor an und hatte ein besseres Gefühl, was den Abend betraf. Der Wind blies über das offene Verdeck, während wir am Ozean entlangfuhren. Jane blickte starr voraus.

»Jane, die letzte Nacht ...« Sie sah schnell zu mir herüber, ihre Augen waren kalt. »Ich wollte mich nur noch einmal entschuldigen ...«

»Ach, vergessen wir die Sache doch einfach«, sagte sie schnell.

Jane lächelte, und ich vergaß die Sache. Ich nickte und drückte auf das Gaspedal.

Wir saßen in einem Eckabteil des Restaurants. Jane schlüpfte hinter den Tisch und überblickte von dort das gesamte Restaurant. Ich saß ihr gegenüber. Kellner umschwärmten sie mit Eiswürfeln, Wasser, Brot, Streichhölzern, Wein – sie waren alle nur für sie da. Jane rauchte und gab sich unnahbar. Ich rührte das Eis in meinem Drink um und versuchte mich mit ihr zu unterhalten. Sie lehnte sich zurück und nickte und antwortete in kurzen Sätzen. Sie entglitt mir, und ich wollte sie halten, bevor es zu spät war.

»Jane ... in ein paar Wochen ist der Sommer vorbei«, begann ich erneut.

Sie sah mich distanziert an.

»Und Ende nächster Woche werden Christian und ich Kanu fahren gehen, und dann fahre ich nach Chicago zurück und –«

»Oh – ich muss dir meine Adresse in Princeton geben«, sagte sie schnell.

»– ich dachte, dass wir vielleicht zusammenbleiben, und vielleicht kann ich dich in Princeton besuchen – oder du kommst nach Chicago.«

»Oh, klar«, sagte sie und legte ihre Hand auf meine, während das Essen kam. »Das wäre *toll.*«

Sie zog ihre Hand weg, und zurück blieb das kühle Gefühl ihrer Berührung.

Während des Essens sprach sie kaum, nickte nur, während ich redete. Schließlich ging ich, um den Wagen an die Tür zu fahren, und hatte das Gefühl, dass hier niemand anderes schuld war als ich selbst. In der Dunkelheit fummelte ich mit den Schlüsseln, schaltete die Innenbeleuchtung ein und ließ den Motor an. Auf dem Boden vor dem Beifahrersitz sah ich ein schwarzes Buch.

Ich hob es auf und blätterte durch die Seiten. Jede Seite war mit Janes sorgfältiger Handschrift gefüllt. Es war ihr Adressbuch. Ich hielt inne. Auf einer Seite standen Christians Name und seine Telefonnummer. Ich starrte auf die Seite und spürte, wie das Vibrieren des Motors durch mich hindurchlief.

Ich hatte Recht gehabt! Meine Vermutungen stimmten. Ich spürte, wie mir heiß wurde im Gesicht, sah Janes Hand auf Christians Arm, seine lachenden Augen, den Ausdruck des Hasses in ihrem Blick, als ich sie in der Bar beschuldigt hatte. Es hatte alles gestimmt. Ich schob das Buch in meine Jackentasche und legte den Gang ein.

Die Fahrt zu Janes Apartment verlief schweigend. Sie sah aus dem Fenster, während ich mit dem Adressbuch in meiner Sportjacke über den Highway raste. Ich bog in die Anfahrt zu ihrem Apartment und trat auf die Bremsen. Es hatte zu nieseln begonnen.

Jane sah mich an.

»Nun ... vielen Dank«, sagte sie und machte die Tür auf.

»Ich bring dich an die Tür, Jane.«

»Ach, schon in Ordnung –«

Ich ging um den Wagen herum und hielt die Tür auf, während sie ausstieg.

»Du hast das hier verloren, Jane.«

Ich hielt ihr das schwarze Buch hin.

»Oh –«

Sie legte ihre Hand auf das Buch.

»Warum ist da Christians Nummer drin, Jane?«

Sie zog ihre Hand weg, als wäre das Buch glühend heiß.

»Willst du schon wieder *damit* anfangen?«

»Warum ist da seine Nummer drin, Jane?«

In der Ferne grollte der Himmel.

»Ich weiß nicht, wovon du sprichst«, sagte sie.

Ihre Augen waren hart wie blaues Eis.

Der Regen setzte ein und hinterließ auf ihrem weißen Seidenkleid dunkle Flecken.

»Du hattest schon immer seine Nummer!«

Irgendwo ging ein Blitz nieder.

»Und? Das hat nichts zu bedeuten.«

Sie wischte sich über das Gesicht und verschmierte ihr Make-up. Mein Hemd klebte mir am Körper.

»Es interessiert dich nicht mehr, oder, Jane?«

Der Regen wurde stärker.

»Das ist doch lächerlich! Ich werde noch patschnass!«

Sie begann zu ihrem Apartment zu gehen. Ich fasste sie am Arm.

»Antworte mir, Jane.«

»Lass mich los!«

Ich verstärkte meinen Griff.

»Erst, wenn du mir antwortest – es interessiert dich nicht mehr, oder?«

Zwei tintige Streifen liefen über ihr Gesicht.

»Lass mich los!«

Sie entwand sich meiner Hand und lief zu ihrem Apartment. Ich packte sie von hinten und riss sie herum, damit sie mich ansah.

»Du dreckiger Scheißkerl –«

Sie versuchte sich zu befreien.

»Hast du mich jemals gemocht, Jane?«

Sie wand sich.

»Lass mich los!«

»Hast du mich gemocht, Jane?«

Sie hielt inne, um uns war der laute Regen, der nass auf ihrem und meinem Gesicht lag. In ihren Augen war nur noch Härte. Sie sah mich unverwandt an, fast lächelte sie.

»Nein – und jetzt lass mich gehen.«

Sie sah mir in die Augen, ich musste wegblicken. Ich ließ ihr Handgelenk los und hörte, wie sie vor mir und dem Regen wegrannte. In Dukes Wagen fuhr ich nach Hause, und alles war nass.

13

Schwere Gewitterwolken zogen auf und verdunkelten die blaue Motorhaube. Es regnete noch nicht, aber in der Luft lag eine erwartungsvolle Stille. Die Sonne war hinter Wolken verborgen, und der Wagen auf dem Parkplatz wurde so dunkel, dass er aussah, als wäre er nass. Die weißen Sitze und das rote, verchromte Armaturenbrett besaßen noch ihre Farbe, nur draußen war alles farblos. Der Regen kam nicht. Herbstlicht drang durch die Wolken, als die Sonne hervorkam, und der Wagen wurde wieder blau.

Ich betrachtete das Gewitter, das über seinen Wagen hinwegzog, als King herauskam. Wie üblich zündete er sich eine Zigarette an und beanspruchte für sich, was vom Abend noch übrig war. Ich zeigte auf den Parkplatz.

»Mächtig aufpoliert, dein Wagen.«

»So soll er auch sein – ich mach mich bald auf meine Reise, dann muss er in Schuss sein.«

Ich nickte und sah zu den Autos auf dem fernen Highway. Eine Frau ging vorbei, ich blickte auf. An den Abenden dachte ich am meisten an Jane. Ich versuchte sie aus meinen Gedanken zu verbannen, arbeitete viel, aber in der warmen Luft des dahinschwindenden Tages musste ich immer an unser nächtliches Schwimmen und die Spaziergänge auf der Promenade denken. Ich dachte daran, sie anzurufen, aber der Gedanke, dass sie mit Christian zusammen war, hielt mich davon ab. Jetzt, in diesem Augenblick, konnte sie bei ihm sein. Die Abende waren am schlimmsten.

Ich stand auf und sah zu King.

»King?«

»Ja.«

Ich zögerte.

»Wenn du einen Freund hättest ... sagen wir mal, es sei dein bester Freund.«

»Ja ...?«

»– und du hast eine Freundin ...«

Er drehte sich zu mir um und lehnte sich mit einem Fuß gegen die Säule der Markise.

»Und du hast den Verdacht, dass vielleicht deine Freundin was mit deinem Freund hat.« Ich hob meine Hände, als wollte ich alles plastisch nachzeichnen. »Und dann läuft es nicht mehr so zwischen dir und diesem Mädchen – aber du bist dir noch nicht sicher, ob wirklich was im Busch ist ... was würdest du da tun?«

King lächelte und blickte zu Boden. Er nahm die Zigarette aus dem Mund und wischte sich mit dem Daumen über die Augenwinkel.

»Das hängt von den Gründen für meinen Verdacht ab.«

Ich nickte.

»Den Gründen?«

»Klar – hast du irgendwas zwischen deinem Kumpel und deinem Mädchen gesehen?«

Ich zögerte.

»Sie ist nicht mehr mein Mädchen.«

»Gut – hast du irgendwas gesehen?«

»Nein ... nicht wirklich.«

»Was hast du gesehen?«

Ich sah zum Highway und zuckte die Schultern. »Ich sah, wie sie sich mit ihm an seinem Stand unterhielt ...«

»Und?«

»Ich sah seine Nummer in ihrem Adressbuch.«

King nickte.

»Was noch?«

Er nahm einen letzten Zug von seiner Zigarette und schnippte sie auf den Parkplatz.

»Weiß nicht, ich denke, es ist ... mehr so ein Gefühl, das ich manchmal habe.«

King schwieg.

»Na ja, das ist alles nicht besonders konkret, scheint mir ... aber ich denke, dass es eher das Mädchen ist, das sich an ihn ranmacht – nicht umgekehrt«, sagte er mit einem Nicken.

Ich sah ihn an.

»Meinst du?«

»Nach allem, was du mir erzählt hast – ja. Ich denke, es

ist mehr die Frau, nicht dein Kumpel – vielleicht ist es auch gar nichts«, fügte er achselzuckend hinzu. »Hast du schon mal daran gedacht?«

Ich nickte.

»Deswegen hab ich ihm auch noch nichts gesagt.«

Er zog einen Kamm aus der Tasche und strich sich damit durchs Haar.

»Ich würde deinen Kumpel erst mal in Schutz nehmen – zumindest so lange, bis du wirklich was weißt. Du bist mit diesem Mädchen nicht mehr zusammen?«

Ich schüttelte den Kopf. Er zuckte die Achseln.

»Ich würde mir nicht allzu viele Sorgen machen.«

King schwieg und sah in die Abenddämmerung. Er blickte mich an.

»Letzte Nacht, dass du hier arbeitest?«

»Ja.«

»Nicht übel ... denke, ich werde selber nicht mehr lange hier sein – mach 'ne kleine Reise nach Salisbury.« Er beugte sich vor, stützte sich auf den Oberschenkel und zündete eine weitere Zigarette an. »Sie sagt, sie will ihn um die Scheidung angehen ... dann werde ich sie hierher mitbringen.« Er nickte und rieb sich die dunklen Stoppeln am Kinn.

»Und was willst du dann machen?«

»Ich denke, wir werden in den Süden ziehen – raus aus dieser verfluchten Stadt.« Er hielt inne. »Im Winter macht dieser Ort hier verdammt dicht«, murmelte er und blickte zum Highway.

»Kann ich mir vorstellen«, sagte ich. Vor mir sah ich einen einsamen grauen Winter mit Schnee und Eis.

»Aber es wird Zeit«, sagte er und stand auf. »Es wird Zeit, alles wieder in Ordnung zu bringen.« Ich erinnerte mich von früher an diese Worte. King nahm einen Zug von der Zigarette und tat dann etwas, das sehr ungewöhnlich für ihn war – er streckte seine Hand aus.

»Bis dann, Brenton«, sagte er und lächelte auf eine Art und Weise, die ihn sehr jung aussehen ließ.

Ich gab ihm die Hand und bedauerte, dass ich fortging.

»Auf Wiedersehen, King.«

Er schnippte seine Zigarette in die aufziehende Dunkelheit und ging hinein. Ich sah zum Parkplatz. Ein orangefarbenes Glühen berührte sein dunkles, atemloses Traumgefährt.

Ich las viel in der letzten Woche am Strand und versuchte den forteilenden Sommer in den Griff zu bekommen. Ich dachte an Jane – und ging schließlich zum Münzfernsprecher hinüber und rief sie an. Ihre Zimmergenossin hob ab.

»Kann ich Jane sprechen?«

Eine lange Pause.

»Wer ist dran?«

»– Brenton.«

Es folgte eine weitere lange Pause, Geflüster, dann ein kaum verstelltes »Sie ist im Moment nicht da«, danach ein helles »Kann ich ihr was ausrichten?«

Ich legte auf.

Langsam ging ich auf der Promenade zum Stand zurück, setzte mich und betrachtete den Sommer, der in die kostbare Vergangenheit davonzog.

Am Abend vor unserer Kanutour gingen wir mit Calamitous weg. Es war ungewöhnlich kühl, Vorbote des kommenden Herbstes, in dem für Shorts und nackte Füße kein Platz mehr war. Wir tranken in einer Bar und versuchten alles, was mit der kühlen Luft gekommen war, zu verdrängen. Sogar Calamitous trank.

Schließlich fanden wir uns mit einer Flasche an Christians Stand wieder. Weicher Regen hatte eingesetzt. Christian stellte einige Schirme auf, und wir ließen uns auf den Liegestühlen nieder. Vor uns überzog der Regen den Sand mit winzigen Kratern. Der Ozean brach sich am Strand, und aus der Dunkelheit rollte die Brandung heran. Wir gruben unsere Füße in den wärmenden Sand, vor uns war nur noch der regengepeitschte Ozean. Wir waren wieder in Sicherheit.

»Das war's dann! Der Sommer geht zu Ende.« Calamitous wies mit einem Kopfnicken in den dunklen Regen.

Das gedämpfte Prasseln auf den Schirmen ließ nach, als der Regen in den Ozean hinauszog.

»Auf das schreckliche Trio und den Sommer«, sagte Christian, stand auf und hob die Flasche zum Toast.

»Oho!«, riefen wir.

»Ich würde gerne wissen, wann wir alle heiraten?«, fragte Calamitous laut.

»Nicht schon wieder ...«, stöhnte ich und winkte ab. »Ich jedenfalls werde Jane Paisley nicht heiraten.«

Christian sah mich an. Ich hatte ihm erzählt, dass wir uns getrennt hatten. Er hatte nur genickt und gesagt, dass der Sommer sowieso vorbei wäre und es deswegen wahrscheinlich das Beste war. Ich musterte ihn nun, konnte aber nichts entdecken.

»Wenn wir schon gerade beim Heiraten sind, wie spät ist es, Calamitous?«

Calamitous war nie ohne seine überdimensionierte Taucheruhr. Er vollführte eine ausladende Bewegung mit der Hand und hob sein Handgelenk.

»Halb elf – warum, hast du eine Verabredung?«

Christian reichte ihm die Flasche.

»Ich hab wirklich eine Verabredung, später.«

»Ohhh, willst du's vor deiner Abreise noch einmal wissen«, kicherte Calamitous und warf seinen Kopf auf und ab. »Mit deinen Eltern in Baltimore?«

»Klar – trinkst du nun oder willst du die Flasche die ganze Nacht halten?«

»Ich halte sie die ganze Nacht, wenn ich will«, sagte Calamitous laut, strich sich das Haar aus dem Gesicht und blinzelte öfter, als ich es bei ihm je gesehen hatte.

»Jemand Neues?«, fragte ich.

Christian schüttelte den Kopf und sah mich an. »Nein ... jemand Altes.«

Ich nickte und spürte, wie mein Herz schneller schlug. Es konnte Jane sein, aber wenn er eine Verabredung mit ihr hatte, würde er es nicht sagen. Ich schüttelte den Kopf. Nein, es war nicht Jane.

Calamitous grinste Christian an.

»Wer – Debbie?«

Christian lächelte.

»Ja – Debbie ...«

Weit draußen auf dem Ozean sah ich ein Licht aufblitzen. Ein fernes Grollen wurde ans Festland getragen.

»Die ist nicht schlecht«, nuschelte Calamitous.

Er stellte die Flasche hochkant, und ich streckte meine Hand aus, um sie ihm wegzunehmen. Calamitous sah mich an, plötzlich traten seine Augen hervor, und er ließ die Flasche in den Sand fallen. Die Adern an seinem Hals schwollen an, sein Gesicht wurde rot, er würgte; Speichel kam aus seinem Mund. Sein Gesicht fiel so schnell nach unten in den Sand, als hätte ihm jemand den Kopf nach vorne gestoßen. Sein Körper klappte zusammen, öffnete sich, verkrampfte sich dann wieder. Er sah aus wie eine Marionette, bei der ein Verrückter die Fäden zog.

Ich sprang auf.

»Was macht er da?«

Christian stürzte sich auf ihn und rang mit seinem Gesicht.

»Er hat einen Anfall! Wirf dich auf seine Beine!«

Ich fiel auf seine strampelnden Beine und wurde abgeworfen, sprang erneut darauf. Christian versuchte ihm den Mund zu öffnen. Calamitous würgte.

»Wir müssen ihm den Mund öffnen ... sonst erstickt er an seiner eigenen Zunge!«

Er zerrte an Calamitous' geschlossenem Kiefer, stemmte seine Hände zwischen die Zähne und hebelte ihm den Mund auf.

»Gib mir deine Brieftasche, Brenton, *schnell*!«

Ich bekam die Brieftasche nicht aus der Hose, drückte sie gegen die Hosentasche und riss die Shorts auf, um sie freizubekommen. Christian schob sie Calamitous in den Mund. Die Würgegeräusche ließen nach, er atmete tief ein. Seine Beine begannen sich zu beruhigen.

»Es hört gleich auf ... halt ihn so lange fest.«

Calamitous' Atmung wurde gleichmäßig, sein Körper entspannte sich vollständig.

»Er wird nun eine Weile schlafen.«

Christian stand auf, ich setzte mich auf meine untergeschlagenen Beine.

»Was –«

»Er ist Epileptiker.« Er zog einen Liegestuhl zu Calamitous heran. »Hilf mir, ihn hineinzulegen.«

Wir hoben ihn hoch und legten ihn auf den flachen Stuhl.

»Warum hast du mir nie davon erzählt?«

»Er will nicht, dass andere davon wissen.« Christian zuckte die Schultern und setzte sich. »Ich bin einer der wenigen, die es wissen – er hätte nichts trinken sollen.«

Langsam ließ ich mich nieder und sah zu Calamitous. Der Ozean klang weit entfernt.

»– wie hast du ihn kennen gelernt?«

Christian klappte seinen Stuhl zurück.

»In Hawthorne – kurz nach deinem Umzug. Er betreute die Ausrüstung für das Lacrosse-Team und war in ein paar Kursen vor mir. Calamitous ist ziemlich klug, und ich war in Chemie und Mathe ziemlich lausig.«

»Hat er dir Nachhilfe gegeben?«

»Er hat mich durch diese Fächer gebracht: hat meine Aufgaben gemacht, ist mit mir die ganze Nacht aufgeblieben, um für die Prüfungen zu büffeln – damals habe ich zum ersten Mal einen seiner Anfälle miterlebt. Es war spät geworden, plötzlich begann er zu zucken. Vom Erste-Hilfe-Unterricht wusste ich, dass man den Mund öffnen muss.«

Ich nickte langsam.

»Er nimmt ständig Medikamente gegen Epilepsie – deswegen bewegt er sich so langsam und sieht immer blass aus. Ich habe mich dann dafür eingesetzt, dass er das Football- und Ringerteam betreuen konnte. Seit einiger Zeit hängen wir miteinander herum, dann kamen wir nach Ocean City – er hat nicht viele Freunde.«

Ich sah zu Calamitous, der im Stuhl schlief. Das war es also. Ich hatte ein schlechtes Gewissen, ihn so schlecht behandelt zu haben.

Christian setzte sich auf und sah zur Uhr auf der Promenade.

»Da geht meine Verabredung dahin.«

»Geh schon – ich kann mich um Calamitous kümmern.«

Er sah mich an.

»Bist du sicher?«

»Ja – wann soll ich ihn wecken?«

Christian stand auf und streckte sich.

»Gib ihm noch eine Stunde ... wahrscheinlich wird er von alleine wach.«

Christian ging auf die Promenade zu.

»Wir sehen uns morgen in der Früh«, rief ich.

Er winkte, während er über die nasse Promenade joggte. Ich legte mir ein Schlauchboot gegen die Kälte über, lauschte der Brandung und schlief ein. Es war ein Uhr, als mich Calamitous weckte.

»Hey ... Brenton.«

Ich sah ihn an. Er saß aufrecht auf dem Liegestuhl, seine Augen schielten.

»Was ist passiert – sind wir alle weggekippt?«

Ich starrte ihn an, dann nickte ich.

»Du bist total weggetreten.«

Calamitous schüttelte den Kopf.

»Ich muss ... ich fühle mich sehr schwach«, sagte er und hielt sich den Magen.

»Wird dir schlecht?«

Er schüttelte den Kopf.

»Nein, glaub nicht – das sind nur Krämpfe.«

Ich setzte mich auf und sah zur Uhr. Draußen auf dem Ozean dröhnte ein Nebelhorn.

»Komm, Calamitous ... ich bring dich jetzt nach Hause.«

Ich hielt seinen Arm, während er sich erhob.

»Nein, bin schon o.k.«, sagte er und setzte sich langsam in Bewegung.

»Ich begleite dich – du hast viel getrunken.«

Er lächelte.

»Das hab ich ... oder?«

»Klar.«

Als wir an Christians Apartmenthaus vorbeigingen, fiel Calamitous ein, dass er seine Schlüssel im Apartment vergessen hatte.

»Ich sollte sie holen – sonst müsste ich meine Eltern wecken.«

Er war noch immer nach vorne gebeugt und hielt sich den Magen.

»In Ordnung, bleib hier – ich hole sie.« Ich führte Calamitous zu einer Bank auf der Promenade. »Bin gleich wieder da.«

Ich lief in die Lobby von Christians Gebäude und fuhr mit dem Fahrstuhl zum Apartment seiner Eltern im fünften Stock hoch. Das Gebäude war so angelegt, dass jedes Apartment nach außen ging. Vor den Apartments befand sich ein Laufgang aus Beton mit einem langen Geländer. Kugelförmige Lampen schwebten neben den tropisch orangefarbenen Eingangstüren. Unten erstreckten sich meilenweit die Lichter von Ocean City, und in der Luft lagen die fernen Verkehrsgeräusche.

Das Apartment lag am Ende des Gangs, gegenüber einer Feuertreppe. Ich näherte mich dem Fenster von Christians Schlafzimmer. Die zugezogenen weißen Vorhänge bewegten sich im Ozeanwind. Ich hob meine Hand, um an die Tür zu klopfen – durch das Fenster drang das Keuchen eines Menschen. Bettdecken raschelten, dann das knarrende Ächzen eines Bettes. Kurzatmiges Stöhnen kam durch das dunkle, abgeschirmte Fenster. Leise trat ich zur Seite.

Das Stöhnen wurde heftiger.

»Oh, Christian!«

Ich bewegte mich nicht.

Ich lauschte, hörte Jane schwerer atmen und konnte mir ihr Gesicht vorstellen, als sie ihren letzten lustvollen Seufzer ausstieß. Die Bewegungen hörten auf. Ich rührte mich noch immer nicht. Ein Papierfetzen raschelte auf dem Betongang. Hinter den dunklen Vorhängen war nur Schweigen, dann ein Kichern.

Ich ging zur roten Tür des Notausgangs und öffnete sie. Auf der Betontreppe war es kühl. Meine Schritte hallten über die Stufen nach unten. Leicht berührte ich die Feuerwehrschläuche, die auf jedem Treppenabsatz zusammengerollt waren. Der Beton war uneben, sogar das schwarze Geländer fühlte sich rau an. Auf einigen Treppenabsätzen lag Abfall. Es war feucht und kalt, unten roch es nach Urin. Ich drückte gegen die schwarze Tür und trat in die Nacht.

Langsam stieg in meinem Hals ein gleichmäßiges Brennen auf. Alles, was ich vermutet hatte, kam in mir nun hoch und ging, ein Stich in den Eingeweiden, durch mich hindurch. Christian war nicht fair. Immer hatte ich mir eingeredet, dass er über ein Gefühl für Gerechtigkeit verfüge, aber das stimmte nicht mehr. Jane interessierte ihn nicht – für ihn war sie genauso wie Debbie. Nur ein weiteres Spiel, ein Wettbewerb, in dem er sich und mir beweisen konnte, dass er triumphierte. Er hatte gewonnen, mich aber verloren.

Ich ging zur Promenade. Calamitous saß noch immer auf der Bank.

»Hast du meine Schlüssel?«

»Christian konnte sie nicht finden – fürchte, du musst deine Eltern wecken.«

»Oh nein«, stöhnte er.

»Du wirst es überleben«, murmelte ich, während wir über die Promenade gingen.

Dukes Wagen war vor meinem Apartment geparkt. Er hatte seinen Hut ins Gesicht gezogen und schnarchte. Ich überlegte, ob ich einfach in meinem Apartment verschwinden sollte, ging dann aber hinüber und rüttelte ihn. Er hörte auf zu schnarchen, hustete und blickte unter seinem Hut auf.

»Da bist du ja«, grummelte er, setzte sich auf und schob seinen Hut nach hinten.

Er öffnete die Wagentür, stieg aus und streckte sich. Über seinem dunklen Gesicht schimmerte der Hut. Er fuhr sich mit seiner großen Hand über das Kinn und streckte sich ein weiteres Mal.

»Verdammt ... diese Karre ist zu unbequem zum Schlafen.« Er sah mich an. »Was zum Teufel ist mit dir los?«

»Nichts ...«

Er betrachtete mich, nickte, und sein Gesicht wurde ernst.

»Ich wollte dir was zeigen, Brenton.«

»Kann das nicht bis morgen warten?«

Ich hatte keine Lust, mich mit Duke auf irgendein wildes Abenteuer einzulassen.

Er schüttelte den Kopf.

»Nein ... kann es nicht«, sagte er, schob das Kinn vor und schielte an der Nase entlang nach unten.

Ich ging auf die Tür zu meinem Apartment zu.

»Nicht heute Nacht, Duke – ich will einfach nur ins Bett.«

»Brenton – du solltest lieber mitkommen!«

Ich holte meine Schlüssel heraus.

»Es geht um deinen Kumpel ... King.«

Langsam drehte ich mich um.

»Was ist mit ihm?«

Duke wies mit dem Kopf zum Wagen und stieg ein. Der Motor stotterte einmal, dann sprang er an. Er ließ ihn aufheulen, ein Geräusch, das von den Mauern um den Parkplatz zurückhallte. Ich ging um den Wagen herum und stieg schweigend ein. Duke legte den Gang ein, und wir brausten in der Dunkelheit davon.

Wir fuhren zur anderen Inselseite, dorthin, wo ich mit King gewesen war, rauschten über die verlassenen Straßen, bis Duke zu einer Werkstatt abbog, die geschlossen zu sein schien. Seine Scheinwerfer summten, als sie unter der Motorhaube verloschen. Im hohen Gras, das sich an der Rückseite der Werkstatt anschloss, zirpten laut die Grillen. Vorne waren einige Abschleppwagen geparkt. Ich erblickte ein klappriges Schild, TONYS SCHROTTPLATZ.

»Komm«, sagte Duke, als er ausstieg.

Ich folgte ihm zur Rückseite des Gebäudes. Unter meinen Schuhen knirschten kleine Glasrechtecke. Wir gingen durch ein Tor und standen vor Hunderten von Schrottautos, die sich zwischen den Gräsern befanden. Die Grillen wurden lauter. Duke ging langsam voran, die Gräser streiften gegen seine Hose, dann blieb er stehen. Nur noch das tiefe, gleichmäßige Zirpen war zu hören.

Ich sah ihn an, spürte, wie ich zitterte, mein Mund war trocken.

»Also ... warum sind wir hier?«

Duke sah mich an und wies mit einer Kopfbewegung zu einer Ecke des Zauns, der den Schrottplatz umgab.

»Dort drüben.«

Langsam drehte ich meinen Kopf. Im bläulich weißen Lichtschein schimmerte ein Autowrack. Kings Wagen. Nichts bewegte sich. In der Ferne bellte ein Hund.

»Du und er, ihr wart doch irgendwie Kumpel – ein

Freund von mir fährt so 'nen Abschleppwagen. Er rief mich an, als er ihn hierher brachte.« Duke schwieg. »Zum Teufel – jeder kannte ihn und diesen Wagen ... schätze, er hatte hundertvierzig drauf, als er gegen den Baum knallte.«

Ein leichter Wind raschelte auf dem Schrottfeld.

»Er war auf dem Highway, aus der Richtung von Salisbury. Man konnte nichts mehr für ihn tun ...«

Ich stand nur da und sah auf das verbogene Metall zwischen den Gräsern. Ich wollte es nicht genauer sehen, irgendwie dachte ich, King liege tot in diesem eingedellten Blechhaufen, aber ich konnte meinen Blick nicht abwenden. Ich ging durch die sich wiegenden Gräser. Sie hatten Kings Wagen in einer Ecke des Schrottplatzes abgestellt. Der Mond schien auf das zersplitterte Glas und aufgerissene Blech. Die Frontseite des Wagens war in Form eines großen U eingedrückt. Das restaurierte Innere war noch immer tadellos, mit Ausnahme der zerbrochenen Windschutzscheibe und eines dunklen Flecks auf dem Armaturenbrett, wo Kings Kopf gelegen haben musste. Der Wagen war nun von einer Ruhe umgeben, als wäre er niemals etwas anderes gewesen als dieses Wrack.

Unter dem Lenkrad erblickte ich einen rechteckigen Papierfetzen. Vorsichtig beugte ich mich durch das Fenster und hob ihn vom Boden auf. Das Bild zeigte King und ein hübsches, blondes Mädchen, das sich gegen einen Wagen lehnte. Der Wagen war weiß. Es war der gleiche Wagen. Ich drehte das Bild um. Auf der Rückseite waren verblasste Worte zu lesen: »Ich werde dich immer lieben, King – Betty, 1966.«

Hier war es. Ich starrte auf das Bild, auf dem die Gesichter im Halblicht seltsam klar zu erkennen waren. Ich wusste, dass er sie liebte und sie ihn.

Das alles war in dem Bild. Ich fragte mich, was sie ihm erzählt hatte bei seiner letzten Reise in die Vergangenheit. Ich legte das Bild auf das Armaturenbrett, lehnte es gegen die zerbrochene Windschutzscheibe, gegenüber dem Fleck auf dem Armaturenbrett. Nun war King auf ewig hier. Ich warf einen letzten Blick auf den Wagen und verabschiedete mich dann von King und seinem Teil in mir.

Wir schwiegen, als wir zurückfuhren, dann, allmählich, begann ich ihm von der Nacht zu erzählen.

»Du bist dir sicher, dass sie es war?«

»Kein Zweifel.« Ich nickte.

Duke zog ein Streichholz heraus und kaute darauf herum.

»Das ist starker Tobak, Kumpel«, murmelte er und schüttelte den Kopf.

»Ich bin froh, dass der Sommer vorbei ist und ich weggehe.«

Er sah herüber.

»Wann?«

»Morgen ... und das ist nicht zu früh.«

»Solltest du nicht mit deinem Kumpel Kanu fahren gehen?«, fragte er und nahm das Streichholz aus dem Mund.

Ich starrte ihn an.

»Er hat mich betrogen!«

Duke schwieg, dann schüttelte er den Kopf.

»Du kannst nicht einfach abhauen, Brenton.«

»Warum nicht, zum Teufel?«

»Weil ... ihr wart all diese Jahre über Freunde, und mir scheint, dass sich diese Auseinandersetzung angekündigt hat«, sagte er und sah mich an. »Wie du zu ihm aufgeschaut hast, all das, als du jünger warst, und dann gehst du mit diesem Mädchen ... er ist auf dich vielleicht eifersüchtig, und du bist dir gar nicht mehr so sicher, ob er jemand ist, zu dem du aufschauen kannst –«

»Zu ihm aufschauen! ... Wie zum Teufel sollte er jemand sein, zu dem ich aufschaue?«

»Das hast du getan – viele Jahre lang«, antwortete Duke leise.

»Das war falsch, *in Ordnung*? Es geht ihm nur ums Gewinnen. Er glaubt, er habe gewonnen!«

Duke nickte bedächtig.

»Deswegen kannst du nicht einfach abhauen, Brenton ... du musst das mit ihm ausmachen. Ich denke, was dich am meisten verletzt, ist, dass er nicht der ist, den du in ihm gesehen hast«, sagte er und nahm das Streichholz aus dem Mund. »Und das musst du herausfinden.« Er zögerte. »Sonst endest du noch so wie King.«

Ich sah ihn an.

»Wie King?«

»Jeder wusste, dass er seit Jahren, seit er aus Vietnam zurückkam, hinter diesem Mädchen aus Salisbury her war. Fuhr immer völlig betrunken herum, war ständig auf der Suche nach der Vergangenheit ... und verbrachte seine Zeit damit, zurückzublicken – das hat ihn schließlich umgebracht.«

Ich starrte ihn an.

»Aber wenigstens hat er versucht seinen Traum wahrzumachen! Und was zum Teufel tust *du*? Sprichst davon, in den Westen zu gehen – langsam frage ich mich, ob du den *Mumm* dazu hast! Er jedenfalls hat es versucht, statt nur von Dingen zu reden, die er sowieso niemals tat!«

Ich war so sauer, dass meine Stimme zitterte.

Duke sah mich mit festem Blick an und bog in den Parkplatz ein. Stellte den Wagen auf Leerlauf und sah aus dem Fenster. Leise sagte er:

»Vielleicht hast du Recht ... aber ich schaue in die Zukunft ... King schaute zurück«, sagte er und heftete mich mit seinem Blick an der Beifahrertür fest. »Und du solltest nicht auf etwas zurückschauen, das niemals geklärt wurde, Brenton ... ich würde nicht abhauen. Ich würde diese Reise machen, damit ihr es klären könnt – ein für alle Mal.«

Ich saß da, spürte das Vibrieren des Motors, dann stieg ich langsam aus. Ging zu meinem Apartment und öffnete die Tür, hinter mir noch immer das tiefe Brummen von Dukes Wagen. Als ich im Morgenlicht mein Zimmer betrat, fuhr er quietschend davon.

14

Der Fluss schlängelte sich zwischen den Felswänden hindurch, Himmel und Bäume spiegelten sich auf ihm. Sanft glitt der Bug des Kanus durch das Wasser, schnitt beiderseits Wellen in die Oberfläche, die ausliefen, bis der Spiegel sich wieder glättete. Die Stille wurde vom Schrei eines dahingleitenden Falken durchbrochen, und eine Quelle rann über eine glatt geschliffene Felsplatte, bevor sie einen Meter tief in den Fluss stürzte. Ein Windstoß fuhr durch das Tal und in die Bäume, deren Rascheln von den Wänden zurückgeworfen wurde. Und als es zu laut zu werden drohte, kehrte die Stille zurück, und dann war nichts mehr als das rhythmische Plätschern unserer Paddel.

Ich tauchte mein Paddel in das Wasser und sah zum weißen Dunstschleier, der in den Bäumen am Ufersaum hing. Im Wald hörte ich Vögel, ein Kreischen und Pfeifen, das von überall herkam. Libellen tanzten vor dem Kanu und schwebten wieder davon. Schildkröten und Fische platschten in Ufernähe. Eine Heuschrecke schwirrte auf – das Sirren wuchs gleichmäßig an und nahm langsam wieder ab, bevor es ganz aufhörte. In den hohen, belaubten Ästen an der Ostseite des Flusses stand die Sonne. Es wurde wärmer.

Seit zwei Stunden waren wir mit dem Kanu unterwegs. Ich sah auf das grüne Wasser, das am Kanu vorbeifloss. Während der Fahrt im Auto hatten wir nicht viel gesprochen, anscheinend dachte Christian, ich sei müde. Wir kamen an und packten unsere Vorräte für das nächtliche Lager zusammen. Christian verschnürte die Kühltasche, das Zelt und unsere Schlafsäcke in den Kreuzstreben des Kanus. Er band die Handgriffe der Kühltasche mit einem Seil fest, dann zog er es um die anderen Gegenstände. Es war kühl für den Morgen.

»Ich würde nicht dasselbe Seil nehmen«, sagte ich, als ich ihm bei der Arbeit im seichten Uferschlamm zusah.

»Warum nicht?«, fragte er, ohne seine Arbeit zu unterbrechen.

»Wenn wir umkippen, wird das Seil nicht alles halten.«

Christian zuckte die Achseln und beendete das Verschnüren der Ausrüstung, sah auf und wischte sich über die Brauen.

»Es wird halten ... außerdem kippen wir nicht um«, sagte er. Sein Gesicht war vom Vornüberbeugen rot und aufgedunsen.

Ich beließ es dabei. Wir schoben das Kanu in den Fluss, Christian, bis zu den Knien im Wasser, hielt das Heck.

»Steig vorne ein, Brenton.«

Ich sah ihn an.

»Willst du hinten sitzen?«

»Klar.« Lächelnd nickte er.

»Warum sitze ich nicht hinten?«

Seine Augen wurden matt. Über dem Wasser waren sie von dunklerem Grün. Die warme Strömung floss um meine Beine, während ich mich am Kanu festhielt. Seine Augen wurden wieder klar.

»Weil ich besser steuern kann.«

»Tatsächlich?«

»Ja, jetzt steig schon ein, Brenton – wir haben nicht den ganzen Tag Zeit.«

Ich sah ihn an, aus seinem Gesicht verschwand das Lächeln.

So waren wir losgefahren. Ich war, nachdem mich Duke abgesetzt hatte, den größten Teil der Nacht wach gelegen. An der Entscheidung Ocean City zu verlassen hatte ich festgehalten, bis mir irgendwann morgens bewusst wurde, dass das, was Duke gesagt hatte, stimmte: »Du solltest nicht auf etwas zurückschauen, das niemals geklärt wurde, Brenton.« Endlich würde ich herausfinden müssen, ob der Fluss in den Ozean floss.

Mittag war vorüber, gleißend lag das Sonnenlicht auf dem Fluss. Wir waren tief im Wald, langsam, fast unmerklich nahm die Strömung zu. Die Sonne brannte auf unsere Rücken, Schweiß floss von meiner Brust zum Bauch hinab und bildete auf meinen Shorts einen nassen Fleck. Ich zog am Paddel. Das Aluminiumkanu reflektierte die Sonne, auf meinem Gesicht spürte ich ein langsames, gleichmäßiges Brennen.

»Wunderschön hier.«

»Ja«, sagte ich, ohne mich umzudrehen.

Eine Weile schwieg er.

»Wenn du hinten sitzen willst ... es macht mir nichts aus.«

»Nein, schon in Ordnung.« Ich ließ mein Paddel auf ein totes Blatt fallen. »– wie war's letzte Nacht?«

Sein Paddel spritzte auf.

»Schön ... sehr nett.«

Ich betrachtete den glänzenden Schweiß auf meinem Arm.

»Denk ich mir.«

Ich tauchte mein Paddel wieder ein. Mehr und mehr entfernten wir uns von der Zivilisation. Der Fluss wurde schmaler. Felswände erhoben sich zu beiden Seiten und pressten das Wasser in enge Durchlässe. Moosgrünes Wasser sickerte aus den Wänden – wir fuhren so nah daran vorbei, dass ich die glitschige Felsoberfläche berühren konnte. Bäume waren oben über die enge Passage gefallen, nur sporadisch drang das Licht zum tintigen Wasser durch. Zwischen den Felsen schwebte eine kühle Feuchtigkeit. Die Sonne hatte eine offene Stelle zwischen den Bäumen gefunden und schien auf einen flachen Felsblock. Seine Oberfläche leuchtete hell. In der Wärme des Felsens lag ein dickes, dunkles Knäuel. Die Schlangen bewegten und ringelten sich im Sonnenlicht. Als wir vorbeifuhren, fielen einige von ihnen ins Wasser.

»Oh Gott! Hast du das gesehen, Brenton?«

Ich nickte, schwieg und blickte nach vorn, wo sich der Fluss wieder öffnete. Wir kehrten ins Sonnenlicht zurück. Alle Verengungen des Flusses liefen in diesem letzten Durchlass zusammen. Ich konnte die schnelle Strömung hören, dann sah ich zwischen den Granitwänden die weiße Gischt, deren Gewalt in der Flussmitte am größten war. An den Uferseiten war es ruhiger, aber große Felsblöcke ragten aus dem Wasser heraus.

»Ich steuere die Mitte an«, rief Christian.

Ich nickte und machte mit dem Paddel lange Züge, um das Kanu in die Flussmitte zu bringen. Das Gefälle machte die Strömung noch schneller. Als der Bug des Kanus die Flussmitte erreichte, wurde die glatte Oberfläche zu einem reißenden Wasser. Ich versuchte das Kanu mit dem Paddel gerade zu stellen, das Heck allerdings blieb schief.

»Christian – paddel und stell das Heck gerade.«

»Mach ich doch!«

Das Heck kam über, und das Kanu gewann an Fahrt. Der Wind trocknete den Schweiß auf meinem Gesicht, vorne sprühte das Wasser. Direkt vor uns explodierte weißer Schaum.

»Ein Felsen«, schrie ich, tauchte das Paddel ins Wasser und versuchte den Bug des Kanus davon wegzusteuern.

»Wo?«

Der Aluminiumboden schrammte über den Felsen, plötzlich saßen wir fest. Dann schwang das Heck nach vorn, während der Felsen den Bug festhielt, Wasser traf die Kanuseite und drehte uns in der schnellen Strömung um.

»Scheiße!«

»Das war's«, schrie ich. Kaltes Wasser überschwemmte mein Gesicht.

Die Strömung riss mich fort, Felsen scheuerten und kratzten an meinen Beinen, bis der Fluss breiter wurde und die Strömung sich verlangsamte. Im hüfttiefen Wasser stand ich auf. Christian wurde angeschwemmt, er hielt sich an seinem Paddel fest, während ich das Kanu packte und ans Ufer zog. Das Seil, mit dem die Ausrüstung befestigt gewesen war, trieb im seichten Wasser. Die Kühltasche befand sich noch im Kanu, war nun aber mit grünem Wasser gefüllt. Das Zelt und die Schlafsäcke waren fort.

Christian kam zu mir herüber und starrte auf das voll gelaufene Kanu. Er stand da, strich sich das nasse, verfilzte Haar aus der Stirn und blickte erneut zum Kanu. Wasser troff von seiner Stirn auf die Spitze seiner sonnenverbrannten Nase. Ungläubig blinzelte er.

»Verdammte Scheiße ... ich kann einfach nicht glauben, dass wir umgekippt sind!«

Er drosch mit dem Paddel auf das Wasser. Ich zog das Kanu an einen Uferabschnitt mit glatten, flachen Steinen. Die Sonne trocknete bereits meinen Rücken.

»Ich habe meine verdammten Schuhe verloren«, sagte Christian, noch immer im Wasser.

»Ich auch.«

Ich zog das Kanu hoch und drehte es auf die Seite, das Wasser schoss heraus. Christian sah nur zu. In der Mittagssonne wirkte sein Gesicht gerötet. Ich leerte das Kanu.

»Wo ist dein Paddel?«

»Mit dem anderen Zeug fort«, sagte ich und sah nicht auf.

»Du hast dein Paddel nicht festgehalten?«

Ich sah ihn an – er hatte sein Paddel über der Schulter.

»Nein.«

Er stieß einen Seufzer aus.

»Oh toll! Kein Paddel – wie zum Teufel sollen wir nun den Fluss hinunterfahren?«

Ich nahm die Kühltasche aus dem Kanu. Noch immer starrte er mich an.

»Ich kann nicht glauben, dass du wirklich so bescheuert bist, dein Paddel nicht festzuhalten!«

Ich ging in das seichte Wasser zurück und holte das Seilstück vom Kanu. Dort, wo der Knoten gewesen war, zeigte sich ein aufgesplissenes Ende. Ich warf ihm das Seil vor die Füße.

»Wieso? Du warst bescheuert genug, nur ein Seil zu nehmen.«

Er sah zum Seil und dann zu mir. Ich ging zum Kanu zurück und hob den Deckel der Kühltasche.

»Ich kann den Deckel als Hilfspaddel nehmen.« Ich spürte, wie mich etwas am Rücken traf, gleichzeitig fiel das nasse Seil zwischen meine Füße. Ich drehte mich um, meine Brust zog sich zusammen. Christian stand mit einem spöttischen Grinsen im Wasser, das Paddel noch immer über der Schulter. Ich starrte ihn an.

»Sei kein Arschloch, Christian ... du warst derjenige, der es nicht richtig vertaut hat.«

Christian grinste und schüttelte den Kopf.

»Wir brauchen das Zeug nicht – wir fahren einfach so lange, bis wir da sind.«

»Tag und Nacht, ohne Unterbrechung?«

Er zuckte die Achseln.

»Stehst du das durch?«

Ich sah ihn an, langsam nickte ich.

»Klar.«

Das Wasser auf unserer Haut war getrocknet. Die Sonne stand im Westen, gerade weit genug, um die heißeste Tageszeit einzuleiten. Der Schweiß brannte mir in den Augen, während ich im Kanu kniete und mit dem Kühltaschendeckel zu paddeln versuchte. Meine Unterarme brannten auf dem Rand des Kanus und sonderten Schweißtropfen ab, die auf dem heißen Aluminium schnell verdunsteten. Als die Kühltasche aufriss, hatten wir unsere Wasserflaschen verloren, und bislang hatten wir uns noch nicht dazu überwinden können, das Flusswasser zu trinken. Nichts bewegte sich, nur hin und wieder zerrte die Strömung leicht an uns. Lediglich die Insekten, die über dem Fluss hin- und hersirrten, unterbrachen die heiße Stille.

Wir fuhren um eine Windung. Ein großer Baum war quer über den Fluss gefallen, seine Äste ragten aus dem Wasser und bildeten einen Damm, der alles, was herunterkam, aufhielt. Der Fluss glitt an zwei schmalen Durchlässen am Fuße des Baums hindurch. Es gab keine Möglichkeit weiterzukommen.

»Sieht aus, als müssten wir außen rum. Ich denke, dort drüben können wir ihn umgehen«, sagte ich und zeigte nach rechts auf eine Lichtung. Christian steuerte das Kanu ans Ufer. Ich sprang hinaus und zog den Bug an die schlammige Flussbank. Hohe Schilfrohre säuselten im seichten Wasser, als sie gegen das Kanu stießen. Christian stieg aus und sank im Schlamm am Ufer ein.

»Verdammt!«

»Ich schieb dir das Kanu hin, damit du es ans Ufer ziehen kannst«, sagte ich, noch immer im Wasser.

Christian starrte auf den Wald, dann sah er zum Baum im Fluss.

»Vielleicht gibt es irgendwo eine Straße, die uns von hier wegbringt ...«

Er spähte wieder in den Wald, dann sah er mich an. »Dann könnten wir unsere Vorräte auffüllen.«

»Ich glaube nicht, dass eine Straße so weit in den Wald führt.«

Er sah wieder zum Wald.

»Lass uns einfach mal nachsehen, bevor wir das Kanu über den Baum hieven.«

»Wir sollten erst das Kanu vertauen, damit es nicht abgetrieben wird.«

Christian warf den Kopf zurück.

»Wozu? Es wird nicht abgetrieben«, sagte er und zeigte auf den Baum.

Ich zuckte die Schultern.

»Klar.«

Christian fand einen Pfad, und wir gingen in den dichten Wald. Mücken fielen gnadenlos über uns her. Der Wald war sumpfig, Schlammspritzer liefen unsere Beine hinab. Fliegen stachen uns in den Rücken, in die Beine und Arme. Christian schwitzte und fluchte, als der Pfad im Unterholz endete. Er schlug eine andere Richtung ein, da er glaubte, irgendein Orientierungspunkt oder eine Straße würden auftauchen, um uns den Weg zu weisen. Aber wir befanden uns tief im Wald, und es gab keine Straßen.

Er blieb stehen und sah sich um. Sein Gesicht war von Zweigen zerkratzt. Schweiß strömte ihm vom verfilzten Haar ins Gesicht und tropfte vom Kinn. Er bog seinen Rücken durch und schlug auf eine Mücke. Spähte nach irgendetwas im dichten Wald und verschränkte die Arme.

»Es gibt hier keine Straße, Christian.«

Ich wischte mir mit dem Handrücken den Schweiß vom Gesicht. Er drehte sich in eine andere Richtung.

»Ich wette, es gibt hier irgendwo eine Straße. Ich wette, hinter dem Hügel ist etwas, das uns hier rausbringt.«

Er zeigte auf eine sumpfige Stelle, wo das Licht in Flecken auf den grünen Waldboden fiel.

»Glaub ich nicht, Christian.«

»Was zum Teufel weißt du schon?«, gab er zurück und setzte sich in Richtung Hügel in Bewegung.

Christians Fuß verfing sich in einer Ranke, die über den Boden lief. Mit einem Knie fiel er in den Schlamm. Um wieder aufzustehen, musste er sich mit den Händen im Morast abstützen.

»Scheiße!«

Hoch über uns hörte ich den Schrei eines Falken.

»Muss diese lange Nacht mit Jane gewesen sein.«

Christian blieb stehen.

Er stand mit dem Rücken zu mir. Ich sah ihn atmen. Langsam drehte er sich um und sah mich mit ausdruckslosen Augen an. Starrte mich nur an. An seiner Nasenspitze hing ein Schweißtropfen. Mein Herz pochte gegen meinen Brustkorb. Der Wald war sehr still. Seine Augen runzelten sich zu einem Lächeln.

»Oh, *darum* geht's also ... Wusste doch, dass du dich irgendwie komisch verhältst.« Er lachte kurz auf. »Ich werde dir ein für alle Mal die Sache mit Jane erklären, Brenton«, sagte er und zeigte mit seinem Finger auf mich. »Ich hab dir *gesagt*, du sollst die Finger von ihr lassen – aber du wolltest ja nicht hören.« Er schüttelte schnell den Kopf.

»Scher dich zum Teufel, Christian.«

Ich begann wegzugehen.

Er rannte mir hinterher, packte mich am Arm und drehte mich um.

»Ich hab's dir gesagt – sie hat dich benutzt, genauso, wie ich es geahnt habe ... *Letzten Sommer war ich mit Jane Paisley zusammen.*« Er schluckte, bevor er mit zitternder Stimme fortfuhr. »Ich war mit ihr zusammen und hab sie dann fallen lassen ... sie war stinksauer und ist niemals darüber hinweggekommen – sie wollte es mir heimzahlen, und dann läufst du ihr über den Weg, und sie hat dich einfach benutzt, um mich zu verletzen!«

Ich riss mich von ihm los und wandte mich ab.

»Scher dich zum Teufel, du Scheißkerl!«

Er lächelte seltsam und stieß dann ein gezwungenes Lachen aus.

»Du bist ein Dummkopf, Brenton! Sie hat dich gevögelt und *so getan,* als wäre sie in dich verliebt – aber die ganze Zeit wollte sie nur mich verletzen«, sagte er, den Finger auf sich gerichtet. »Sie hat sich keinen *Deut* um dich geschert!« Er zeigte auf mich, auf seinem Gesicht war ein seltsames, unangenehmes Lächeln. »Deswegen hab ich sie gevögelt –«

Ich drehte mich um und schlug zu.

Ich hörte, wie seine Zähne aufeinander klappten. Er taumelte zurück und fasste sich an den Mund, ein langer Speichel- und Blutfaden sickerte zwischen seinen Fingern hervor. Ich stürzte mich auf ihn, und wir fielen in den glitschigen Schlamm.

»Du gottverdammter, dreckiger Scheißkerl!«

Blind schlug ich ihm ins Gesicht und spürte, wie meine Faust erneut traf. Christian drehte sich um, auf allen Vieren versuchte er wegzukommen. Ich sprang auf seinen Rücken und drückte ihn zu Boden, packte ihn am Hinterkopf und presste sein Gesicht in den Schlamm.

»Du Scheißkerl!«

Mit aller Kraft presste ich sein Gesicht in den Schlamm. Meine Hand glitt ab, er drehte sich um – sein Gesicht war vom schwarzen Morast verschmiert – und trieb mir seine Faust direkt in die Nase. In meinem Kopf krachte es mehrere Male schnell hintereinander, ich konnte nichts mehr sehen und fiel nach hinten. Hielt mir die Hände vors Gesicht und schrie auf, als warmes Blut aus meiner Nase lief. Er fiel auf mich, holte erneut aus und traf mich so hart am Kiefer, dass ich glaubte ohnmächtig zu werden. Dann packte er mich am Hals und begann mich zu würgen.

»Ich sollte dich umbringen!«

Sein dreckverschmiertes Gesicht war nur einige Zentimeter von mir entfernt. Er verstärkte seinen Griff. Schwach zerrte ich an seinen Händen.

»Wie ist es, wenn man erstickt, Brenton?«

Er schnitt mir die Luft ab und spuckte Speichel und Blut in mein Gesicht. Ich würgte und sah zu seinen grünen Augen empor, die zwischen den Schlammschlieren herausspähten. Ich konnte ihn nicht abschütteln, und allmählich bekam ich keine Luft mehr. Er brachte mich um. Er brachte mich um, und da war wieder der Golfplatz, und das Football-Spiel war gerade zu Ende. »Ich bringe dich um«, schrie er wie aus weiter Ferne, und ich sah uns beide vor langen Jahren – wie er aufsprang und lachte, dass es ihm gelungen war, mich hinters Licht zu führen, dass ich ihm geglaubt hatte ... Christian brachte mich nicht um. Nie würde er das tun.

Ich öffnete meine Augen und sah über mir sein schlammverschmiertes Gesicht. Mit den Armen schob ich seinen Körper weg, gerade weit genug, um mein Knie in seinen Schritt zu bringen. Er hob sich, grunzte, als ihm die Luft genommen wurde, seine Augen weiteten sich. Seine Hände fielen von mir ab, als er sich zur Seite hin wegrollte und zwischen die Beine griff und stöhnte. Ich konnte wieder atmen, spürte aber noch seine Hände an meinem Hals. Stöhnend lag er im Schlamm. Ich berührte meine Nase und versuchte den Blutfluss zu stoppen. Die Sonne näherte sich dem Abend.

15

Die Hitze hatte nachgelassen, bernsteinfarbene Abenddämmerung fiel in fahlen Streifen durch die Bäume. Zwischen den Ästen, die über mir ausgriffen, sah ich den Himmel. Ein betäubender Schmerz zog sich durch meinen Kopf und konzentrierte sich in der Nase. Ich trat aus meiner schläfrigen, bewusstlosen Welt und bewegte den Mund, spürte, wie die Haut im Gesicht und am Hals spannte. Geronnenes Blut hatte von den Mundwinkeln abwärts zwei Pfade gebildet. Langsam setzte ich mich auf, meine Nackenmuskeln protestierten mit heftigen Schmerzen. Ich stand auf und begann zu gehen.

Der Fluss hatte sich zu einem rötlich goldenen Spiegel verwandelt. Ich fiel in das seichte Wasser zwischen den Binsen und wusch mir das Blut und den Dreck von Gesicht und Hals. Hielt inne, berührte meine Nase. Sie fühlte sich seltsam flach an. Vorsichtig drückte ich dagegen und spürte einen scharfen Schmerz. Ich erhob mich, drehte mich zum Ufer um und erblickte Christian.

Er saß im hohen Gras, die tief stehende Sonne im Rücken. Er musste, dachte ich, zum Fluss zurückgegangen sein, als ich ihn im Wald nicht gesehen hatte. Ich beschattete meine Augen. Er hatte sich gesäubert, eine Schwellung an seinem Mundwinkel und ein Riss, der sich bis zum Lippenansatz hinzog, waren alles, was von unserem Kampf übrig war. Er starrte mich zwischen den Gräsern hindurch an, dann blickte er schnell wieder zum Fluss.

»Das Kanu ist fort. Es ist dort unter dem großen Baum«, sagte er und wies mit einer Kopfbewegung in die Richtung. »Wurde wohl irgendwie von der Strömung erfasst und abgetrieben.«

Eine Aluminiumspitze blitzte über dem Wasser auf, dort, wo das Kanu unter dem Baum versunken war. Der Himmel war in schummriges Zwielicht getaucht, es würde bald dunkel werden. Ich verließ die schlammige Uferböschung und setzte mich.

»Ich denke, wir haben noch ein paar Stunden, bis es dunkel wird«, hörte ich nun zum ersten Mal den nasalen Ton meiner Stimme. »Wir müssen heute Nacht im Wald schlafen, aber vielleicht finden wir ja was auf der anderen Flussseite. Und wenn dort nichts sein sollte, können wir noch immer dem Fluss folgen, bis wir an irgendeine Anlegestelle kommen oder auf eine Straße treffen.«

Es interessierte mich nicht, ob er zuhörte oder nicht. Ich würde mich hier alleine durchschlagen. Wenn er wollte, konnte er mitkommen, aber egal wie, ich würde es alleine machen.

Christian nickte nur und starrte weiterhin auf den Fluss.

Wir schwammen zur anderen Uferseite und folgten dann dem Fluss. Ich versuchte einen Pfad zu finden und hielt mich nah ans Ufer. Die Felsen schnitten in unsere Füße, und Büsche hinterließen auf unseren Beinen lange Kratzer. Als es zunehmend dunkler wurde und die Grillen lauter, beeilten wir uns. Ich stieß auf einen Weg, der in den Wald hineinführte, aber ungefähr dem Flusslauf folgte. Es war fast finster, als ich vor uns etwas hörte und stehen blieb.

Ich hob meine Hand, Christian hinter mir blieb stehen. Die Nacht war hereingebrochen und der Wald atmete sein Insektenleben. Glühwürmchen umflackerten uns, deren gelber Schein im dunklen Unterholz erlosch. Ich hörte wieder das Geräusch. Es war eine Stimme.

Ich schlich mich näher, durch das Gebüsch sah ich einen Lichtschein. Ich spähte hindurch. Auf dem Boden stand eine Laterne. Ein Mann saß auf einem Stuhl, zwischen seinen Knien, im gelben Lichtkreis, hielt er eine Angelrute. Unter seinem zerschlissenen Hut floss das Haar zu einem zerklüftet-dunklen Bart herab. Er hatte sich zurückgelehnt und schnarchte. Auf dem Boden neben den Füßen des Mannes und der Laterne spielte ein kleiner, langhaariger Junge in dreckigen Shorts. In einer Grube glimmte ein heruntergebranntes Feuer. Über die verkohlten Holzbrocken war ein Grillrost geworfen. Der Fluss säuselte sanft am Rand der Lichtung, die im untergehenden Licht des Horizonts erglühte. Hinter dem

Mann und dem Jungen, auf der anderen Seite der Lichtung, war eine Hütte. Aus der Tür kam ein fahler Lichtschein.

»Ich denke, wir sollten fragen, ob wir was zu essen bekommen oder, noch besser, ob sie uns hier wegbringen können«, flüsterte ich, als Christian näher trat und auf das freie Waldstück spähte.

Schweigend nickte er.

Wir traten durch das Unterholz, das Kind im Dreck hörte auf zu spielen. Der Mann rührte sich, sah herüber und stand auf. Er war ein Riese. Seine dunklen Augen flackerten. Ich wünschte, ich hätte etwas anderes an als nur meine Shorts. In der Dunkelheit war unsere Haut sehr hell. Ich räusperte mich.

»Äh – wir waren auf einem Kanutrip ... und hatten einen Unfall und haben unser Kanu verloren ...«

Seine Augen bewegten sich nicht.

»Wir wissen nicht genau, wo wir hier sind ... und ich dachte, dass wir vielleicht Ihr Telefon benutzen dürfen ... oder dass Sie uns hier wegbringen könnten – wir wären Ihnen wirklich sehr dankbar.«

Der Mann stand da, schlug dann seine Zähne in einen Kautabakriegel und spie auf den Boden. Im Licht der Laterne waren seine dunklen Augen schwarz – nur zwei schimmernde Punkte unter seinem Hut. In seinen Händen wirkte die Angelrute klein. Er und das Kind starrten uns an, ein Windstoß fachte die Kohle in der Grube an. Sein Atem war ein schweres, knarrendes Pfeifen.

»Hab kein Telefon«, sagte er mit einer Stimme, die sich anhörte, als käme sie tief aus der Erde. »Pick-up ist kaputt ...«

Ich wollte mir meine Ohren zuhalten.

»Einige Meilen bis zur nächsten Stadt.«

Er schwieg, nur das Rauschen des Flusses war zu hören. Er spie aus, der Saft landete vor uns auf dem Boden. Ich versuchte es noch einmal.

»– meinen Sie, wir könnten uns von Ihnen was zum Essen borgen und einige Decken?«

Er atmete aus. Erst dachte ich, er stöhnte, aber es war eher ein Pfeifgeräusch.

»In einer Stunde gibt's Essen – die Nacht schlaft ihr hier.«

Er spie erneut, und in der glühenden Grube zischte Dampf auf. Der Mann nahm die Laterne und machte sich auf den Weg zur Hütte. Das Kind folgte ihm. Wir gingen zum Fluss hinab, setzten uns und warteten, dass etwas geschah. Unter dem Mond färbte sich das Wasser silbern. Schweigend saßen wir da und betrachteten den funkelnden Glanz, der vorübergetrieben wurde. Es war das Kind, das zurückkam.

Es hatte dreckiges, langes Haar und einen verängstigten, getriebenen Blick im Gesicht, war vom Kopf bis zu den Zehen verdreckt und nur um die Augen weiß.

»Könnt jetzt kommen.« Er hielt die Laterne und zeigte andeutungsweise auf uns.

Wir standen auf und folgten ihm durch die Dunkelheit

zur fahl erleuchteten Hütte. Die Laterne schwebte vor uns, hin und wieder verschwand der kleine Junge in der Nacht. Das Licht schwebte hoch und landete auf einem Tisch vor der Hütte, wo der Riese saß.

Die Ehefrau des Riesen war eine untersetzte Frau, ihr Haar hatte sie zu einem einzigen Zopf, der ihr bis über den Rücken reichte, nach hinten gelegt. Die ursprüngliche Haarfarbe musste braun gewesen sein, durch irgendeine Färbung hatte es einen seltsam rötlichen Ton angenommen. Sie lächelte im Laternenlicht und zeigte schlechte, braune Zähne. Überall im Gesicht hatte sie Male. Ein blaues Auge ging bis zum oberen Rand ihrer Wange, verschiedene Schnitte und Narben verliehen ihr das Aussehen, als leide sie an einer schlimmen Hautkrankheit.

Sie begrüßte uns mit einem schnellen »Hallo« und verteilte dann Fleisch. Der finstere Mann nahm das Fleisch und aß es mit den Händen, riss daran mit seinen aufblitzenden scharfen Zähnen, grunzte, während ihm Fett über die Hände troff und in seinem Bart glänzte.

»Ihr seid Kanu gefahren und es ist umgekippt?«, fragte die Frau, als sie uns das Fleisch auf die Teller vor uns legte.

Das Fleisch roch verdorben, wie Hamburger, die man zu lange aufgehoben hatte.

»Na ja – 's ist nicht das erste Mal, dass wir leere Kanus auf diesem alten Fluss sehen. Frag mich immer wieder, wo die Leute hin sind, denk mir, sie haben sich im Wald verirrt. Und ich sag mir immer, ›Chester Lee, wo sind bloß die ganzen Leute ohne ihr Kanu? Ich glaube, Gott holt sie sich‹«, flüsterte sie und sah uns mit ihren Augen an, die für ihr Gesicht zu klein waren. »Gott holt sie sich – oder der *Teufel,* die sind nämlich beide im Wald. Hab sie gesehen! Hab Gott gesehen und ich hab den Teufel gesehen – manchmal kommt er und verprügelt mich ganz furchtbar. Nehmt euch in der Nacht und am Morgen vor dem Teufel in Acht. Gott wird eure Seele retten ... aber nehmt euch vor dem Teufel in Acht«, sagte sie und sah in die zischende Dunkelheit.

Der Riese grummelte und warf, was von seinem Fleischstück noch übrig war, vom Tisch in den Wald.

Nach dem Essen gingen wir zum Fluss hinunter. Der Mann saß finster und brütend am Tisch, durchbrach die Stille mit einem Rumpeln, das irgendwo tief aus seinem Inneren kam. Das Kind ging mit der Frau in die Hütte. Ich sah hinüber, der Mann saß alleine im gelben Licht der Lampe am Tisch. Vor sich hatte er eine Flasche.

Wir legten uns ins feuchte Gras, ich zitterte. Die Nacht wurde kühler, und die Mücken wurden lästig. Meine Nase pochte. Aus der Nacht tauchte der Junge auf.

»Hier ein paar Decken«, sagte er, legte zwei raue Wolldecken auf die Erde und rannte zur Hütte zurück.

»Danke«, rief ich dem Geräusch seiner nackten Füße, die über die Erde liefen, hinterher.

Ich gab Christian eine Decke. Wir zogen unsere feuchten Shorts aus und legten sie neben uns. Ich vergrub mich in meine Decke.

»Ich denke, wir sollten bei Tagesanbruch sofort abhauen«, sagte ich schläfrig.

Christian saß in die Decke gehüllt aufrecht da. Er nickte und starrte auf den blassen, mondbeschienenen Fluss, der neben uns herfloss. Ich sah hinüber zum Tisch, und der Mann saß noch immer vor seiner Flasche. Ich blickte zu Christian und betrachtete das Licht des Flusses, das in seinen Augen schimmerte, bis der Schlaf kam.

In meinem Traum war ein Schrei. Er war weit weg, wurde aber lauter. Es war eine Frau, und sie kam auf mich zu. Ich schlug die Augen auf, und der Schrei hallte durch den stillen Wald, dann hörte ich nur noch das leise Pulsieren der Grillen. Der Fluss kam in die Nacht – wieder wurde die Dunkelheit durch einen verzweifelten Schrei durchbrochen, der heftig begann und zu einem Wimmern auslief.

Ich sprang auf und sah zu der durch eine Kerosinlampe erleuchteten Hütte. Christian hatte sich bereits aufgerichtet und starrte auf die matten Schatten, die im Inneren der Hütte tanzten. »Was zum Teufel ist das?«

Christian schüttelte den Kopf.

»Weiß ich nicht –«

Ein schrecklicher, verzweifelter Schrei kam aus der Hütte, dann trat ein Schatten durch die Tür, wie ein Mantel, den jemand vor einer Kerze herzog.

»Nicht, Teufel ... nicht ... bitte!«

Zersplitterndes Glas war zu hören und zwei gleichmäßige, dumpfe Geräusche, gefolgt von einem weiteren, langen Schrei. Ich stand auf. Ein Schatten trat in die Tür, dann stürzte etwas Weißes an dem Schatten vorbei aus der Hütte. Die Frau kam auf uns zugelaufen, Blut strömte über ihr Gesicht, an der Hand hielt sie den kleinen Jungen.

»Helft mir! ... Bitte helft mir! Es ist der *Teufel – helft mir*!«

Der Mann stand im Türrahmen. Seine Brust war nackt, in seiner Hand hielt er ein Stück Holz. Mit riesigen Schritten rannte er auf die Frau zu, die direkt vor uns auf die Erde fiel. Christian und ich standen nackt da und sahen entsetzt zu.

»Bleib weg, Teufel!«

Der Riese kam auf uns zu, in seiner Hand das Holzstück, seine schwarzen Augen glänzten.

»Christian, lass uns abhauen!«

Wir packten unsere Shorts und rannten in Richtung Wald und Fluss. Die Frau schrie erneut. Christian drehte sich um und sah zur Frau. Sie war über den kleinen Jungen gebeugt und versuchte ihn zu schützen. Der Mann erhob das Holz. Die Frau hielt die Hände hoch.

»Komm schon, Christian!«

Ich zog an ihm. Er machte einen Schritt auf die Frau zu.

»Christian!«

Er sah mich entsetzt an – in diesem Augenblick rannte der kleine Junge von der Frau weg in den Wald. Der Riese sah der kleinen Gestalt nach, die in der Dunkelheit verschwand, während die Frau wimmernd am Boden lag.

Der Mann schien sich für die Frau nicht mehr zu interessieren; er blickte noch immer dahin, wo der kleine Junge verschwunden war. Er ließ das Holz fallen und taumelte zur Hütte zurück. Langsam erhob sich die Frau und folgte dem Mann. Der kleine Junge war nirgends zu sehen.

»Komm schon!«

Ich zerrte an Christian, und wir stolperten zum Fluss, tauchten ein und schwammen zur Flussmitte. Ließen uns von der Strömung treiben, und das vom Mondlicht durchtränkte Wasser trug uns flussabwärts in den fahlen Morgen.

Schließlich fanden wir eine Straße zu einem Highway und trampten zu Christians Wagen zurück. Keiner von uns beiden sprach während der Rückfahrt zum Strand. Erst als wir uns von der anderen Seite Ocean City näherten, verringerte Christian das Tempo und fuhr an den Seitenrand. Er stellte den Motor ab. Über den Dünen und den sich wiegenden, hohen Gräsern, auf deren Spitzen das Licht der Morgendämmerung lag, ertönte das Nebelhorn eines Leuchtturms.

Ich sah ihn an.

»Was hast du vor?«

Christian stieg aus.

»Wo willst du hin, Christian?«

Er blickte in meine Richtung, sah mich aber nicht.

»Ich gehe zum Leuchtturm und sehe mir den Sonnenaufgang an.«

Ich starrte ihn an.

»Was – bist du verrückt?«

Er ging über den Highway zum Strand.

»Vergiss den Leuchtturm, Christian ... *Was versuchst du mir zu beweisen?*«

Er begann über den Sand zu laufen.

»Scheiße!«

Ich setzte mich auf und blickte zum Highway und überlegte, ob ich nach Hause trampen sollte. Dann sah ich zum Strand. Christian erstieg die Düne. Angewidert schüttelte ich den Kopf und sah zum verlassenen Highway, dann wieder zu ihm. Er erreichte den Dünenkamm, der vor dem Strand lag. Ich wusste, was dieses Ritual zu bedeuten hatte.

»Scheiße!«

Ich sprang aus dem Wagen und lief ihm nach. Beim Lärm der zufallenden Wagentür drehte er sich einmal um. Als er die Tür zum Leuchtturm aufschob, hatte ich ihn eingeholt.

»Ich weiß ... was du vorhast«, keuchte ich, während er die Treppe hochzusteigen begann. In der spiralförmigen Dunkelheit rief ich ihm nach. »Es wird nicht klappen, Christian! ... Es spielt keine Rolle mehr ... *dadurch ändert sich nicht das Geringste*!«

Nur seine Schritte auf der Eisentreppe waren zu hören. Ich kletterte ihm hinterher. Das metallische Hallen seiner Schritte über mir nahm zu. Ich war fast oben, durch die Falltür fiel das Licht auf die Stufen, und als er sich durch die Öffnung zog, erreichte ich den Anfang der Leiter.

»Ich bin hier, Christian ...«, ächzte ich.

Er sah zu mir herunter.

»– sei endlich ehrlich ... du kannst es doch nicht ändern, Christian –«

Er verschwand aus meinem Blickfeld. Ich begann die Leiter hochzusteigen. Als ich oben ankam, lehnte er an der Wand, den blauen Ozean im Rücken. Ruhig sah er mich an.

»Springst du hinüber, Brenton?«

Ich nickte.

»Ja – verdammt noch mal ... wenn du es kannst, kann ich es auch. An dir ist nichts Besonderes.« Ich trat von der Leiter weg und stellte mich neben ihn.

Christian lächelte und zeigte auf die andere Seite.

»Ich springe zuerst.«

»Schön ... dann los!«

Er ging in die Hocke und mühelos wie immer überwand er die Öffnung und stützte sich an der Leuchtturmmauer ab. Er drehte sich um.

Ich benetzte meine trockenen Lippen und betrachtete das Loch. Es sah nicht so groß aus. Wenn er es konnte, konnte ich es auch. Das war nur einer seiner Bluffs. Er bluffte immer. Es war sehr einfach, über das Loch zu kommen, nur Christian hatte mir eingeredet, dass es schwierig wäre. Ich würde es ihm zeigen. Ich würde es ihm jetzt zeigen. Ich konnte über das Loch springen. »Willst du wirklich springen, Brenton?«

»Klar! Das beweist zwar nichts, aber ich werde es tun.«

Ich sah zum Loch und ging in die Hocke. Es war nichts dabei. Nur ein Sprung und ich wäre auf der anderen Seite. Die andere Seite war gleich da drüben. Nichts dabei. O.k., dann mal los. Dann mal los. Ich holte tief Luft.

»– Brenton, du musst nicht springen.«

Ich starrte ihn an. Ich wusste, er bluffte nur.

»Das wird dir gefallen ... ich werde nämlich jetzt springen!«

Ich konzentrierte mich wieder. Christian schüttelte den Kopf.

»Brenton, sei nicht dumm.«

Ich stand auf.

»Ich kann's einfach nicht glauben ... du musst unbedingt gewinnen, oder, Christian? Ich werde jetzt springen, und du kannst mich nicht aufhalten.«

Christian starrte mich einen Augenblick an, dann schüttelte er den Kopf.

»Vergiss es, ich komme zurück«, sagte er, scheuchte mich aus dem Weg und ging am Rand des Bodens in die Hocke.

Ich starrte ihn finster an.

»Nein, das machst du nicht!«

»Doch, Brenton – geh zur Seite! Ich springe zurück – *geh schon weg*! Ich springe zurück –«

Er trat näher an den Rand.

»Verpiss dich, Christian! Ich werde jetzt –«

Das Krachen kam als scharfer Knall. Es kam von dem Brett, auf dem Christian stand. Er starrte mich an, als unter ihm das Brett wegbrach, griff einmal zur Seite, dann verschwand er in der Finsternis. Ich vernahm mehrere Geräusche, die sich wie ein schwerer Wäschesack anhörten, der einen langen Schacht hinabpolterte. Ich starrte nach unten in die Dunkelheit. Er war in Bodennähe auf der Treppe aufgeschlagen. Ich rannte die Stufen hinunter und wollte einfach nicht glauben, was ich hier tat. Ich rannte und rannte durch die kreisförmig sich windende Dunkelheit, bis ich Christian auf der Treppe erreichte. Die Metallstufen unter ihm waren schlüpfrig nass. Blut kam aus seinem Hinterkopf.

»Oh Gott, Christian!«

Ich kniete mich neben ihn auf die Treppe. Das Blut rann in kleinen Rinnsalen über die schwarzen Stufen. Ich betastete seinen Hinterkopf, durch meine Finger sickerte das Blut. Er atmete schwach. Ich versuchte den Blutfluss zu stoppen. Er öffnete einen Spaltbreit die Augen.

»Christian – kannst du mich hören?«, flüsterte ich und hielt seinen Kopf.

In seinen Augen spiegelte sich ein winziges Licht. Sein Kopf bewegte sich schwach.

»Du wirst wieder gesund werden«, sagte ich. Ich redete schnell. »Ich werde Hilfe holen ... halte durch – du wirst wieder gesund werden!«

Ich versuchte einen beständigen, gleichmäßigen Druck auf seinen Kopf auszuüben. Er bewegte seinen Kopf. Seine Augen waren schmale Schlitze. Seine Lippen rührten sich.

»Was ... was hast du gesagt, Christian?«

Ich legte mein Ohr an seinen Mund und lauschte angestrengt.

»Kalt ... nicht weggehen«, flüsterte er mit einer schwachen, kleinen Stimme.

»Kalt?«

Ich sah in das Licht seiner Augen. Sein Kopf bewegte sich leicht.

»– in Ordnung ... ich wärme dich zuerst ... dann werde ich gehen.«

Ich legte mich neben Christian auf die Stufen, tat meinen Arm um ihn und drückte mich an seinen Körper. Vorsichtig versuchte ich ihn auf keinen Fall zu bewegen, hielt mich nahe an ihm. So lagen wir einige Minuten, in denen sein Blut auf mich floss. Dann sprach er noch einmal, sehr schwach.

»Was?«, fragte ich und legte meinen Kopf neben seinen.

Seine Augen öffneten sich etwas. Ich beugte mich noch näher heran und hörte ihn.

»– warm ...«

Ich rückte näher, und dann erlosch langsam das Licht in seinen Augen, wie eine Kerze, die bis zum Docht herabgebrannt war, dann Rauch, dann nichts mehr. Und das war alles.

16

Die blinkenden Lichter und Fragen verschmolzen zu einem Albtraum aus verlorener Zeit und Realität. Ich sah, wie die Sanitäter Christians Leichnam wegtrugen. Seine Eltern und die Polizei befragten mich, und schließlich fand diese Nacht ein Ende, als mich ein Polizist aus Ocean City vor meinem Apartment absetzte. Ich ging hinein und fiel in einen tiefen, traumlosen Schlaf.

Ich schlief bis zum Mittag des nächsten Tages. Als ich erwachte, hörte ich den Regen gegen das Metallgehäuse der Aircondition schlagen. Ich rief meine Eltern an und erzählte ihnen, was geschehen war und dass ich nach Hause käme. Noch wusste niemand, wann die Beerdigung in Baltimore stattfinden würde, außerdem hatte ich sowieso abreisen wollen. Wir beschlossen, dass ich zur Beerdigung zurückfliegen sollte. Mechanisch begann ich meine Sachen zusammenzupacken. Das Surfboard war aus dem Zimmer verschwunden. Auf der Anrichte lag eine eilig hingekritzelte Notiz von Sheldon, in der er sich verabschiedete und mir alles Gute auf dem College wünschte. Er war ein Zimmergenosse gewesen, den ich niemals gesehen habe. Ich machte die Tür auf und ließ die Geräusche des Regens und des Gewitters ins Zimmer, während ich zu Ende packte.

Ich ging zu Calamitous hinüber, um ihm zu erzählen, was geschehen war. Wir saßen auf seiner mit Drahtgitter abgeschirmten Veranda, während der Regen herunterkam und neblig feuchte Windböen über uns hinwegzogen. Er saß nur da, als ich ihm die ganze Geschichte unserer Prügelei erzählte, dann von den Leuten am Fluss und dann, wie Christian starb. Ich erzählte die Geschichte, als wäre sie jemand anderem passiert. Er zwinkerte einige Male mit den Augen, dann liefen stille Tränen über sein Gesicht. Ich sah auf meine Hände und Füße, er weinte.

»Weißt du, er war letzten Sommer wirklich mit Jane zusammen«, sagte er, wischte sich über die Augen und zwinkerte schnell.

»Das spielt keine Rolle, Calamitous.«

»Ich weiß – aber, verstehst du nicht ... *sie hat mit ihm Schluss gemacht.*«

Ich sah ihn an.

Er schniefte laut und fuhr fort.

»Er hat sie geliebt, Brenton ... ich habe ihn kaum noch gesehen. Er war immer mit ihr unterwegs und wollte sich sogar verloben – aber obwohl sie noch mit ihm zusammen war, hat sie sich mit anderen Typen getroffen ... es hat ihn nicht gekümmert ... er wollte sie noch immer.«

Ich starrte Calamitous an.

»Aber er hat doch gesagt, dass er mit ihr Schluss gemacht hat ...« Calamitous nickte.

»Das ganze Jahr versuchte er sie wiederzugewinnen – dann bist du gekommen, und er hat gesehen, wie du dich mit ihr unterhalten hast ... es hätte ihn um den Verstand gebracht, wenn sie sich auf dich eingelassen hätte ... und genau das hat sie dann getan.«

Ich fühlte mich schlecht und öffnete den Mund.

»Er wollte es dir nicht sagen – ich sagte ihm, er soll es tun, aber er sagte, es wäre dir gegenüber nicht fair ...«

Calamitous wischte sich mit dem Ärmel seines Hemdes die Augen.

»Es hat ihn tief getroffen, als ihr beiden zusammen wart ... und als es auseinander ging – rief sie ihn an. Ich wusste nicht, dass er sich in jener letzten Nacht mit ihr treffen wollte ... aber er hat sie geliebt ...«

Ich begann mit dem Fuß auf den Boden zu klopfen. Christian hatte Jane die ganze Zeit geliebt. Sie hatte ihm den Laufpass erteilt ... so wie sie ihn mir erteilt hat. Und dennoch hatte er mir nichts davon erzählt ... weil es nicht fair gewesen wäre. Ich hatte ihn verletzt. Er war mit ihr zusammen gewesen, weil er sie liebte. Ich nahm meinen Kopf zwischen die Hände, und vor mir verschwamm die Welt.

»Ich wollte nur, dass du das weißt ...«

Ich sah zu Calamitous und nickte. Calamitous blinzelte, neue Tränen liefen ihm über die Wange, während um uns herum der Regen fiel.

Irgendwann ging ich zu meinem Apartment zurück. Ich stellte die Koffer der Reihe nach neben die Tür und fragte mich, was ich als Nächstes tun sollte. Etwas nagte in mir, ich fühlte mich niedergeschlagen. Der Bus zum Bahnhof würde um sechs fahren, es war erst drei Uhr. Ich legte mich aufs Bett und schloss die Augen. Ich dachte an Chicago. Die Stadt schien nicht zu existieren. Als ob ich zum ersten Mal hinfahren würde. Ich erinnerte mich an den Tag, an dem sich mein Vater freigenommen hatte, um mir die Stadt zu zeigen. Es war im Januar, im ersten Jahr unseres Umzugs. Ein Sturm über dem Lake Michigan hatte in der Nacht zuvor die Luft sauber geblasen. Wir fuhren im Bus die Michigan Avenue hinunter, an der die weißen Gebäude in der frischen Luft funkelten. Der Bus fuhr an den Tribune- und Wrigley-Gebäuden vorbei und dann über den zugefrorenen Chicago River. Mein Vater zeigte auf verschiedene Gebäude und erzählte mir die Geschichte der Stadt, die einst der letzte Handelsposten vor der *frontier* gewesen war ...

Das dumpfe Dröhnen eines Wagens drang durch die offene Tür. Im Türrahmen erschien die Schnauze von Dukes weißem Wagen. Ich stand auf. Die Wagentür wurde zugeworfen, und Duke rannte durch den Regen herein.

»Hey, Partner! Dachte doch, dass du das bist – du bist früh zurück.« Mit einem Finger wischte er den Regen von der Krempe seines weißen Hutes.

»– Hi, Duke.«

»Wie war der Trip? Scheiße, Junge – was ist mit deiner Nase passiert?«

Ich setzte mich und rezitierte mechanisch die Geschichte. Er saß auf dem Bett und hielt seinen Hut. Als ich zu Ende war, schüttelte er langsam den Kopf und setzte seinen Hut wieder auf. »Mein Mitgefühl, Brenton«, sagte er; in seinen Augen war ehrlicher Schmerz.

Einige Minuten, in denen das graue Licht durch die offene Tür fiel, saßen wir da. Er sah zu Boden und hielt seine braunen Hände vor sich.

»Na ja – ich wollte dir nur sagen, warum ich hier bin ... obwohl ... nach allem, was du durchgemacht hast, wird es dich nicht die Bohne interessieren«, sagte er, den Blick noch immer zu Boden gerichtet.

»– was ist es?«

Ich wollte an etwas anderes denken.

»Ich hab 'ne ganze Menge nachgedacht«, sagte er langsam. »Darüber, was du mir in jener Nacht erzählt hast – dass ich immer nur rede und nie wirklich mache, was ich sage ...«

»Ich habe nicht –«

»Lass mich ausreden ... ich hab darüber nachgedacht, und ich denke, in gewisser Weise hast du Recht ... und dann hab ich weitergedacht und mir vorgestellt, wie ich hier herumsitze und auf etwas warte, das vielleicht niemals kommen wird.« Er sah zur Tür, dann zu mir. »Verstehst du ... ich stamme aus dieser Stadt, Brenton – ich bin niemals im Westen gewesen –, Scheiße, ich dachte, die Army würde mich dorthin schicken, aber die wollten keinen mit einer hundsmiserablen Vergangenheit ... also habe ich angefangen hier in den Bars zu arbeiten, und seitdem mache ich das.«

Ich nickte langsam, und er rückte seinen Hut gerade.

»Aber ich hab nun im Club Bescheid gesagt – und den Wagen voll gepackt mit allem, was reinging, und den Rest verkauft.« Er sah auf seine Hände und nickte. »Und dieser Cowboy zieht nun in den Westen.«

Ich starrte ihn an.

»Wann?«

»Jetzt in diesem Augenblick – deswegen bin ich hier, um mich von dir zu verabschieden. Ich gehe fort, Kumpel.«

»Glückwunsch, Duke – ich wusste, du würdest es tun.«

»Danke, Brenton ... ich weiß es zu schätzen.« Und zum ersten Mal, für einen Augenblick nur, war sein Akzent nicht zu hören.

Wir saßen noch einige Minuten herum und gingen dann an die Tür. Der Regen war zu einem Nieseln geworden, das weich gegen die Blechdachrinne schlug. Wir standen da und betrachteten seinen Wagen. Er drehte sich mir zu.

»Weißt du ... so oder so, ich werde diese Ranch bekommen.«

Ich nickte.

»Ich weiß, dass du sie bekommen wirst, Duke.«

Er hakte seine Daumen im Gürtel ein und blinzelte in den Himmel.

»Wird bald aufklaren«, murmelte er, dann blickte er wieder zu Boden. »– nun, Kumpel, ich denke, das war's dann.«

Ich ging durch die saubere, vom Regen rein gewaschene Luft und begleitete ihn zum Wagen. Den Kopf nach unten gebeugt, so dass die breite, weiße Krempe des Hutes sein Gesicht verdeckte, öffnete Duke die Fahrertür; er wartete.

»Letzte Nacht musste ich an etwas denken, das mir vor langer Zeit meine Frau gesagt hat. Sie sagte, ›Weißt du, Duke, du sprichst so oft von deinen Träumen –‹.« Er sah zu mir auf. »›– woher willst du wissen, ob deine Träume nicht die Wirklichkeit sind, ob sie nicht das sind, was in Wirklichkeit passiert, und dass dein Leben nicht bloß Fantasie ist?‹« Duke lächelte und schüttelte den Kopf. »Ich denke, ich werde es herausfinden.«

Er hielt mir die Hand hin.

»Bis dann, Brenton. Lass dich nicht unterkriegen. Junge.«

Ich gab ihm die Hand. »Viel Glück, Duke.«

Er stieg in seinen Wagen und ließ den Motor an. Er umrundete einmal den Parkplatz und kam zu mir zurück. Duke hielt an und sah zu mir herüber – zeigte auf den Highway, und sein weißer Stetson füllte fast den gesamten Wagen aus.

Die Schwere fiel teilweise von mir ab, und vieles wurde mir klarer.

»Geh sie suchen, Junge!«

Ein breites Lächeln zog sich über sein Gesicht. Er nickte mir zu und verließ mit quietschenden Reifen den Parkplatz. Ich sah seinem weißen Wagen nach, bis er außer Sichtweite war.

Ich beschloss, ein letztes Mal an den Strand zu gehen, um den Ozean zu sehen. Im kalt-feuchten Nieselwetter waren nicht viele Leute unterwegs. Über Ocean City lag bereits die ruhige Stimmung nach dem Ende der Saison.

Ich stand auf den nassen Planken der Promenade. Auf dem Ozean lag Nebel, und in beiden Richtungen verschwand der Holzweg in weißem Dunst. Ich sprang auf den feuchten Sand und ging zum Ozean. Der Wind trieb mir Tränen in die Augen, der Sand lag schwer auf meinen Schuhen. Bis auf einen Angler, der in der fernen Brandung stand, war der Strand leer. Der Ozean durchlief sein übliches Ritual, hob und senkte sich. Die Strandstände waren nichts weiter mehr als blaue Häuschen, die gegen die Stürme geschlossen waren. Ich stand da, und das taube Gefühl, das ich seit der vergangenen Nacht hatte, begann zu verblassen. Langsam begann ich zu verstehen.

Meine Wange war nass, und plötzlich überkam es mich. Ich musste eine gute Stunde so dagestanden und auf den Ozean gestarrt haben, ohne mich zu bewegen, nur zu fühlen. Ich ging über den Strand und setzte mich in einen Stuhl, den jemand nicht weggeräumt hatte. Ich starrte auf den weiten, grauen Ozean hinaus. Lehnte meinen Kopf zurück, und der Schlaf kam wie ein willkommener Fremder.

Aus dem Dunst näherte sich eine Gestalt. Sie kam sehr langsam über den Strand, war nach vorne gebeugt und benutzte einen großen Spazierstock, um das Vorwärtskommen zu erleichtern. Als sich die Entfernung verringerte, konnte ich einen sehr alten Mann mit einem langen, grauen Bart erkennen. Seine Kleidung hing ihm in Fetzen herab, sodass er sie am Boden hinter sich herschleifte, seine Füße waren in ähnliche Fetzen gehüllt. Er trat an mich heran und blieb stehen. Er starrte auf das Meer.

»Herrlich, nicht wahr?«

Ich wandte mich an ihn.

»Bitte?«

Er sah mich an. Sein graues Haar sah aus, als sei es seit Jahren nicht mehr gewaschen oder gekämmt worden. Die Augen des Alten waren eingefallen, wässrig und gerötet. Über seine beiden Wangen zogen sich tiefe Furchen, als hätte er Millionen von Tränen geweint. Er lehnte sich auf seinen Stock.

»Der Ozean – ist er nicht herrlich? Ich bin sehr stolz auf ihn«, sagte er und sah wieder hinaus. Ich nickte.

»Christian liebte den Ozean.«

Die Augenbrauen des Alten gingen nach oben, er drehte sich mir zu.

»Ja, das tat er.«

»Sie kannten Christian?«

»Oh ja!«, sagte er und bewegte leicht seinen Kopf.

»Er hatte immer versucht mich zu finden ... immer Ausschau gehalten, und zum Schluss fand er seine Antwort«, sagte er und blickte wieder über das Wasser.

Ich starrte ihn an.

»Was meinen Sie, er fand seine Antwort – er ist tot!«

»Oh ja – aber jeder wird sterben. Ich meine, bevor er starb.« Er hielt inne. »Er fand sie.«

Der Wind blies durch seinen grauen Bart, seine buschigen Augenbrauen flatterten. Ich starrte ihn an.

»Welche Antwort?«

Er sagte nichts.

»Ich muss weiter. Wenn ich zu lange an einem Ort bleibe, werde ich steif«, sagte er, pflanzte seinen Stock in den Sand und setzte sich in Bewegung.

»Einen Moment!«

»Komm ... begleite mich.«

Ich rannte ihm nach und ging dann neben ihm her.

»– nun?«, fragte er.

»Woher wissen Sie so viel über Christian?«

»Oh, mach dir darum keine Sorgen – das Wichtige war die Antwort auf seine Frage.«

»Wie lautete seine Frage?«

»Was fängt man mit sich selbst an?«

Ich schüttelte den Kopf.

»Er wusste doch, was er mit sich anfangen sollte ...«

»Tat er das?«, sagte er und sah zu mir herüber. »Du weißt, was du mit dir anfangen sollst ... aber Christian nicht.«

»Aber ich war ein schlechter Freund ... ich habe ihn verletzt.«

Der alte Mann schwieg einen Moment, während er stetig weiterging.

»Du dachtest immer, Christian hätte die Antworten, und dann hast du herausgefunden, dass er auch nur ein Mensch ist.«

»Aber er hat mich belogen! Ich wollte ihn nicht verletzen, und nun ist er tot! ... Er hätte mir sagen sollen, dass er nicht alle Antworten hat!«

»Vielleicht hat er das getan!« Der Alte nickte. »Sogar als du ihn als deine Stütze für die Welt gebraucht hast, hat er dich beobachtet.«

Ich wischte mir über die Augen. Er behielt sein langsames, gleichmäßiges Tempo bei.

»Christian hatte Angst vor dem Unbekannten – in dieser Hinsicht war er auf dich angewiesen. Du konntest für dich selbst denken, er konnte das nicht.«

Ich nahm meinen Kopf zwischen die Hände und schüttelte ihn.

»Aber ich habe ihm nicht geholfen ... und jetzt ist es zu spät!«

»Du hast ihm geholfen – du warst ein guter Freund.«

Wieder schüttelte ich den Kopf.

»Nein ... ich hätte wissen müssen, dass er ist wie ich ... Ich war nicht fair zu ihm!«

Er blieb stehen und wandte sich mir zu.

»Du hast an ihn geglaubt – das half ihm.«

»Nicht zum Schluss ...«

»Für den Schluss ist jeder selbst verantwortlich ... die Antwort war in ihm selbst – er hat sie gefunden und dir sogar eine Antwort hinterlassen.«

Er drehte sich der großen Nebelwand zu, die über dem Strand lag. »Antwort worauf?«

»Auf deine Angst«, sagte er und wandte sich ab. »Ich muss jetzt gehen. Wirklich, ich bin schon zu lange hier.«

»Welche Angst?«

Er drehte sich vor dem Nebel noch einmal um, der Wind ließ seine Kleider flattern. Er pflanzte den Stock in den Sand.

»Na ja ... die Angst vor dem Bekannten.«

Er trat in den Nebel und verschwand.

Ich blinzelte und schlug im Liegestuhl die Augen auf. Der Strand war grau und verlassen. Ich stand auf, vom Andrang des Blutes fühlte ich mich schwindelig. Ich begann zu gehen, sah dann über den Strand zur Südseite der Insel, wo der Leuchtturm im Nebel blinkte. Ich stand da, hörte den Alten in meinem Traum und sah zum Leuchtturm. Dann rannte ich zum Highway.

Ich nahm einen Bus und fuhr in dem knarrenden Gefährt zur anderen Seite der Insel. An der Endstation stieg ich aus und begann zu gehen. Ich streckte meinen Daumen raus, ein Wagen hielt an.

»Kann ich Sie mitnehmen, junger Mann?«, fragte ein älterer Herr, als ich die Wagentür öffnete. »Ja.«

Ich sprang hinein, und er fuhr los. Durch dicke Brillengläser in einem schwarzen Gestell sah er auf den Highway. Seine Hände zitterten, obwohl er das Lenkrad hielt.

»Wo wollen Sie denn hin, junger Mann?«

»Bin mir noch nicht sicher ... das werde ich erst wissen, wenn ich es sehe«, sagte ich und betrachtete das am Fenster vorbeiziehende Dünengras.

»Diese Maxime ist so gut wie jede andere«, kicherte er. »Wenn Sie so alt sind wie ich, ist das die einzige Maxime, die noch bleibt – man weiß es erst, wenn man es sieht.«

Ich sah ihn an.

»Leben Sie schon lange hier?«

»Oh ja, mein ganzes Leben. Es war ein gutes, langes Leben. Aber meine Frau ist gestorben, und nun bin ich für alles, was noch kommen mag, bereit«, sagte er und klopfte leicht auf das Lenkrad.

Gleichmäßig summten die Reifen auf dem nassen Asphalt. Ich nickte.

»Ich bin mir sicher, es wird etwas Gutes sein.«

»Hmmm.«

Eine Weile fuhren wir schweigend über den Highway.

»Sind Sie religiös?«, fragte er, zog den Kopf ein und spähte durch die Windschutzscheibe.

Ich hielt inne.

»Eigentlich nicht.«

»Ich bin früher immer in die Kirche gegangen, aber nachdem meine Frau starb – ich weiß nicht, ohne sie scheint es einfach nicht mehr dasselbe zu sein.«

Ich nickte langsam.

»Kann ich verstehen.«

»Ich glaube nicht, dass es Gott was ausmacht – ich denke mir, mittlerweile müsste er mich kennen«, sagte er und lachte leise.

Wieder war nur das Geräusch des Wagens zu hören. Er sah zu mir herüber.

»Glauben Sie, es gibt etwas nach dem Tod?«

Ich blickte starr nach vorne auf den Highway.

»Ich denke schon«, sagte ich langsam und sah ihn an.

Er lächelte und klopfte leicht auf das Lenkrad.

»Ich auch«, sagte er und begann erneut zu klopfen.

Ich erkannte die Stelle und sagte ihm, dass er mich nun aussteigen lassen konnte.

»Nun, ich hoffe, Sie haben ein glückliches Leben«, sagte er durch die Wagentür.

»Sie auch.«

»Oh, das war es. Ich werde bald umziehen.«

Ich nickte, und er rief mir durch das Fenster hinterher: »Viel Glück, junger Mann!«

Ich ging vom Highway weg und rannte über die Sanddüne. Vor dem Ozean stand der rot-weiße Leuchtturm. Ich rannte über den vom Regen geglätteten Strand, meine Schuhe hinterließen klare, deutliche Spuren. Ich kam zu der alten Holztür. An der Tür war ein neues Schloss angebracht, daneben ein Schild, das auf Anweisung der Polizei von Ocean City den Zutritt untersagte. Ich drückte gegen die Tür, aber sie gab nicht nach. Ich drückte erneut, dann hämmerte und schlug ich mit einem Holzstück dagegen – nichts geschah. Verwundert starrte ich auf die Tür. Sie hatte sich immer öffnen lassen, und nun, als ich den Aufstieg am nötigsten hatte, war mir der Aufstieg verwehrt; es gab keinen Augenblick der Wahrheit. Ich würde niemals erfahren, ob ich zum Sprung in der Lage war. Langsam ließ ich mich am Fuß der Tür nieder, Tränen der Enttäuschung liefen mir über die Wange.

Eine gute Stunde saß ich da und starrte auf den Ozean. Starrte nur und dachte nach. Ich dachte an Christian und die Antwort, von der mir der Alte im Traum erzählt hatte. Die Antwort lag hier, vor der Tür. Es war mir nicht bestimmt, den Sprung zu machen, den Christian machte. Ich hatte immer versucht so zu sein wie er, während er versuchte jemand anderes zu sein. Beide waren wir hinter etwas hergerannt, das wir niemals haben oder sein konnten ... schließlich waren wir nur wir selbst. Christian hätte dies erkannt, wenn er am Leben geblieben wäre.

Ich erhob mich und ging an den Rand des Wassers. Es war kühl, und auf der Küste lag das abendliche Rot. Es hatte aufgeklart, wie Duke vorhergesagt hatte. Die Lichter der Ferienhäuser lagen als Punkte an der Küste und fuhren mit den Schiffen der Verheißung über den Ozean. Der Sommer zog an mir vorüber. Ich dachte an King und seine Suche nach einem verflossenen Zauber, an Duke, der denselben Zauber in der Zukunft suchte. Und dann war noch Calamitous, der nur jenen Zauber wollte, der in einer Art Normalität existierte. Schließlich dachte ich an

Christian, der fest davon überzeugt war, dass der vollkommene Augenblick nur durch einen Akt der Willenskraft festzuhalten war.

Sie waren Leuchttürme – sie alle: Leuchtfeuer, die die Nacht durchdrangen, geleitet allein von der Mühsal ihrer Erleuchtung. Christians Leuchtturm würde niemals meiner sein. Ich konnte ihm nur bis zum Rand folgen, aber niemals springen.

Ein anderer Leuchtturm wird meiner sein, so wie andere ihren finden werden. Und wenn die Zeit kommt ... werde auch ich auf die andere Seite springen.

›Amerikas Literatur lebt – Hazelgrove hat dies überzeugend bewiesen.‹ *NEW YORK TIMES*

Richmond in Virginia, 1945: Als der angesehene Rechtsanwalt Hartwell die Verteidigung eines schwarzen Dienstmädchens übernimmt, dem trotz mangelnder Beweise ein Diebstahl zur Last gelegt wird, sind die beschaulichen Zeiten für seine Familie vorbei. Hartwell verliert sein Ehrenamt als Wahlkampfleiter des Senators, und die Stimmung in der Stadt kehrt sich gegen ihn. Darunter leidet auch sein Sohn Lee, dessen bittersüße Liebesbeziehung mit der Tochter eines mächtigen Industriellen zu scheitern droht. Die Lage spitzt sich zu, als es im Gerichtssaal von Richmond zur Verhandlung des Falls kommt …

›Mit großer Erzählfreude, effektvoll und symbolträchtig, webt Hazelgrove persönliche Schicksale und Lebenslinien vor zeitgeschichtlichem Hintergrund zusammen.‹
SÜDDEUTSCHE ZEITUNG

ISBN 3-404-14605-0

Ein Stück magisch-realistischer Erzählkunst

Unvermittelt gerät der junge Mundy in die Hölle des amerikanischen Bürgerkrieges. Er verliert alles, was ihm bisher Halt gab. Sein Tagebuch zeugt mit seiner schlichten Sprache in unvergesslicher Weise von der Absurdität des Krieges und der Verletztlichkeit der menschlichen Seele. Der Tag, an dem ich unsichtbar wurde steht in der Tradition der großen Literatur zur Conditio humana und gehört zu den bewegendsten Antikriegsbüchern der Gegenwart. Mundys Geschichte spielt 1862, doch sie ist von erschütternder Aktualität.

›Jack Dann hat ein bedrückend aktuelles Buch geschrieben, denn das unkontrollierbare Wüten der Menschen gegen die Menschen scheint dauernder Bestandteil menschlicher Unkultur … Ein großes Buch über die Absurdität des Krieges.‹ *NEUE WESTFÄLISCHE*

ISBN 3-404-14338-7

Der neue Roman von Fannie Flagg,
Autorin des Bestsellers *Grüne Tomaten*

Elmwood Springs, Missouri: Fast scheint es, als sei die Zeit stehengeblieben in dieser friedlichen Kleinstadt. Für alle Einwohner unverzichtbar ist Dorothys hausgemachte Radioshow. Hier erfährt man die wirklich wichtigen Dinge des Lebens: wer heiratet, wer gestorben ist und wie das Wetter wird.
Manhattan: Hier lebt Dena Nordstrom, eine schöne und erfolgreiche Frau, Star einer Nachrichtenshow. Doch Dena ist nicht wirklich glücklich: Sie ist einsam, trinkt zuviel und kann nicht vergessen, daß ihre Mutter sie verlassen hat, als sie fünfzehn war.
Als Dena stressbedingt einen Zusammenbruch erleidet, fährt sie nach Elmwood Springs zu ihrer Cousine Norma und Tante Elner, um sich zu erholen und das dunkle Geheimnis um das Verschwinden ihrer Mutter zu lösen …

›Fannie Flaggs Meisterschaft liegt in ihrer unterhaltsamen Erzählweise, in ihrem Humor und in der liebevollen Art, wie sie die Charaktere einführt und ein dichtes erzählerisches Garn um ihre Schicksale spinnt.‹
NDR

ISBN 3-404-14540-2

Bella Bathurst

LEUCHTFEUER

Jahrhundertelang waren Britanniens Küsten eine tödliche Gefahr für alle Seefahrer. Die einzige Chance lag in seemännischer Erfahrung, einer gehörigen Portion Glück und einem kleinen Küstenfeuer, das bei Regen verlöschte...
bis im Jahre 1786 der Ingenieur Robert Stevenson mit dem Bau des ersten Leuchtturms begann.

Bella Bathurst erzählt ein fesselndes Stück Technik- und Seefahrtsgeschichte, und zugleich zeichnet sie die Geschichte einer Familie nach, die der Macht des Meeres ihren Willen entgegensetzte und über vier Generationen hinweg 97 Leuchttürme baute. Bis hin zum schwarzen Schaf der Familie, dem ersten, der etwas anderes tat als Leuchttürme bauen: Robert Louis Stevenson, dem berühmten Schriftsteller.

Schneekluth.